Reinhard Junge

Klassenfahrt

Kriminalroman

grafit

Reinhard Junge, 1946 in Dortmund geboren, arbeitet als Lehrer in Bochum. Zusammen mit Jürgen Pomorin recherchierte er mehrere Jahre in der Naziszene der Bundesrepublik; ihre Reportagebücher „Die Neonazis“ (1978), „Vorwärts, wir marschieren zurück“ (1979) u. a. wurden in fünf Sprachen übersetzt.
„Klassenfahrt“ (erschienen 1985, 1989 auch in Russisch) ist Junges erster Kriminalroman. Gemeinsam mit Leo P. Ard (= Jürgen Pomorin) schrieb er 1986 den Polit-Thriller „Bonner Roulette“. Ihre zweite Koproduktion „Das Ekel von Datteln“ wurde als einer der vier besten Krimis des Jahres 1988 für den „Autorenpreis Kriminalliteratur“ nominiert.

Chemnitzer Str. 31, D-44139 Dortmund
Internet: http://www.grafit.de
e-mail: grafit@knipp.de

Umschlaggestaltung: Christiane Wolf
Druck und Bindearbeiten: Fuldaer Verlagsanstalt
ISBN 3-89425-331-2
11. 12. 13. / 99 98 97

Die Hauptpersonen:

Peter Strauch (22) schaltet zu spät

Gustav Scheubner (54) pinkelt zu spät

„Narbe“ Pachmann (24) schießt zu oft

Volker Grau (21) träumt zu oft

Renate Krause (25) liebt ihren Job

Traugott Veyen (48) liebt sich selbst

Ylmaz (16) liebt

Stephanie (16) steht auf Ylmaz

Bruno (16) steht auf Stephanie

Olaf (17) steht auf Schalke

Kriminalrat Pusch (45) steht unter Druck

Natürlich sind Personen und Handlungen dieses Kriminalromans frei erfunden.
Übereinstimmungen mit der Wirklichkeit sind nicht beabsichtigt, aber unvermeidbar.

1

„So, liebe Nachtschwärmer, arme Frühaufsteher! Noch ein Blick auf die Uhr: Es ist jetzt genau fünf Uhr fünfundvierzig, Viertel vor sechs, und ich hoffe sehr, daß es bei Ihnen zu Hause in München, Hamburg oder Wanne-Eickel noch nicht später ist . . .“

Polizeioberwachtmeister Strauch verzog geringschätzig die Mundwinkel, während er das Koppelschloß einrasten ließ und die Schöße seines Uniformrocks straff nach unten zog. Diesen Radio-Heinis fällt auch nichts mehr ein, dachte er.

Sorgsam setzte er sich die Dienstmütze auf den Scheitel und überprüfte ihren Sitz im Spiegel. Dann schaltete er das Transistorradio ab, knallte die Tür des Spinds zu und verriegelte sie.

Mit forschen Schritten marschierte Strauch zur Wachstube hinüber, die gleich neben dem Haupteingang lag. Betont zackig baute er sich neben den Kollegen der Frühschicht auf und riß die Hand an den Mützenschirm: „Polizeioberwachtmeister Strauch meldet sich zum Dienst!“

Der Wachhabende, ein grauhaariger, leicht übergewichtiger Polizeiobermeister, sah mißbilligend von seinem Schreibtisch auf. Einen Augenblick lang schien es, als wolle er die 45-Sekunden-Verspätung des jungen Beamten rügen. Doch seine schon hochgezogenen buschigen Brauen senkten sich wieder, und er hakte Strauchs Namen schweigend im Wachbuch ab.

„Schulz und Heimann übernehmen die LKWs, Weber und Strauch machen PKW-Kontrolle. Ihr beiden“, seine Augen richteten sich auf die noch nicht genannten Bundesgrenzschutzbeamten, „ bleibt hier in Reserve.“

Er erhob sich und trat zu einem Stahlschrank in der Ecke des Raumes. Er öffnete ihn und entnahm dem obersten Fach sechs gefüllte Magazine mit 9-mm-Pistolenmunition.

„Nachzählen und unterschreiben!“ knurrte er gewohnheitsgemäß, als er jedem der jungen Grenzer ein Magazin entgegenhielt.

Peter Strauch blickte prüfend auf das flache Metall in seiner Hand. Hinter den Sichtlöchern an den Seiten des Gehäuses schimmerten die Messinghülsen von acht Patronen.

Zufrieden nickend zog er seine Walther P 1. Er richtete die Mündung der Waffe vorschriftsmäßig nach unten und schob das Magazin in den Pistolengriff. Ein metallisches Knacken zeigte an, daß das Gehäuse in die Halterung einrastete.

„Besondere Anweisungen?" fragte er.

Der Grauhaarige schüttelte den Kopf, die Spur eines spöttischen Lächelns auf den Lippen: „Alles ruhig. Macht bis sieben Stichproben – jeden zehnten. Und haltet dann den Berufsverkehr nicht auf. Ab!"

Strauch und Weber machten auf dem Absatz kehrt und wandten sich zur Tür. Wie jeden Morgen blieb Strauch, die Klinke schon in der Hand, noch zwei, drei Sekunden stehen. Sein Blick wanderte über das Plakat, das gleich neben dem Ausgang an der einstmals weißen Wand hing:

Terroristen
Vorsicht! Schußwaffen!

Darunter waren die Fotos von fünfzehn Frauen und Männern abgedruckt, nach denen bundesweit gefahndet wurde.

Während der Oberwachtmeister wohl schon zum hundertsten Male die Gesichter der Gesuchten musterte, spreizten sich die Finger seiner rechten Hand und tasteten nach dem kühlen Leder der Pistolentasche. Strauch war 22 Jahre jung, seit vier Jahren beim Bundesgrenzschutz und erst ein einziges Mal befördert worden. In stillen Stunden malte er sich bisweilen aus, wie er einen der Abgebildeten stellte und mit gezogener Pistole bei seinen staunenden Vorgesetzten ablieferte . . .

„Mensch, mach schon!" Weber schob Strauch ungeduldig durch die Tür. „Nach solchen Fotos würdest du nicht mal deine eigene Mutter wiedererkennen!"

Auch Schulz und Heimann drängten vorbei, denn sie hatten den weiteren Weg. Zwar fand die Zollkontrolle für die LKWs gleich hinter dem Dienstgebäude statt, doch die Pässe wurden erst rund hundert Meter weiter kontrolliert, wo die Laster wieder auf die Autobahn rollten . . .

Die beiden Grenzer von der Nachtschicht hatten bereits ihre Blechbude verlassen und standen fröstelnd auf dem überdachten Stück Straße zwischen dem leeren Wachkiosk und dem Dienstgebäude.

„Morgen, Jungs!"

„Morgen. Wurde auch Zeit . . ."

„Was los?" fragte Strauch.

„Klar", meinte einer. „Terroristen. Hunderte. Aber keiner hat angehalten und nach dir gefragt . . ."

„Idiot!"

Der andere grinste und tippte mit dem Zeigefinger irgendwohin in Richtung Mützenrand und Stirn. Dann drehte er sich um und stieß die Glastür des Dienstgebäudes auf.

Weber hatte das kurze Wortgefecht genutzt, um sich den ruhigsten Platz in der Blechkiste zu sichern. Gemütlich ließ er sich hinter dem Sichtgerät nieder, entfaltete mit betonter Umständlichkeit die Bildzeitung und winkte zu allem Überfluß noch schadenfroh nach draußen, ehe er sich dem Sportteil widmete.

Damit lag es nun an Strauch, in der ersten Stunde die Kontrollen am Fahrzeug vorzunehmen. Erst wenn ihm jemand verdächtig erschien, würde Weber in Aktion treten müssen: die hereingereichten Ausweise mit den aufgeschlagenen Personaldaten auf das Sichtgerät legen, um sie per Knopfdruck zum INPOL-Terminal im ersten Stock des Dienstgebäudes zu übertragen.

Der dort diensttuende Hauptwachtmeister kontaktierte dann mit Hilfe eines Erkennungscodes die Personenfahndungskartei des Informationssystems der Polizei in Wiesbaden. Anschließend tippte er den Namen und den Geburtstag des „Kunden" ein. In weniger als zwei Sekunden würde er wissen, ob man einen der 215 000 Bundesbürger vor sich hatte, die auf der Fahndungsliste oder unter ständiger Beobachtung standen . . .

Geschlagene siebenundzwanzig Minuten tigerte Strauch die wenigen Schritte zwischen Blechbude und Haupteingang hin und her, bis er sich zum erstenmal die Papiere eines Reisenden zeigen ließ. Das zwanzigste Fahrzeug kam um 6.39 Uhr. Das dreißigste bog genau zwölf Minuten vor sieben von der gesperrten Autobahn in die Kontrollspur ein.

Das war der letzte Wagen, den Polizeioberwachtmeister Peter Strauch jemals überprüfen sollte.

2

„Schatzilein, aufstehen!"

Ein kurzes Knurren, Schatzilein warf unwillig den Kopf herum, dann ertönte ein leises Schnurren, das irgendwo zwischen Nähmaschine und Siamkatze angesiedelt war.

„Katerchen, der Kaffee läuft durch!"

Die Nähmaschine verstummte. Katerchen drehte sich auf die andere Seite, schmatzte im Halbschlaf laut auf und gab anschließend ein Pfeifen von sich, wie es sonst nur der Novemberwind an Hausecken zustande brachte.

„Böckchen, ich backe jetzt die Brötchen auf!"

Das hohle Pfeifen brach mitten in einer ansteigenden Terz ab. Doch statt eines Morgengrußes hörte Ursula Veyen wieder das leise, jetzt aber deutlich gereizte Schnurren, mit dem ihr Gatte die Welt seiner Träume gegen die rauhe Wirklichkeit des dämmernden Morgens zu verteidigen pflegte.

„Traugott! Du kommst zu spät zur Schule!"

Mit einem Satz stand Traugott A. Veyen senkrecht neben seinem Bett. Er war 48 Jahre alt, seit 23 Jahren Realschullehrer in Hattingen an der Ruhr und in all diesen Jahren nur zweimal unpünktlich zum Dienst erschienen: einmal, als sein Ford 20 M im Winter 1964/65 wegen eines Batteriedefekts nicht ansprang, und dann noch einmal vor acht Jahren, als er seinen Vierzigsten dummerweise mitten in der Woche und etwas zu ausgiebig gefeiert hatte.

Für seine Morgentoilette brauchte er nur eine Viertelstunde. Dann trommelten seine italienischen Freizeitschuhe ein trockenes Stakkato auf die sechzehn Holzstufen, die in enger Kurve aus dem Schlaftrakt seines Eigenheims in den Wohnbereich führten.

Nach den braunen Schuhen tauchten in Ursel Veyens Blickfeld zunächst die khakifarbenen Benetton-Beinkleider auf, die sich Traugott noch am Samstag zugelegt hatte. Danach erschien der sportliche Rollkragenpullover aus Lambswool; sein sanftes Beige wurde durch ein dezentes, pastellzartes Rot abgerundet. Die Farbsymphonie endete mit Veyens kräftig braunen Haaren, deren graue Spitzen erst bei näherem Hinsehen auffielen.

„Komm, Schatz, ich habe alles fertig!"

„Eine Sekunde Geduld, Ursel . . ."

Sportlichen Schrittes eilte Veyen zum breiten Panoramafenster und schob die wallenden Stores zur Seite. Ein schier unbezahlbarer Rundblick über Henrichshütte, Altstadt und Ruhrwiesen tat sich auf. Doch tiefhängende Nieselschleier über dem Schulenburger Wald versetzten Traugotts Tatendurst einen argen Dämpfer. Bei diesem Wetter durch Auen und Forste traben? Schauderhaft!

Der kräftige Duft von Rührei mit Schinken wehte herüber. Es dauerte mindestens zwei Sekunden, bis er wieder von jener smogartigen Wolke aus Russisch-Leder-After-Shave überlagert wurde, die Veyen in Lehrerzimmer und Klassenräumen den Spitznamen „Figaro" eingebracht hatte.

Doch diese zwei Sekunden genügten, um Traugotts Speicheldrüsen zu aktivieren. Vorsichtig kletterte er auf einen der Barhocker vor jenem Tresen, der Küche und Wohnzimmer lediglich symbolisch trennte. Dabei versäumte es der Hausherr nicht, die Hosenbeine mit den Fingerspitzen anzuheben. Ausgebeulte Knie waren ihm ein Greuel.

„So, Katerchen, guten Appetit!"

Mißtrauisch pendelte Veyens Blick zwischen Rührei und Hosenbeinen hin und her, um die Flugbahn eventueller Gabelabwürfe abzuschätzen. Dann spreizte Traugott seine spitzen Knie, beugte sich gut fünfundzwanzig Zentimeter vor und begann, seinen eingezwängten Magen mit der nötigen Nahrung zu versorgen.

„Hast du alles eingepackt?" fragte er.

Ursel nickte.

„Ja, Liebes. Ich habe auch den schwarzen Sweater dazugelegt, du weißt schon, den aus London. Die Abende am Möhnesee werden, fürchte ich, noch recht frisch sein. Und in diesen Jugendherbergen zieht es doch immer so erbärmlich . . ."

Aufmerksam beobachtete sie, wie Gabel auf Gabel ihren Bestimmungsort erreichte. Es dauerte gut zehn Minuten, bis Veyen endlich zu seiner olivgrünen Stoffserviette griff und sich Lippen und Mundwinkel sorgsam abtupfte. Ein mildes Lächeln dankte für die Mahlzeit.

„Sag mal, Böckchen", fragte Ursel eher beiläufig, „diese Referendarin – ist sie hübsch?"

Erstaunt hievte Traugott A. Veyen seine Augenbrauen um etliche Millimeter näher an die Zimmerdecke heran.

„Na, sag schon!"

„Hübsch? Was heißt das schon: hübsch? Du kennst doch diese Jeans-Mädchen. Den Coiffeur lassen sie verhungern, Boutiquen werden boykottiert, und das Make-up stammt vom Wühltisch bei Woolworth. Kein Stil – wenn du das meinst!"

„Amadeus! Genau das meinte ich nicht!"

„Ansonsten", ergänzte er, betont gleichgültig die provozierende Nennung seines Zweitnamens mißachtend, „ansonsten ist die Krause eher unscheinbar. Ziemlich klein, ich schätze gerade einsfünfundsechzig. Dunkelbraune Haare, lang, Mittelscheitel. Augen, groß und braun, das einzig wirklich Ausdrucksvolle an ihr. Und die Brust, also für meinen Geschmack entschieden zu flach . . ."

„Böckchen!“ Ursula drohte ihm mit dem Zeigefinger. „Du hast dir die Kleine ja gut angesehen . . .“

„Aber das mußte ich doch“, beteuerte Traugott mit dem Hauch eines Vorwurfs in der Stimme. „Wie soll ich ein fundiertes Gutachten über ihren Unterricht anfertigen, wenn ich die Gesamterscheinung nicht berücksichtige? Das weißt du doch!“

Ursels Blick – ein Drittel Spott, aber zwei Drittel Besorgnis – deutete an, daß der Hinweis auf die Dienstpflichten sie nicht überzeugte. Nach einigen Augenblicken des Nachdenkens und einem resignierenden Seufzer sprach sie ihre Zweifel aus: „Katerchen, meinst du nicht, daß diese Woche in der Jugendherberge vielleicht doch keine völlig gelungene Idee gewesen ist?“

Traugotts Antwort kam mit jener butterweichen Stimme, mit der er alles pädagogisch Bedeutsame zu verkünden pflegte: „Weißt du, die Abschlußfahrt gehört nun einmal dazu. Und mit Realschülern ins Hotel? Da wären sie doch fehl am Platz, vom Geld einmal ganz zu schweigen. Nein, Ursel, als Erzieher muß man eben seine Opfer bringen!“

3

Fast lautlos rollte der blaßblaue BMW an den Kontrollkiosk heran.

Weber hing im Halbschlaf mit der Nasenspitze dicht über den Brüsten eines Bikini-Mädchens, das ihn aus der Bildzeitung anstrahlte.

Zollinspektor Groll, der den Grenzern seit sechs Uhr Gesellschaft leistete, ging es kaum besser. Er hatte sich den letzten freien Stuhl verkehrtherum aufgebaut und kämpfte nun, die Arme auf die Rückenlehne gestützt, mit seinen zentnerschwer gewordenen Augenlidern.

Strauch hatte vor der Morgenkühle kapituliert. Er las einen Krimi von Micky Spillane und folgte gebannt dem leichenübersäten Weg des unbesiegbaren Mike Hammer. Den BMW sah er erst, als er mit einem leichten Nicken des Frontspoilers unmittelbar vor ihm zum Halten kam.

Ein bartloses, übernächtigt wirkendes Gesicht wandte sich dem Beamten zu: der blonde Fahrer wartete auf eine Reaktion. Als Strauch seine Dienstmütze aufsetzte und seufzend aufstand, wurde die Scheibe an der Fahrertür heruntergekurbelt. Dem

Grenzer wurde ein Bündel Personalausweise entgegengehalten. Die Faust des Fahrers wirkte wuchtig und kraftvoll. Auf dem Handrücken prangte ein dunkler, pfenniggroßer Leberfleck.

Strauch grüßte und blickte dem Fahrer ins Gesicht. In Paris einen draufgemacht, taxierte er, zwei Tage durchgesoffen und rumgehurt, und jetzt ist Hängen im Schacht . . .

Er nahm die vier Ausweise und schlug sie auf. Zuerst Seite 4: die Gültigkeitsdauer. Dann Seite 2: die Namen. Zum Schluß Seite 3: die Gesichter.

Er beugte sich zum Wagenfenster hinab, um die Abbildungen in den Papieren mit dem Aussehen der Fahrzeuginsassen zu vergleichen. Beiläufig registrierte er eine entfernte Ähnlichkeit: glattrasierte Gesichter, die in einem merkwürdigen Gegensatz zur bleichen Hautfarbe standen, vorgeschobene Kinnladen, kurzes Haar, das die Köpfe besonders an den Schläfen und im Nackenansatz kantig wirken ließ. Bis auf den Fahrer blickten alle betont gleichgültig nach vorn oder zur Seite – typisches Gehabe der Amateurschmuggler, die ein paar Stangen Zigaretten zuviel an Bord haben.

Einzeln reichte Strauch die Ausweise in den Wagen zurück. Hinten rechts, hinten links, Beifahrer, Fahrer . . .

Als er das letzte graue Heftchen abgab, stutzte er. Ewas wich bei diesen Männern vom üblichen Verhalten ab. Richtig! Nicht einer von ihnen hatte selbst die Hand ausgestreckt, um seinen Ausweis an sich zu nehmen und zu verstauen. Der Fahrer hatte sämtliche Papiere einkassiert und auf die Ablage zwischen den Vordersitzen geworfen. Jetzt griff er wieder zum Schaltknüppel während die Hand mit dem Leberfleck das Steuer umfaßte . . .

Die Hände!

Der Beifahrer verbarg sie unter einem hellen Mantel, der zusammengefaltet auf seinen Knien lag.

Hinten links? Der hatte eine Lederjacke auf dem Schoß liegen, scheinbar achtlos hingeworfen, als wolle er sich vor Zugluft schützen – die Hände hatte er daruntergeschoben.

Hinten rechts? Schwarze Lederjacke, zusammengefaltet. Der linke Arm ruhte auf der Rückenlehne, lang ausgestreckt, fast das Fenster an der anderen Seite erreichend. Aber die rechte – die rechte Hand steckte unter der Jacke.

Strauch hätte begreifen müssen, aber er begriff nicht.

Irgendeine Schaltung in seinem Gehirn versagte, die einzelnen Beobachtungen wurden nicht zu der einzig möglichen Schlußfolgerung zusammengefaßt. Stattdessen starrte der Beamte unschlüssig ins Wageninnere.

Der Beifahrer!

Er blickte nicht mehr gleichgültig nach vorn auf die Fahrbahn, sondern wandte das Gesicht ganz dem Grenzer zu. Aufmerksam, mit leicht zusammengekniffenen Augen, musterte er den Oberwachtmeister.

Da kapierte Strauch.

Der will dich ablenken, durchfuhr es ihn. Aber wovon?

Er riß seinen Blick los, zwang seine Augen nach unten, zum Mantel. Doch als seine rechte Hand endlich in Richtung Pistolentasche zuckte, war es schon zu spät.

Der helle Stoff flog hoch, wurde zur Seite geschleudert. Ein kurzes, unsäglich häßliches Metallrohr kam zum Vorschein: die Mündung einer Maschinenpistole, wie Strauch sie selbst dutzendfach in der Hand gehalten und ausprobiert hatte.

Die Waffe stieß am Fahrer vorbei auf den Beamten zu und bellte auf, als Strauch gerade erst die Faust am Griffstück hatte. Ein kurzer Feuerstoß von drei Schüssen traf ihn in Kopf, Hals und Brust. Die Wucht der Geschosse warf ihn nach hinten, gegen die Glasscheibe des Wachkiosks. Langsam rutschte er den graugestrichenen Metallsockel hinunter.

Noch ehe Strauch tot auf dem Boden lag, hatte sich der Schütze weiter am Fahrer vorbeigebeugt. Die Mündung der MPi ragte nun aus dem Wagenfenster heraus und spie erneut Feuer, wobei sie von rechts nach links gezogen wurde, um möglichst den gesamten Kiosk zu bestreichen.

Zehn, zwölf, fünfzehn Schüsse blafften auf, ein langer nicht mehr steuerbarer Feuerstoß. Glastür und Frontscheibe wurden regelrecht zersägt, tausend glitzernde Scherben regneten herab, Querschläger kratzten jaulend an den Stahlstreben vorbei.

Ein Schrei, schon nicht mehr dem eines Menschen ähnlich, übertönte für Sekundenbruchteile alles.

Zollinspektor Groll packte in einem letzten Reflex mit beiden Händen in die Magengegend. Er klappte wie ein Taschenmesser in der Mitte zusammen und kippte über den fallenden Stuhl mit dem Kopf zuerst durch die zerschossene Glastür.

Nur einen Atemzug später erwischte es Weber, der, vor Schreck wie angeklebt, noch immer hinter seinem Sichtgerät saß. Etwas Heißes raste durch seinen linken Oberarm. Dann warf ihn ein heftiger Schlag gegen die andere Schulter samt Stuhl nach hinten, worauf er endlich unterhalb der Schußlinie in die Deckung des meterhohen Metallsockels fiel, der den Kiosk umgab.

Plötzlich Stille.

Dann heulte ein Motor auf, Reifen kreischten, der BMW sprang nach vorn und fegte los.

Polizeioberwachtmeister Schulz hätte in dieser Minute eigentlich in der LKW-Abfertigung sitzen müssen. Daß er es nicht tat, lag an der Rücksichtslosigkeit seiner Schichtkollegen. Sie hatten den engen Raum bereits so vollgequalmt, daß der Langstreckler und Nichtraucher Schulz es nicht mehr aushielt.

Mit kreisenden Armen frische Luft tankend, hüpfte der Grenzer auf der Betonpiste der LKW-Ausfahrt herum, als die drei ersten Schüsse fielen.

Schulz stand wie angenagelt. Fehlzündungen?

Dann folgte der zweite, lange Feuerstoß.

Alarmiert starrte Schulz in Richtung PKW-Kontrolle. Ein dicht bepflanzter Grünstreifen nahm ihm die Sicht. Aber was er hörte, war eindeutig: Das konnte nur eine Maschinenpistole sein!

Als der BMW hinter den Büschen hervor auf die Autobahn zuraste, lag Schulz bereits flach auf der Piste, die entsicherte Dienstwaffe in der Hand. Noch drei, vier Sekunden, dann würde das Fahrzeug in dreißig Metern Entfernung an ihm vorbeijagen.

Der Grenzer spannte den Hahn und keilte seine linke Faust unter das Gelenk der Schußhand. Mit beiden Augen zielte er über den Lauf hinweg.

Der Schatten des Wagens tauchte am äußersten Rand seines Blickfelds auf. Drei-, viermal zog Schulz durch. Dann rollte er sich herum, um die Karre auch noch von hinten zu erwischen.

Dazu war es aber schon zu spät.

4

Mit kreischenden Bremsen stoppte ein bunter Mercedes-Transporter vor der Tchibo-Filiale, die sich in der Hattinger Fußgängerzone befand. Während der Fahrer eilig Pakete frischgerösteter Bohnen in den Laden trug, dudelte das Autoradio in voller Lautstärke weiter.

Im ersten Stock des Hauses gegenüber war eines der Fenster auf Kippe gestellt. Durch den schmalen Spalt drang die angeschrappte Stimme Adreano Celentanos auch in das riesige Eckzimmer einer geräumigen Altbauwohnung, die seit Jahr und Tag an wechselnde Wohngemeinschaften vermietet wurde.

In dem breiten Selbstbaubett an der Rückwand richtete sich eine junge Frau auf. Verschlafen tastete sie nach den Zigaretten und dem Feuerzeug und begann zu rauchen. Eines Tages, schwor sie sich, würde sie dem Tchibo-Fritzen einen Ziegelstein aufs Wagendach werfen.

Endlich brummte unten ein Motor auf – es wurde wieder ruhiger. Die Stille genießend schloß die Frau die Augen. Da begann neben ihr eine Motorsäge zu röhren.

Sie zuckte zusammen und zog das Oberbett ganz auf ihre Seite. In der anderen Hälfte lag ein Mann, und die Motorsäge war er.

Was dieser Kerl sich zusammenschnarchte!

Mindestens achtmal war sie in der Nacht aufgewacht, das dumpfe Dröhnen neben sich im Ohr. Sie hatte ihn gerüttelt, ihm den Ellbogen ins Kreuz gerammt und ihn mit Mühe auf die Seite gewälzt. Aber zehn Minuten später lag er wieder auf dem Rükken und ließ sich an den Wäldern West-Kanadas aus.

Himmel, was habe ich mir da eingefangen! Zehn Jahre älter, Stirnglatze, mindestens zwanzig Pfund zuviel auf Bauch und Hüften, Brillengläser, dicker als die Trennscheibe am Bankschalter. Aber zärtlich – zärtlich war er gewesen.

Nur widerstrebend war sie gegen zehn oder halb elf zu Ina hinübergegangen, wo die Fetenmusik inzwischen eindeutig zu laut geworden war. Sie hatte nur ein Bier trinken, die Stereoanlage leiser stellen und schlafen gehen wollen, um Vorrat für diese Woche zu tanken. Aber dann hatte da dieser Mensch gesessen: allein, eine Flasche Veltins in der Hand, durch seine Panzergläser blinzelnd. Neben ihm war der einzige freie Platz.

In der nächsten Stunde redeten sie keine hundert Worte miteinander. Doch dann nahm er zufällig seine Brille ab, um sich die Bullaugen mit einem Stück Sofadecke blankzuwischen, und da sah sie seine Augen: graublau glänzend, leicht zusammengekniffen, halb spöttisch, halb unergründlich – unwiderstehlich.

Zehn Minuten später griff sie dann einfach seine Hand und zog ihn hinter sich her. Wegen der Augen, weil Sonntag war und überhaupt. Inas vorwurfsvollen Blick ignorierte sie einfach . . .

Renate Krause drückte die Zigarette aus und stellte den Aschenbecher zurück. Dann streckte sie die Füße aus dem Bett, angelte mit den nackten Zehenspitzen nach den Holzsandalen und stand auf.

Ihr erster Weg führte in die Küche. Die Butter mußte aus dem Kühlschrank, die Kaffeemaschine wurde angeworfen, Eierwasser aufgesetzt. Dann erst lief sie ins Bad.

Frisch geduscht und fertig angezogen kehrte sie in ihr Zimmer zurück. Der Typ in ihrem Bett schnarchte immer noch – nach Kanada waren offenbar die Gehölze Sibiriens an der Reihe. Sie zog ihm die Decke weg und warf sie auf den nächsten Sessel.

„Aufstehen!"

Als sie die erste Scheibe Toast mit Magerquark und Brombeergelee bestrich, stand er in der Tür. Unrasiert, ungekämmt, aber halbwegs angezogen.

Wortlos deutete Renate auf den freien Stuhl auf der anderen Seite des Tisches, schob dem Dicken eine Tasse ohne Henkel, die gläserne Kaffeekanne und ein Messer hinüber. Bedienen mußte er sich schon selbst.

Der Mensch mit der Brille probierte jetzt auch von dem Gelee, nickte zufrieden und trug eine fast zentimeterdicke Schicht davon auf seine Schnitte auf.

„Selbstgemacht?" fragte er dann.

„Meine Mutter", sagte sie und dachte: Gut, daß ich erst einmal eine Woche weg bin. Kerle wie der da stehen glatt am selben Abend wieder auf der Matte und behaupten, sie wollten nur das Marmeladenrezept aufschreiben. Wenn man nicht aufpaßte, tat man das dann auf dem Standesamt.

Ungeduldig blickte sie zur Küchenuhr. Wenn der jetzt abhaute, könnte sie noch in Ruhe die „Rundschau" lesen und das Bett machen. Sie haßte es, in völlig unaufgeräumte Zimmer zurückzukehren.

Demonstrativ griff sie zur Zeitung und verschanzte sich dahinter. Minutenlang fiel kein einziges Wort.

„In so einer alten griechischen Sage", begann er plötzlich, „gibt's eine Königin, die hat ihre Liebhaber am nächsten Morgen eigenhändig erwürgt. Das könnte eine Urgroßmutter von dir gewesen sein."

Gegen ihren Willen mußte Renate lächeln.

Dann aber entgegnete sie schroff: „Die wußte schon, warum."

Der Mann mit der Panzerglasbrille verzog keine Miene. Er griff nach einem Block, auf dem sonst die Einkaufswünsche der Wohngemeinschaft notiert wurden, und kritzelte ein paar Ziffern auf das Papier. Anschließend schob er die Blätter zur Mitte des Tisches.

„Hier. Kannst ja anrufen, wenn du mal wieder einen erwürgen willst."

„Unwahrscheinlich", sagte sie und ließ den Block, wo er lag.

Er gab es auf und griff zu seiner Jacke, tauchte in die Ärmel.

Als er schon in der Tür stand, meinte Renate: „He, Dicker!"

„Ja?"

„Du warst lieb. Besser als irgendeiner von Inas Robert-Redford-Typen. Du weißt schon, die großen Anmacher mit den unwiderstehlichen Tricks."

„Na ja . . ."

„Was heißt na ja?"

Er zog die Nase hoch, seine Brillengläser funkelten.

„Was die Tricks angeht – meine Augen, weißt du, da werden alle schwach. Mein Trick sind die Augen."

5

Als Pachmann die Waffe hochriß und losschoß, war Grau vor Schreck fassungslos. Er starrte ungläubig auf die MPi, die dicht vor seinen Augen Feuer spie. Unwillkürlich stemmte er sich gegen das Lenkrad und drückte Kopf und Brust so weit wie möglich nach hinten.

Nach dem ersten Feuerstoß wälzte Pachmann sich zur Fahrerseite herüber und keilte seine Ellenbogen in Graus Armbeuge. Erneut bellte die Maschinenpistole auf. Wie in einer Großaufnahme sah der blonde Fahrer das Gesicht des Schützen vor sich: Die Augen waren bis auf einen schmalen Schlitz geschlossen, die kleine Narbe unterhalb des linken Backenknochens glühte, die Lippen waren zusammengepreßt.

Grau wagte nicht, sich zu rühren. Das Aufbellen der Schüsse, das Klirren der splitternden Fenster, die unwirklichen Schreie und das Geheul der Querschläger – das alles verschmolz zu einem einzigen unerträglichen Getöse.

Plötzlich brach der Lärm ab.

Pachmann ließ den Griff der Maschinenpistole los, stützte sich mit der freigewordenen Hand gegen die Fahrertür und stieß sich ab, die MPi am Handschutz nachziehend.

„Fahr los!" brüllte er. „Fahr, du Arsch!"

Da löste sich Graus Erstarrung.

Er knüppelte den ersten Gang ein, ließ die Kupplung kommen und trat zugleich mit voller Kraft aufs Gaspedal.

Der Wagen schoß nach vorn.

Grau riß das Lenkrad nach links, auf die Autobahn zu.

Unter der Wucht der Beschleunigung brach das Heck des Wagens aus. Die grauen Leitplanken kamen für Sekundenbruchteile bedrohlich nah. Dann griffen die Reifen wieder. Grau zwang das Fahrzeug genau auf die gestrichelte Mittellinie, an Restaurant und Wechselbanken vorbei, Richtung Osten.

Die LKW-Ausfahrt!

Für einen Lidschlag schoß sein Blick nach rechts.

Alles frei.

Bis auf diesen langgestreckten Schatten mitten auf der Piste.

Zwei trockene Schläge hämmerten gegen das Blech der Karrosserie. Hinten Schreie, die das Brüllen des hochgepeitschten Motors übertönten.

Unwillkürlich lockerte der Blonde den Druck auf das Gaspedal, zwang sich aber, den Blick auf der Fahrbahn zu halten. Sie mußten noch einmal nach links rutschen, sonst wären sie genau in die tödlich enge Kurve der nächsten Abfahrt gerast.

„Gib Gas, du Arsch, gib Gas!"

Endlich erreichten sie die Hauptfahrbahn.

Grau zog den BMW sofort in den toten Winkel vor einen Container-Lastzug, instinktiv Rückendeckung suchend.

Stöhnen von hinten, aus der Richtung des Chefs. Ein Ächzen, als versuche jemand mit letzter Kraft einen niegekannten Schmerz zu unterdrücken. Doch Volker Grau war das jetzt völlig egal.

Tempo, Tempo, weiter, nur weg hier!

Eine langgezogene Linkskurve. Der Blonde lenkte den Wagen sanft nach innen, auf die zweite Spur. Der Tacho zeigte 180. Dann wieder geradeaus, eine lange graue Piste, von Büschen und Laubbäumen gesäumt . . .

Rechts flog ein großer, blauer Fleck heran, weiße Schriftzeichen leuchteten auf: „Aachen-Brand 1000 Meter."

„Langsam!" schrie Pachmann. „Hier runter!"

„Was? Spinnst du? Ich will hier weg!"

Da bückte sich der Narbige zum Fußraum hinab, zerrte die Maschinenpistole hoch und drückte Grau die noch heiße Mündung in die Rippen.

„Jetzt befehle ich!“

Der kann doch gar nicht schießen, dachte der Blonde. Nicht bei 180. Aber da lag etwas in Pachmanns Stimme, das keinen Widerspruch duldete.

Vollbremsung, erneutes Schlingern. Knapp an der Leitplanke vorbei zog Grau den BMW auf die Abbiegespur und preßte ihn durch die enge Rechts-Links-Kurve der Abfahrt.

Unten eine Ampel: Rot!

Grau traute seinen Augen nicht: Vor ihnen lagen eine Shell-Tankstelle, eine Bosch-Werkstatt, eine Ford-Vertretung. Und Häuser zu beiden Seiten. Sie waren mitten in bebautem Gebiet gelandet.

„Mensch, laß uns wieder hochfahren!“ schrie er. „Hier unten haben sie uns doch sofort am Arsch!“

„Schnauze!“

Unbeeindruckt studierte Pachmann die Wegweiser auf der anderen Straßenseite. Links ging es nach Aachen – ausgeschlossen. Aber rechts, Stolberg, Kornelimünster, Monschau . . .

„Da lang!“ entschied er. „In die Eifel!“

Die Ampel war noch immer rot – schon seit zwanzig Sekunden.

Von hinten ein Stöhnen.

Grau fuhr herum: Der Chef hockte zusammengesunken in seiner Ecke, die Augen geschlossen. Schweiß glänzte auf seiner Stirn, die Lippen flatterten.

Und was war mit Helge?

„Grün!“

Pachmann stieß Grau grob in die Rippen.

„Weiter!“

Gehorsam lenkte der Blonde den Wagen auf die vierspurige Bundesstraße. Aber fünfzig Meter weiter stand die nächste Ampel: wieder rot!

Als Grau in die Bremse trat, schlug von hinten etwas Hartes dumpf gegen seine Lehne. Er fuhr herum und schrie auf. Helge Wiesner war kopfüber gegen den Fahrersitz gekippt.

Pachmanns Faust erschien vor Graus Gesicht. Sie packte Wiesners dunkle Haare und zog den Kopf hoch. Starre, unmäßig weite Augen, in denen jede Spur von Leben fehlte.

„Der – der ist ja alle . . .“, stammelte Grau.

„Schicksal.“

Pachmann ließ den Kopf einfach wieder nach unten fallen.

„Grün. Und fahr bloß nicht schneller als fünfzig . . .“

Genau das aber hätte Grau am liebsten getan: den Gashebel bis zur Ölwanne durchgetreten. Aber der lange Pachmann hatte recht. Die Bebauung wurde dichter, die ersten, wenn auch verschlafenen Fußgänger tauchten auf. Ein Raser wäre sofort aufgefallen.

Endlich hatten sie den Ort passiert. Vor ihnen glänzten satte Wiesen und Wald. Grau beschleunigte den Wagen und wollte sich schon bequemer zurechtsetzen, als er erneut in die Bremse steigen mußte: Vor ihnen quälte sich eine Autoschlange den Berg hinauf, an der Spitze ein Tieflader, der einen Panzer transportierte.

Pachmann zeigte nach links. Dort stand ein Wegweiser: „Stolberg 8 km“. Daneben führte eine schmale Straße bergab ins Grüne.

„Da hinein!“

„Da ist doch nur Prärie!“

„Genau richtig. Mensch, wir müssen diese Kiste loswerden. Die wird jetzt schon bis Köln gesucht. Gib Gas, Junge!“

Seit der Schießerei waren knapp sieben Minuten vergangen.

6

Ylmaz wohnte in Holthausen.

Das Beste an dieser Siedlung ist für viele immer noch die schöne Aussicht. Aus den oberen Stockwerken der höchsten Häuser gewinnt man einen weiten Rundblick über den gesamten Talkessel, in dem Hattingen liegt. Sogar die Henrichshütte mit ihren schwefelhaltigen Abgaswolken wirkt, von hier betrachtet, fast idyllisch. Diejenigen Holthauser, die dort arbeiten, wissen es allerdings besser.

Ansonsten hat sich die schlecht geordnete Anhäufung eilig hochgezogener Sozialbauten als Planungspleite ersten Ranges erwiesen. Außer den beiden Kneipen, die schon früher hier gestanden hatten, gab es anfangs lediglich eine Grundschule mit Turnhalle und einen Kindergarten. Alles Weitere mußten die hier wohnenden Menschen einer ebenso unfähigen wie hochnäsigen Verwaltungsspitze erst in zähem Kleinkrieg abtrotzen: einen Laden, eine Arztpraxis, eine Rezeptsammelstelle. Ausdruck der höchsten Gnade des Stadtdirektors ist indes ein als Jugendheim bezeichnetes, schachtelgroßes Gebilde, das vor allem aus Preßpappe besteht und nach drei regenlosen Tagen beim ersten Sonnenstrahl abzubrennen pflegt.

Hier war Ylmaz aufgewachsen.

Mit seinen Eltern und drei kleineren Schwestern teilte er sich die dreieinhalb Zimmer einer gerade 78 Quadratmeter großen Sozialwohnung. Weil die Mädchen nach der strengen türkischen Moralvorstellung gesondert schlafen mußten, blieb dem Jungen als Schlafplatz lediglich die Couch im Wohnzimmer. Da hier auch der Fernseher stand, war er praktisch nie allein.

Der Piepser seiner batteriegetriebenen Armbanduhr weckte ihn wenige Minuten vor sieben. Nach dem ersten Augenreiben fiel ihm ein, daß heute der langersehnte Tag war, an dem es losgehen sollte. Schlagartig war er munter und sprang aus dem Bett.

Als er die Küche betrat, hatte ihm Nilgül, die älteste der Schwestern, bereits den Tisch gedeckt. Als Sechzehnjähriger galt er fast als erwachsen und wurde bei Tisch von den Schwestern bedient, wie es die Mutter bei Vater tat.

„Möchte mein Sohn Kaffee?"

Ylmaz nickte, wollte aber selbst zur Kanne greifen.

Die Mutter wehrte ab: „Setz dich. Du wirst uns diese Woche fehlen."

Ylmaz schluckte. Hier las man ihm jeden Wunsch von den Augen ab, aber in der Schule schubste man ihn herum, mußte er sich ständig seiner Haut wehren: gegenüber manchen Lehrern, aber auch gegen viele Schüler. Und wenn er daran dachte, daß Stephanie aus dem fünften Stock im Leben nicht auf die Idee käme, ihrem Bruder Kaffee einzugießen und seine Hemden zu bügeln, dann blickte man gar nicht mehr durch.

„Der Bus geht bald", erinnerte die Mutter.

Ylmaz schüttelte den Kopf.

„Nachbar Gärtner fährt uns. Er hat Mittagschicht."

Die Mutter preßte die Lippen aufeinander.

„Was ist?" lachte der Sohn. „Sag schon!"

„Es ist nicht recht, wenn du zu diesem Mädchen gehst. Vater will das nicht. Du bist doch versprochen . . ."

„Mutter!" Ylmaz spürte, wie ihm das Blut ins Gesicht schoß. „Das habt ihr vor vierzehn Jahren gemacht, als ich weder ja noch nein sagen konnte. Ich kenne diese Shirin doch gar nicht, die ihr mir ausgesucht habt . . ."

„Du kannst das Wort nicht brechen, das dein Vater gegeben hat!“

„Ich heirate niemanden, den ich nicht kenne“, erwiderte Ylmaz entschieden. „Und mit Stephanie – du machst dir ganz falsche Gedanken.“

„Herr Gärtner könnte dich mißverstehen!“

Ylmaz stopfte das letzte Stück Brot in den Mund und spülte es mit Kaffee hinunter. Dann sagte er: „Versteh doch, das ist hier anders. Und außerdem – da ist nichts . . .“

„Stimmt gar nicht!“ rief die neunjährige Ayshe dazwischen. „Gestern hast du sie im Fahrradkeller geküßt!“

Erschreckt schlug sie sich die Hand vor den Mund und versteckte sich hinter Nilgül, ängstlich zur Mutter blickend. Die sah plötzlich zehn Jahre älter aus. Ihre Finger umklammerten die Stuhllehne derart fest, daß sich die Haut über den Knöcheln spannte.

Ylmaz stand auf und legte der Mutter die Hand auf die Schulter: „Wir wollen nicht zanken. Ich bin eine Woche weg – da sollte man nicht im Streit auseinandergehen.“

Bekümmert schaute die Mutter ihren Sohn an. Längst war er einen Kopf größer als sie. Die festen, beinahe eckigen Konturen seines Gesichts, der dunkle Schimmer eines Oberlippenbartes und die tiefe, kräftige Stimme – alles deutete daraufhin, daß er erwachsen wurde. Und sein Verhalten ließ erkennen, daß er ihrer und des Vaters Erziehung mehr und mehr entglitt.

Ylmaz war froh, als er endlich seine Jeansjacke angezogen und die Tasche aufgenommen hatte. Er steckte noch einmal den Kopf zur Küchentür herein, ehe er verschwand.

„Bleib gesund. Salam . . .“

Als die Wohnungstür hinter ihm ins Schloß gefallen war, wandte sich die Mutter Ayshe zu: „Sag so etwas nie wieder, hörst du? Nie wieder! Vor allem nicht zu Vater und den Onkeln!“

Dann schaute sie aus dem Fenster, nach Nordwesten hinüber. Dort lag, ihren Blicken durch hohe Häuser entzogen, die Anne-Frank-Realschule, die ihr Sohn besuchte.

„Mit diesem Mädchen“, sagte sie leise, „daraus kann nichts Gutes werden.“

7

„Morgens zu spät – den ganzen Tag zu spät!“

So stand es auf der gerahmten Kachel aus nachgemachtem Delfter Blau, die über dem Frühstückstisch in Gustav Scheubners Küche hing. An diese goldene Handwerkerregel hatte sich der Malermeister aus Aachen-Brand sein Leben lang gehalten. Um so erfreuter war er, als er die Fliese mit seinem Leitspruch in einem Andenkenladen in Katwijk an Zee entdeckte. Ohne Zögern hatte er acht Gulden fünfzig dafür auf die Theke gelegt.

Punkt sechs war Gustav Scheubner aus dem Ehebett geklettert. Er hatte seine Frau geweckt, die ihm wie jeden Tag den Kaffee kochen, die Frühstücksbrötchen schmieren und die Stullen für die Pause einwickeln würde, und war ins Bad geschlurft. Er war jetzt 54 – ein Blick in den Spiegel zeigte, daß der gestrige Abend im „Stier“ unübersehbare Spuren in seinem Gesicht hinterlassen hatte.

Dennoch saß er um halb sieben in der Küche, kaute die Leberwurstbrötchen und den Sportteil der »Aachener Nachrichten“ und brachte sich mit vier Tassen Kaffee langsam wieder in Form.

Um Viertel vor sieben stand der Meister auf dem Garagenhof seines Zweifamilienhäuschens in der Ringstraße 54. Tatendurstig kletterte er auf den Bock seines roten Ford-Transit, dessen Ladefläche er bereits am Samstag bestückt hatte. Denn um sieben wollte er in Venwegen bei Stolberg mit dem Tapezieren des hübschen Reihenhäuschens beginnen, das sich ein Aachener Studienrat im Heinrich-Hamacher-Weg gekauft hatte.

Vorsichtig ließ er den Transit zum Straßenrand rollen. Else, die trotz ihres Rheumas wie jeden Morgen die Treppenstufen wischte, winkte ihrem Mann noch einmal kurz zu. Dann ließ Scheubner die Kupplung kommen und fuhr nach links, der Bundesstraße 258 entgegen. WDR I sendete das neueste Liedchen von Mireille Mathieu – so konnte man beschwingt in den Maimorgen starten, auch wenn das Wetter mal wieder zu wünschen ließ.

Als er an der Ampel an der Trierer Straße hielt, spürte Scheubner zum erstenmal ein menschliches Bedürfnis. Die letzten Tropfen der sieben Halben, die er sich am Abend gegönnt hatte, und die ersten Schlückchen des ehemaligen Morgenkaffees drückten auf die Blase.

Grün.

Scheubner steuerte nach rechts, tuckerte nun die B 258 entlang, hielt erneut an einer Ampel, bevor er die Grünphase erwischen konnte.

Im Rückspiegel blinkte ein Warnlicht auf. Ein riesiger, olivfarbener Sattelschlepper keuchte heran. Scheubner drehte sich um und spähte durch den dunklen Laderaum und die Heckscheibe. Hinter dem Fahrerhaus des Schleppers nahm er die wuchtigen Umrisse eines Panzerturms wahr. Nur gut, daß ich den hinter mir habe, dachte er. Hinter der Kuppe da oben versperrt der die ganze Straße.

Eine Minute später hatte der Ford den Ortsausgang passiert. Von der Anhöhe öffnete sich ein weiter Blick in das Aachener Hügelland. Lindgrüne Waldungen, satte Wiesen und gepflegte Bauernhöfe zogen an Wochenenden Scharen von Großstädtern an. Auch Scheubner fuhr diese Strecke immer wieder gern. Nicht umsonst wurde sie im Autoatlas als landschaftlich besonders reizvoll bezeichnet.

Unten im Tal bog er in Richtung Stolberg ab. Die Straße führte hier noch einmal ein Stück nach unten, schwenkte aber in der Senke, am verfallenen Kalkbrennofen, nach links ab. Und genau am tiefsten Punkt der Kurve spürte Scheubner erneut den Druck der Blase – stärker als beim erstenmal.

Jetzt schnurrte der Wagen den Berg hinauf. Rechts eine Böschung, auf deren Kamm der kantige Klotz eines weiteren Kalkofens thronte, links eine Senke, in der Scheubners Stammtischbruder Holtzbrink sein Vieh weidete. Oben tauchten die ersten, aus grauem Kalkstein gefügten Häuser Krauthausens auf.

Auf der leicht huckeligen Fahrbahn schwappte die Füllung in Scheubners Blase erneut. Idiot, schalt sich der Malermeister selbst, die eine Minute zum Pinkeln hättest du dir nehmen sollen!

Die Straße führte schnurgerade aus dem verschlafenen Nest heraus. Links dösten noch ein paar Ein- und Zweifamilienhäuser vor sich hin, auf der Fahrerseite aber glänzte schon wieder das taufrische Grün weiter Wiesen. Im spitzen Winkel knickte der Weg nach rechts ab.

Diese Kurve brach Scheubners Durchhaltewillen. Genau unter den sieben Strängen der Überlandleitung lenkte er hart an den Straßenrand. Die nächste Kurve, vorn bei den Pappeln, hätte er nicht mehr trocken überstanden.

Scheubner linste sichernd die Straße entlang und sprang auf die

Fahrbahn. Ein heftiges Stechen in seinen Lenden bestätigte dem Meister, daß es höchste Zeit war. Er umkurvte den Kühler seines Wagens, blickte noch einmal prüfend nach Krauthausen zurück und öffnete die vier entscheidenden Knöpfe seiner Malerhose. Ein satter Strahl dampfte in der Morgenluft.

Welch ein Vergnügen, in freier Natur zu strullen! In einem Anfall von Übermut versuchte Scheubner sogar, den untersten Stacheldraht des Weidezauns zu treffen, aber dazu reichte der Druck schon nicht mehr aus.

Die Quelle versiegte.

Scheubner stöhnte erleichtert auf, ließ die letzten Tropfen fallen und packte alles wieder ein.

Als er die Hose gerade geschlossen hatte und sich schon zum Gehen wandte, hörte er das dumpfe Brummen eines starken Motors. Eine Bremse quietschte leicht, danach wurde eine Wagentür aufgeklinkt.

Scheubner drehte sich um. Hinter seinem Transit lugte die rechte Frontpartie eines blaßblauen, metallisch schimmernden BMW hervor. Ein hochgewachsener junger Mann in schwarzen Kordhosen kam auf ihn zu, einen aufgeschlagenen Autoatlas in der Hand. Auf seinem offenen, durch eine kleine Narbe verunzierten Gesicht lag ein freundliches, verständnisvolles Lächeln.

„Morgen, Meister. Entschuldigen Sie, wenn ich Sie bei einer wichtigen Sache störe . . .“

Scheubner grinste zurück. Junge Leute mit ordentlicher Frisur – daran konnte sich sein zotteliger Azubi ein Beispiel nehmen.

„Wir haben uns verfranst“, erklärte der Lange nun. „Krauthausen! Das steht auf keiner Karte! Können Sie mir zeigen, wo wir wirklich sind?“

„Klar doch!“ dröhnte Scheubner. „Gib mal her. Hier!“

Mit dem Zeigefinger deutete er entschlossen auf einen bestimmten Fleck der Karte.

„Sie müssen jetzt . . .“

Hinter ihm patschte etwas Schweres in die Pfütze, die sich vor der Grasnarbe am Fahrbahnrand aufgestaut hatte. Scheubner wollte sich danach umblicken, aber dazu kam er nicht mehr.

Ein dumpfer Schmerz im Hinterkopf, ein Rauschen in den Ohren, die Knie gaben nach. Dann verschwamm das Bild vor seinen Augen und erlosch.

8

Stephanie wohnte zwei Treppen tiefer.

Ylmaz schellte.

Eilige Schritte trabten heran. Frau Gärtner öffnete und reichte dem Jungen die Hand.

„Komm rein.“

Auf dem Weg zur Küche klopfte sie an die Klotür und rief: „Steffie, Beeilung! Dein Scheich wartet.“

Die Antwort ging im Rauschen der Wasserspülung unter.

„Komm schon“, drängelte Frau Gärtner, als sie sah, daß Ylmaz zögerte. Sie schob ihn vor sich in die Küche.

„Setz dich ’nen Moment. Unsere Tochter braucht bestimmt noch zwei Stunden.“

„Tag, Ylmaz!“

Herr Gärtner kaute an einem Marmeladenbrot und schielte wieder auf die Zeitung, die neben seinem Teller lag.

Seine Frau griff über den Tisch und warf das Blatt auf den Kühlschrank: „Wir sind auch noch da! – Kaffee?“

Ylmaz schüttelte den Kopf, aber Stephanies Mutter goß ihm trotzdem eine Tasse ein.

„Du sollst dich nicht immer so anstellen.“

„Trink ruhig, du Kümmeltürke!“ meldete sich nun auch Steffies Bruder.

„Selber Kümmeltürke!“ Frau Gärtner tippte sich an die Stirn. „Andreas schreibt in Deutsch eine Fünf nach der anderen. Keine Reihe ohne Fehler. Was hast du in Deutsch?“

Ylmaz lächelte verlegen.

„’Ne Zwei!“

„Der ist ja auch nur Realschule!“ winkte Andreas ab.

„Ach – der Herr Gymnasiast ist was Besseres?“ fuhr der alte Gärtner hoch. „Mutter, ab heute übernimmt Andreas die Mülltüten. Bis er das ‚Nur‘ vor Realschule wegläßt.“

Steffie kam hereingebraust, die Haare naß und einen Fön in der Hand: „Morgen, Leute! Mann, ist das eng hier, wenn nur einer mehr da ist.“

Sie zwängte sich an Andreas vorbei auf ihren Stammplatz, zog den Stecker des Toasters heraus und stöpselte den Fön ein. Während sie mit der einen Hand den Heißluftstrom in ihre mehr als schulterlangen dunkelblonden Haare lenkte, griff sie mit der anderen nach einer Schnitte Brot und biß ein Stück ab.

„Steffie, tu was auf das Brot drauf!"

„Ich werd' zu fett, Mami. Ylmaz meint, ich hätte einen Pferdearsch."

„Waaas?"

Herr Gärtner, der gerade getrunken hatte, ließ die halbvolle Tasse klirrend auf den Unterteller zurückfallen und prustete los. Schließlich verschluckte er sich und hustete. Sofort stand seine Frau neben ihm und trommelte mit offensichtlichem Genuß auf seinem Rücken herum.

Ylmaz fühlte, daß er rot anlief, und protestierte: „So was habe ich nie gesagt!"

„Stimmt nicht", nuschelte Steffie dazwischen. „Er findet die meisten Weiber in unserer Klasse viel zu dünn. Bea und Birgit zum Beispiel, unsere Disco-Tanten. Die hungern sich fast zu Tode. Platte Bluse, leere Hose. Ylmaz meint, solche Gerippe wären nichts für einen echten Türken."

Vater Gärtner feixte erneut. Liebevoll tätschelte er die nicht gerade schmale Rückfront seiner Angeheirateten.

„Wenn das so ist, dann bin ich auch ein Türke."

Verlegen guckte Ylmaz aus dem Fenster. Solche Reden und Berührungen waren bei ihm zu Hause undenkbar. Nie hatte sein Vater in Gegenwart der Kinder irgendeinen Beweis von Zärtlichkeit geliefert.

Steffies Mutter schien zu bemerken, was in Ylmaz vorging, und lenkte auf ein anderes Thema über: „Weiß dein Vater etwas Neues? Machen die das Werk dicht?"

„Weiß nicht . . ." Der Junge zog seine breiten Schultern hoch. „Die blicken alle nicht durch und haben einfach Angst."

Gärtner nickte: „Verstehe ich. Die wollen die Belegschaft hinhalten und machen Mönninghoff schließlich doch dicht. Eine Schande ist das: Der Besitzer steckt Millionen in seinen Reitstall, und den Betrieb läßt er vor die Hunde gehen. Soziale Verantwortung der Unternehmer? Höchstens für seine Gäule . . ."

Er schaute auf die große, runde Küchenuhr, beugte sich über den Tisch und zog den Stecker des Föns heraus.

„Beeilung, Tochter! Wenn wir dich mal für eine Woche loswerden können, dann sollst du nicht zu spät kommen."

Steffie plazierte den Fön genau zwischen Marmeladenglas und Margarinebecher und kletterte wieder aus ihrer Ecke heraus.

„Ist ja schon gut, Väterchen. Jetzt mußt du nur noch den Andy zur Oma schicken, dann habt ihr sturmfreie Bude."

Frau Gärtner bugsierte das Mädchen zur Tür: „Los, ich helfe dir beim Kämmen."

Auch Andreas stand auf. Im Vorbeigehen klopfte er Ylmaz auf die Schulter: „Sei standhaft! Die Langhaarige will dich heute abend verführen!"

„Idiot!"

Erneut schoß Ylmaz das Blut ins Gesicht. Und jetzt ließ Andy ihn auch noch mit dem Vater allein!

Gärtner blickte den Jungen über den Zeitungsrand hinweg an. Er grinste. Dann meinte er ernst: „Wie ist das – wir fahren im Sommer in den Schwarzwald zum Campen. Bei Andy und Steffie im Zelt ist noch Platz. Hast du Lust, mit uns zu kommen?"

9

„Gut gemacht!"

Pachmann riß die Schiebetür an der rechten Seite des Ford-Transit auf und bückte sich zu den Füßen des Malers, dessen Oberkörper leblos in Graus Armen hing. Ein kurzer Schwung, und Scheubner landete mitten zwischen Farbeimern und Tapetenrollen.

„Ich fahre mit dem Ford vorneweg. An der nächsten stillen Ecke laden wir um. Ab!"

Gerade als Pachmann den Motor des Lieferwagens anlassen wollte, tauchte in der Kurve bei den Pappeln ein heller Mercedes auf.

Der Lange senkte den Kopf und verfolgte das Motorgeräusch des fremden Wagens, das rasch anschwoll und ebenso schnell wieder verebbte. Ein Blick in den Außenspiegel – der Mercedes verschwand in der Kurve nach Krauthausen.

Er startete.

Gut, daß die Schiebetür nicht abgeschlossen war, dachte er. Sonst hätte uns der Arsch gesehen.

Hinter den Pappeln führte die Straße in die nächste Ortschaft. Häuser, Häuser, und immer noch kein Ende. Der BMW mußte weg. Es konnte nicht mehr lange dauern, bis die Bullen dahinterkamen, daß sie die Autobahn verlassen hatten. Dann würde die Suche in den Dörfern beginnen. Mit Kradstreifen, PKWs und Hubschraubern . . .

Mit dem letzten Rest seiner Selbstbeherrschung zwang Pachmann sich, nicht schneller als siebzig zu fahren.

Die Zeit drängte.

Am Ortsausgang stoppte er entnervt. Hinter Bäumen, Büschen und Wiesen drohten dort bereits die Dächer des nächsten Dorfes. In dieser Richtung waren die Chancen gleich Null.

Ratlos blickte Pachmann in die Runde – und hätte vor Freude am liebsten gebrüllt. Links begann eine schmale Seitenstraße, kaum mehr als ein asphaltierter Feldweg. Und bereits nach den ersten Häusern verlor sich der Blick zwischen Hecken und Bäumen.

Das war es!

Ohne Zögern schlug Pachmann das Lenkrad ein und gab Gas. An den wenigen Eigenheimen war er in Sekundenschnelle vorbeigeprescht. Schon tauchte er in einen engen Tunnel aus üppig wachsendem Grün. Doch in der Ferne schimmerten schon wieder rote Ziegeldächer.

Der Lange bremste und lenkte den Wagen hart nach rechts an das Gebüsch. Zweige peitschten gegen das Blech, dann stand die Kiste endlich still.

Tür auf, raus und die Lage peilen!

Die Stelle war erstaunlich gut. Die Häuser am Anfang der Straße schienen spurlos verschwunden zu sein. Rechts schützte eine dichte Weißdornhecke. Links lag eine weite, sich bedächtig ins Tal neigende Weide, die bis auf ein paar Kühe leer war. Die nächsten Häuser am jenseitigen Rand der Senke standen so weit weg, daß man gerade noch die breiten Wohnzimmerfenster erkennen konnte. Die dichten Kronen der wenigen Buchen und Weiden am linken Straßenrand schirmten den Platz so gut ab, daß man den BMW auch vom Hubschrauber aus nicht entdecken würde.

Grau hatte rund zwei Meter hinter dem Transit angehalten. Er sprang aus dem Wagen, schaute sich gehetzt um.

„Mensch, Pachmann. Wenn einer kommt!"

„Quatsch. Hier oder nirgends. Los, zuerst den Laderaum . . ."

Mit fliegenden Händen schoben sie Eimer, Kleister und Tapetenpakete beiseite. Der Malermeister wurde dicht hinter die Trennwand geschleift. Neben ihm breiteten sie eine alte Decke auf dem mit dünnem Gummi ausgelegten Blechboden aus.

„Komm, den Chef!"

Sie quetschten sich zwischen Büsche und BMW, rissen die

hintere Tür auf. Der Oberkörper des Chefs fiel ihnen entgegen. Pachmann fing ihn auf, ehe er auf dem Grasboden aufschlug. Seine Hand fühlte etwas Nasses, Klebriges: Blut.

Scheiß drauf!

Er zog den Verletzten ganz aus dem Wagen, Grau packte die Beine, und Sekunden später lag der Verwundete neben dem Maler.

„Und jetzt?“

„Zieh dem Opa den Kittel aus und nimm die Papiere. Dann fesselst du ihn und suchst hier nach ein paar Putzlappen. Wir müssen den BMW polieren . . .“

In höchster Eile tat der Blonde, was Pachmann ihm befohlen hatte. Dieser drehte den Chef auf die gesunde Seite und befingerte Rippen und Rücken. Die Kugel mußte noch irgendwo in der rechten Seite stecken. Ohne einen Doktor war da nichts zu machen.

Er lagerte den Kopf des Verwundeten auf dem linken Oberarm und stützte ihn im Rücken mit einem Bündel Tapeten ab. Schlimm genug, daß er den Chef nicht heil über die Grenze gebracht hatte. Wenn der jetzt noch an seinem Frühstück erstickte, gäbe es für Pachmann nichts mehr zu lachen.

Während Grau den Maler verpackte, nahm Narbe sich den Toten vor.

Er kippte dessen Oberkörper der Länge nach auf die Rückbank des BMW und begann, Wiesners Taschen auszuräumen. Mit dem Portemonnaie gab es keine Probleme, das ragte ohnehin schon halb hervor. Aber die vorderen Taschen der schwarzen Lederhose waren flach und eng, mehr Verzierung als praktisch nutzbarer Aufbewahrungsort.

Mühsam zwängte der Lange seine Finger in die engen Schlitze. Bis auf einige Tabakkrümel schienen sie leer zu sein. Doch dann berührten die Fingerkuppen etwas, das sich wie Papier anfühlte. Er zog es heraus: ein Fahrschein der Pariser Metro, vor knapp drei Tagen abgestempelt.

Zusammen mit den Ausweisen stopfte Pachmann Wiesners Hinterlassenschaften in die weiten Innentaschen seines Popelinemantels. Dann sammelte er die im Wagen herumliegenden Waffen ein und legte sie samt den Reservemagazinen griffbereit auf die Sitzbank des Transit.

„Was ist mit den Lappen?“

Grau reichte eine Plastiktüte herüber, die mit weißen Wäschestücken, offenbar ausgedienten und zerschnittenen Unterhosen und -hemden, gefüllt war.

„Pack einen Stapel Tapeten vor die beiden, damit man sie nicht auf den ersten Blick hier herumliegen sieht. Beeilung!"

„Warum schleppen wir den Opa überhaupt mit?"

„Mensch, gebrauch doch ein einziges Mal dein Gehirn!" Pachmann tippte sich an die Stirn. „Wenn der hier bleibt und wach wird, haben wir eine halbe Stunde später alle Bullen Europas auf dem Hals."

„Umlegen!"

„Hier?"

Pachmann deutete zu den Häusern hinüber.

„Viel zu riskant. Das machen wir später, woanders."

Im Laufschritt eilte er zum BMW zurück und holte vier Reisetaschen herüber.

„Komm jetzt!"

Schon hielt er die Beine des toten Wiesner in der Hand, wartete darauf, daß Grau endlich anpackte. Doch der zögerte.

„Mensch, bepiß dich nicht! Wir haben keine Zeit!"

Sie wuchteten den Toten in den Kofferraum und klappten den Deckel zu.

„Und jetzt den Innenraum. Du vorne. Schnell und gründlich . . ."

Doch Grau stand am Straßenrand, hielt sich mit einem Arm an den schwankenden Zweigen eines Busches fest und erbrach sich.

„Auch das noch!"

Angeekelt sah der Genarbte einen Augenblick auf Graus zukkende Schultern, dann tauchte er selbst im Vorderraum des BMW unter und wischte Griffe, Scheiben und das Leder der Sitze und Türverkleidungen ab. Besonders gründlich wienerte er dort, wo er selbst gesessen und das Fahrzeug berührt hatte.

Der Blonde hockte jetzt am Boden, kalkweiß im Gesicht, und stützte sich mit den Händen ab.

Arschloch! dachte Pachmann und blickte ihn kalt an. Doch dann trat er zu ihm und legte ihm die Hand auf die Schulter. Er bemühte sich, seinen Worten jede Schärfe zu nehmen, die den anderen nur noch mehr in Panik getrieben hätte.

„Mensch, Volker! In einer Minute sind wir hier weg! Dann ist das Schlimmste überstanden!"

Er zog den Blonden hoch, knuffte ihn noch einmal in die Rippen.

„Wir leben, Junge, wir leben! Wir sind durchgekommen und haben noch eine Chance. Raff dich auf!“

Grau nickte jetzt und folgte dem Langen zum Ford.

Pachmann startete.

„Nimm die Karte. Eifel ist Scheiße. Der Chef muß zum Arzt.“

Grau blickte den Narbigen an.

„Zu Otto?“

„Genau. Aber bloß nicht durch Aachen. Wenn uns einer sieht, der die Karre kennt, sind wir angeschissen.“

Als der Ford einige hundert Meter hinter den Bäumen der nächsten Kreuzung verschwunden war, war es genau 7.16 Uhr am Morgen des 6. Mai 1984.

Seit den ersten Schüssen an der Grenze waren nicht mehr als 28 Minuten vergangen.

10

Die 10 b war auf dem Parkplatz vor dem Schulgebäude angetreten. Elf Mädchen und zehn Jungen, alle zwischen 15 und 18, standen nebeneinander aufgereiht. Veyen schritt die Front ab und addierte die Häupter seiner Untertanen.

„Zuhören!“ rief er und senkte die Stimme sofort wieder, um so leise weiterzusprechen, daß selbst Renate ihn auf drei Schritt Abstand kaum verstehen konnte.

„Ihr geht jetzt langsam zum Bus. Das Gepäck stellt ihr da ab. Drei Jungen“, sein Blick flackerte suchend die Reihe entlang, „ja, Karsten, Bruno und Ylmaz helfen beim Einladen. Der Rest steigt ein. Aber gesittet, wie kultivierte Mitteleuropäer, wenn ich bitten darf. Ab!“

Veyen bückte sich zu seinem Köfferchen aus genarbtem Büffelleder. Noch ehe er sich wieder aufrichten konnte, hatten ihn die Schüler bereits im Affentempo überholt. Vor dem Bus knallten sie ihr Gepäck auf das Pflaster und balgten sich vor dem Einstieg: Jeder wollte einen der Plätze auf der Rückbank ergattern.

Renate folgte dem Haufen. Nicht einmal richtig begrüßt hat er sie, dachte sie. Und mit solch einem Arschloch gehe ich auf Klassenfahrt!

Mißmutig wuchteten die drei Auserwählten die Gepäckstücke in die Kofferklappen unter dem Fahrgastraum.

„Typisch Veyen!“ schimpfte der weißblonde Karsten. „Immer greift er sich dieselben raus!“

Bruno, der fast genauso blonde Italiener, gab ihm einen leichten Tritt ins verlängerte Rückgrat.

„Mensch, Kaiser! Wegen den paar Koffern stirbst du nicht . . .“

„Wegen der heißt das“, fauchte Karsten. „Wegen der. Genitiv, falls du überhaupt weißt, was das ist!“

„Weiß ich, Dicker. Den Genitiv haben sie bei uns in Italien erfunden. Vor 2000 Jahren. Da saßen deine Ahnen noch auf den Bäumen im Hattinger Stadtwald und haben Läuse gefressen.“

Renate zupfte leicht an Karstens Ärmel.

„Wie heißt euer Spielchen? Rassenkampf?“

Karsten betrachtete die kleine Referendarin von oben nach unten und von unten nach oben, wobei sein Blick zwischen Hals und Bauchnabel zweimal kurz stockte.

„Sie müssen wissen“, verkündete er dann, „daß ich es nicht nötig habe, stinkenden Proleten den Koffer zu tragen.“

„Nein?“ Renate Krause schlug in gespieltem Entsetzen die Hände zusammen. Mit sichtbar geheuchelter Anteilnahme fragte sie: „Was hast du denn? Bandscheibe? Rheuma?“

Karsten schluckte.

Bruno grinste die Referendarin an und meinte: „Den dürfen Sie nicht ernst nehmen. Sein Vater hat rund 20 Häuser, zwei Stammtischbrüder im Stadtrat und einen bei der Bauaufsicht. Das steigt dem Dicken manchmal in die Birne.“

„Verstehe“, nickte Renate. „Berufswunsch: Erbe. Ja?“

Karsten starrte aus der lichten Höhe von 1,80 Metern finster auf die junge Frau hinab.

„Ich verstehe nur eines nicht“, fuhr die Referendarin ungerührt fort. „Wieso bist du dann bei diesen stinkenden Proleten auf der Realschule?“

Jetzt nahm Karstens Gesicht fast die Farbe seiner Haare an.

Doch wieder war Bruno schneller: „Ist doch logo, Frau Krause. So viel Doofheit kann auch die dickste Elternspende nicht mehr ausbügeln!“

Die begehrten Plätze auf der erhöhten Rückbank hatte sich die Clique um Stephanie gesichert. Als sich endlich auch die Kofferpacker durch den schmalen Mittelgang nach hinten quetschten, winkte Steffie: „Ylmaz, hier ist noch ein Platz frei!“

Wie immer, wenn es schnell gehen sollte, stand der dicke

Karsten träumend im Weg. Ylmaz schubste ihn kurzerhand auf den freien Platz neben Olaf, den dritten Blonden in der Klasse. Doch mit angeekeltem Blick auf dessen mit zahlreichen Aufnähern bepflasterte Jeansjacke sprang Karsten wieder auf.

„Neben den doch nicht! Was habe ich denn mit Schalke am Hut? Und du", fauchte er jetzt den Türken an, „laß die Hände von unseren Weibern!"

Ylmaz grinste nur. Dann drückte er Karsten auf die andere Seite und schob sich weiter nach hinten durch. Doch schon nach dem ersten Schritt wurde er am Gürtel festgehalten. Er drehte sich um: Bruno!

„Hör mal", bat der, „laß mich da hin!"

Ylmaz schüttelte den Kopf.

Brunos Gesicht nahm jetzt einen fast flehentlichen Ausdruck an. Dicht am Ohr des Türken raunte er: „Bitte, Ylmaz. Diese Fahrt ist meine letzte Chance. Wenn wir in zwei Wochen entlassen werden, komme ich an die Frau nicht mehr ran."

„Geht nicht, Bruno, besetzt. Seit der Fete am Freitag . . ."

Bruno ließ den Gürtel los. Wortlos blickte er hinter Ylmaz her, der sich nun neben Steffie setzte und eng – viel zu eng! – an sie heranrutschte. In seinem Hals saß ein dicker Kloß, den er einfach nicht hinunterschlucken konnte.

11

Polizei und Staatsschutz reagierten noch schneller, als Pachmann befürchtet hatte.

Am längsten brauchte dazu der grauhaarige Polizeiobermeister, der um kurz vor sechs die Kontrollposten eingeteilt hatte. Zwei Minuten nach dem letzten Schuß lag er noch immer hinter seinem Schreibtisch in Deckung. Als er endlich aus dem Fenster schaute, empfand er das dringende Bedürfnis nach einem doppelten Steinhäger. Er beherrschte sich und griff mit zitternden Händen zum Telefon.

Oberwachtmeister Schulz war schneller. Kaum war das Heck des BMW seinen Blicken entschwunden, lief er die wenigen Schritte zur LKW-Abfertigung zurück. Keuchend meldete er dem diensthabenden Offizier: „Blauer BMW, metallic. Fünfer-Serie, Kennzeichen K wie Köln, Rest weiß ich nicht. Vielleicht ein oder zwei Löcher in der rechten Seite. Drei oder vier Männer . . ."

Eine Minute später waren bereits alle Dienststellen der Autobahnpolizei im Rheinland alarmiert. Weitere sechzig Sekunden danach hatte man Kontakt mit dem Aachener Polizeipräsidium. Ein für solche Situationen vorprogrammierter Einsatzleitrechner spuckte eine Liste mit den notwendigen Fahndungsmaßnahmen aus, die drei Minuten nach sieben begannen.

Zu diesem Zeitpunkt setzte sich im Führungs- und Lagezentrum des Bundesinnenministerium der Fernschreiber in Bewegung und druckte die erste Kurzmeldung über den Zwischenfall bei Lichtenbusch aus. Das FLZ war rund um die Uhr besetzt, um bei besonderen Vorkommnissen unter Umgehung aller Dienstwege und Kompetenzen aus dem Stand heraus Sofortmaßnahmen einzuleiten. Ein Schußwechsel an der Grenze ist ein solches besonderes Vorkommnis.

Der Diensthabende Leiter setzte die Grenzschutzgruppe 9 in Marsch. Und während fünfzig bis in die letzte Faser auf Terroristenjagd gedrillte Beamte zu ihren Hubschraubern spurteten, läutete bereits das Telefon in der Alarmzentrale der Sicherungsgruppe Bonn, einer Spezialabteilung des Bundeskriminalamtes.

Kriminalrat Pusch steckte seine Kennkarte genau um 7.55 Uhr in den Schlitz des elektronischen Überprüfungsterminals und tippte zusätzlich seinen persönlichen Code ein. In der mit kugelsicherem Glas verkleideten Pförtnerloge leuchtete daraufhin ein Lichtzeichen auf. Der diensttuende Beamte öffnete die letzte Sperre und trat dann auch in den Flur.

„Guten Morgen, Herr Kriminalrat. Sie möchten unverzüglich zu Herrn Schäfer kommen!"

Pusch nickte, betrat den Aufzug und fuhr zur Abteilung Terrorismus hinauf. Ohne erst sein eigenes Dienstzimmer aufzusuchen, klopfte er beim Chef an.

„Morgen, Pusch. Auf Ihrem Schreibtisch liegen ein paar Fernschreiben. Gewaltsamer Durchbruch Grenzübergang Aachen, zwei Tote. GSG 9 sichert den Tatortbereich und wartet auf Fahndungsziele, fünf Mann von unserem Jagdtrupp sind auch schon in der Luft. Trommeln Sie Ihre Leute zusammen . . ."

Puschs Leute – das waren die mehr als dreißig Beamten der ständigen Sonderkommission Terrorismus. Sie verrichteten gewöhnlich den alltäglichen Dienst in ihren Dezernaten und traten nur im Alarmfall als Soko zusammen. Dabei lag von vornherein fest, wer welche Funktion zu bekleiden hatte. Ein zeitsparendes System.

„Irgendwelche Fragen, Pusch?“

„Ja. Meldungen wann und an wen?“

„Chef BKA, ab zehn Uhr jede dritte Stunde, vorerst nach Wiesbaden. Falls der Minister den Krisenstab nach Bonn ruft, werden Sie informiert. Viel Glück, Pusch.“

„Danke, Herr Schäfer!“ Forsch, aber ohne übermäßige Hast betrat Pusch nun sein eigenes Zimmer und wählte vier Nummern. Dann hatte er Lohkamp an der Leine, seinen ständigen Vertreter und Stabschef.

„Morgen, Horst. Es geht los. Aachen-Lichtenbusch. Zwei Leute von der Fahndung und wir beide fliegen in einer Viertelstunde. Der Rest kommt mit dem Fahrzeug nach. Ruf zuerst die Flugbereitschaft an und dann in Wiesbaden. Mach den Tatort-Zauberern da unten ordentlich Dampf!“

Walter Pusch holte sein Alarmköfferchen aus dem Wandschrank und stellte es neben der Tür ab, ohne noch einmal hineinzusehen. Dafür, daß ständig gebügelte Hemden, saubere Socken und genügend Zahnpasta eingepackt waren, sorgte seine Frau.

Der Kriminalrat griff noch einmal zum Telefon und wählte seine Privatnummer.

Er war 45 Jahre alt, verheiratet und hatte zwei Töchter. Seine Karriere hatte 1963 beim Einbruchsdezernat in Braunschweig begonnen. Auf eigenen Wunsch war er zwei Jahre später beim 7. Kommissariat in Hannover gelandet und hatte sich dort zum Experten für „Extremisten – links“ entwickelt. Die lückenlose Foto-Überwachung der heftigen Proteste gegen die Tariferhöhungen bei Bahn und Bus waren sein Werk. Dutzende saftige Geldstrafen letztlich auch.

So wurde Pusch Ende 1970 ins Landeskriminalamt geholt. Auch hier verbuchte er bald einen bemerkenswerten Erfolg: In stundenlangen Verhören klopfte er die Haushälterin eines bekannten Professors weich, in dessen Haus eine Zeitlang zwei Leute aus dem Baader/Meinhof-Umfeld übernachtet hatten.

Auf einen solchen Mann konnte dann auch das BKA nicht verzichten. Seit 1975 saß Pusch in Bonn . . .

Nachdem es sieben- oder achtmal geläutet hatte, legte er den Hörer wieder auf. Christa brachte wohl gerade die Kleine in die Schule. Er würde irgendwann am Nachmittag noch einmal anrufen – sofern dafür Zeit blieb.

Ehe er aufbrach, schloß er noch einmal seinen Schreibtisch auf. Er entnahm der Schublade zwei Ausrüstungsgegenstände, von denen mancher gewöhnliche Kriminalbeamte träumte, die sich aber nur Angehörige von Spezialeinheiten bestellen durften: ein Lederholster der Marke Federal Man und einen fünfschüssigen 9-mm-Revolver Chiefs Special Stainless der US-Firma Smith & Wesson.

Pusch befestigte das Holster am Hosengürtel, überprüfte die fünf aufmunitionierten Patronenkammern und barg die Waffe in dem Spezialholster. Er ermöglichte ein besonders schnelles Ziehen in Gefahrensituationen.

Eine vergleichbare Ausrüstung hätte Peter Strauch möglicherweise das Leben gerettet.

12

Es ist 8 Uhr 30. Hier ist WDR II. Sie hören Nachrichten.
Nach bisher unbestätigten Meldungen soll es heute früh am deutsch-belgischen Grenzübergang Aachen-Lichtenbusch zu einem schweren Zwischenfall gekommen sein. Die Aachener Volkszeitung will erfahren haben, daß es dabei drei Tote gegeben habe. Ein Sprecher des Grenzschutzkommandos West lehnte vor wenigen Minuten jede Stellungnahme ab, da ihm noch keine zuverlässigen Informationen vorlägen ...

„Hast du gehört?“

Karsten Kaiser beugte sich über den Mittelgang zu Olaf hinüber. Der Blonde schien aber völlig taub zu sein. Mit dem Rücken zum Fenster hockte er, die Knie angewinkelt, quer auf dem Doppelsitz und war völlig in ein Buch vertieft, das er gleich nach der Abfahrt aufgeschlagen hatte.

„He, wach auf! Die Roten haben wieder welche umgelegt!“

„Was?“

Der Dicke gab nun mit eigenen Worten wieder, was in den Nachrichten über die Ereignisse bei Lichtenbusch gemeldet worden war.

„Und das“, schlußfolgerte er, „waren bestimmt wieder die roten Schweine von der RAF.“

„RAF? Was ist das denn?“

Beatrix, die hinter Karsten saß, beugte sich interessiert vor. Mit lange eingeübter Geste strich sie eine Strähne ihrer roten Mähne aus der Stirn und blinkerte Karsten an.

„Rote-Armee-Fraktion heißt das, du dusselige Kuh", schnauzte der Dicke. „Terroristen. Die legen sonst immer konservative Politiker um."

„Und woher weißt du das mal wieder so genau?" fragte Beas Nachbarin Birgit spitz.

„Mein Gott, wenn Weiber sich in die Politik einmischen! Das kann sich doch jeder halbwegs intelligente Mensch an fünf Fingern ausrechnen . . ."

Er ballte die rechte Hand zur Faust und bog, beim Daumen beginnend, die Finger einzeln auf: „Erstens. Wer macht überhaupt Terror? Die Roten. Zweitens: Was wollen sie? Den Staat zerstören. Drittens: Wen haben sie umgelegt? Grenzbeamte, die den Staat schützen. Viertens, äh, viertens . . ."

„Siehsse", triumphierte Birgit nun, „da fällt dir nix mehr ein. Bea, der hat auch nix auffem Kasten!"

Die Rothaarige nagte hin und hergerissen an ihrer Unterlippe. Einerseits wurmte sie die „dusselige Kuh", andererseits war Karsten so dick nun auch wieder nicht. Und die Villa, die sein Vater kürzlich auf das Steilufer an der Ruhrschleife geklotzt hatte, war auch nicht so ohne.

Schließlich beschloß sie, gar nicht zu reagieren. Ohne den Erben noch eines Blickes zu würdigen, stülpte sie sich die Kopfhörer ihres Walkman über und drehte die neueste Scheibe von Shakin' Stevens auf volle Power.

Renate brannte die Zunge: Sie hätte sich am liebsten in den lautstark geführten Dialog eingemischt. Doch Veyen hatte sie bei der Abfahrt wortreich genötigt, neben ihm auf der ersten Sitzbank Platz zu nehmen. Seitdem hatte er, Öl in der Stimme, mit den gerade noch vorzeigbaren Sünden seiner Studienzeit geprahlt.

Mehrfach hatte die Referendarin um einige Millimeter zur Seite rücken müssen, da der schöne Traugott immer öfter wie aus Versehen seine Beine an Renates Knien rieb. Schließlich hatte sie sich in einen Nebel aus Zigarettenqualm gehüllt, der den kontaktfreudigen Nachbarn sofort wieder auf Abstand brachte. Sein Wortschwall blieb jedoch ungebremst.

„Heidelberg", seufzte er nun, das Unterrichtsergebnis zusammenfassend, „ist eigentlich viel zu schön, um sich die Nächte hinter Büchern um die Ohren zu schlagen. Im Sommer möchte man am liebsten den ganzen Tag am Neckarufer verbringen und den majestätischen Anblick des Schloßbergs genießen . . ."

„Na, ich weiß nicht", unterbrach ihn die Referendarin, „das ist ganz schön anstrengend. Und ungesund obendrein."

Traugott schaute sie irritiert an.

„Ist doch logisch, Herr Veyen. Erstens bekommen Sie einen steifen Hals, weil Sie die ganze Zeit nach oben gucken müssen. Und zweitens liegt der Schloßberg südlich des Neckars. Da starren Sie ständig der Sonne entgegen. Gefährlich für die Netzhaut, Herr Kollege!"

13

Sie erreichten Aachen gegen zwanzig vor neun. Der Hubschrauber landete auf einer der ständig gesperrten Hauptfahrbahnen fast genau in der Mitte zwischen den beiden ausgedehnten Kontrollzonen. Im Norden überprüften die Belgier den zu ihnen hinüberrollenden Verkehr, im Süden fertigten Zoll und Bundesgrenzschutz die hereinkommenden Fahrzeuge ab.

Mit eingezogenen Köpfen entfernten sich Pusch und sein Gefolge eilig aus dem Drehbereich des immer noch kreisenden Rotors. Sie kletterten über die nächste Leitplanke und kämpften sich durch dichte, mit Bleistaub überzogene Büsche zum Nordrand der deutschen Kontrollzone vor. Von hier aus hatte man einen guten Überblick über den gesamten Tatortbereich.

Während Pusch erst einmal stehenblieb, rannte Lohkamp zielstrebig auf das weiße Gebäude mit den blauen Zierstreifen los. Seine Aufgabe bestand darin, für die Soko Büroräume freiräumen und abhörsichere Standleitungen nach Bonn und Wiesbaden legen zu lassen.

In spätestens neunzig Minuten würde die Hauptstreitmacht der Soko eintreffen. Zunächst wurden, wegen des kürzeren Anmarschweges, die Fahndungsfachleute der Sicherungsgruppe Bonn erwartet, ihnen folgten dann die Techniker aus Wiesbaden.

Pusch stellte befriedigt fest, daß der gesamte Tatortbereich weiträumig abgeriegelt war. Auch die Personenwagen wurden jetzt durch die LKW-Kontrolle geschleust.

Östlich des Dienstgebäudes lagen, durch einen Grünstreifen abgetrennt, das Schnellrestaurant und die flachen Bankgebäude.

Hinter rot-weißen Schutzgittern drängten sich bereits etwa 200 Schaulustige, die von einer Kette Grenzschutzbeamter in Schach gehalten wurden. Andernfalls hätten sie mit Sicherheit den Tatortbereich überschwemmt, Projektilsplitter als Andenken mitgenommen und alle Spuren verwischt.

Vor dem Hauptgebäude, knapp zehn Meter vom Tatort entfernt, standen einige Männer in Uniform und Zivil. Als Pusch langsam auf sie zuging, flammten Blitze auf: Zwei Fotoreporter hatten es bereits trotz aller Absperrungen geschafft, hierher vorzudringen. Die Aufnahmen vom Schauplatz würden ihnen eine Stange Geld einbringen.

Ein hochgewachsener, breitschultriger Mann Mitte Fünfzig trat auf ihn zu. Das dichte, aber schon graue Haar war sorgfältig gescheitelt. Als er Pusch die sorgsam manikürte Hand reichte und zwei Goldkronen aufleuchten ließ, flammten erneut Elektronenblitze auf.

Schmeißfliegen, dachte Pusch.

„Kriminaldirektor Jost. Guten Morgen, Herr Kollege."

Pusch drückte ihm flüchtig die Hand, stellte sich vor und bat um ein Gespräch unter vier Augen. Für seinen Geschmack standen hier zu viele Leute herum.

Sie nahmen in der Wachstube Platz.

Ehe Jost anfangen konnte, über das Wetter und Alemannia Aachen zu reden, teilte ihm Pusch seine Wünsche mit. Das Wort „Wunsch" war in diesen Kommandohöhen aber nur die höfliche Variante des Wortes „Anordnung".

„Erstens brauche ich den Mann, der als erster hier ermittelt hat. Zweitens drei Ihrer Leute, die sich in der Umgebung gut auskennen – für Tatort, Ermittlung und Fahndung. Drittens bitte ich, von jetzt ab alle Maßnahmen mit mir oder meinem Stabschef abzusprechen. Viertens schicken Sie die Geier von der Presse weg!"

Jost verzog schmerzlich das Gesicht. Der hat die Fotofritzen wohl eigenhändig reingelassen, dachte Pusch. Laut sagte er: „Ich will keinen Rummel, sondern Erfolge!"

Verstimmt zog Jost von dannen. Sekunden später aber stand ein anderer Mann in Zivil in der Tür: „Oberkommissar Nowicki. Ich soll mich bei Ihnen melden . . ."

„Schießen Sie los!"

Nowicki hatte es tatsächlich geschafft, früher als die GSG 9-Leute in Lichtenbusch zu sein. Er hatte den Tatort abgeriegelt, eine fertige Zeugenliste zur Hand und – in Stichworten – einen ersten, noch vorläufigen Bericht über den vermutlichen Tathergang.

„Spuren?“ fragte Pusch.

„Dürftig. Die Projektile sind nur noch Klumpen und Fetzen. Aber zwei größere Mantelstücke sind schon per Kurier unterwegs.“

„Wohin?“

„Wiesbaden. Hier in Aachen kriegen wir doch nicht genug heraus.“

Der Kriminalrat nickte: „Schnelle Truppe. Und die Verletzten?“

Der Aachener Kripo-Mann breitete hilflos die Arme aus: „Der Bauchschuß liegt auf dem OP-Tisch. Sieht mau aus. Der andere ist operiert, aber noch in Narkose. Ein Mann mit Tonband sitzt an seinem Bett.“

„Steckschüsse?“

Nowicki bedauerte: „Die sind alle glatt durch. Aber sobald wir das Projektil aus dem Bauch haben, geht es ab zum BKA. Kurier steht bereit.“

„Gut!“ Mehr hatte Pusch ohnehin nicht erwarten können. „Kurzer Rundgang – kommen Sie mit?“

„Logo, Herr Kriminalrat . . .“

Pusch lächelte: „Den Rat lassen Sie mal im Schrank. Wir sind nicht so förmlich.“

Vor dem Dienstgebäude hielten sich jetzt nur noch drei Leute auf, Kriminalbeamte aus Aachen, die Pusch noch nie gesehen hatte. Sie numerierten die noch nicht markierten Spuren und waren damit vorerst vollauf beschäftigt. Im und am zerstörten Kiosk lagen Dutzende von Geschoßteilen umher, eingetaucht in ein Meer aus Glassplittern.

„Was Besonderes?“

„Na ja, wir müssen den Laborbefund abwarten. Aber ich fresse einen Besen, wenn die nicht mit Bundeswehreigentum geschossen haben. Hier . . .“

Er blickte sich suchend um, hob dann einen ganz bestimmten Geschoßfetzen auf und zog eine Lupe aus der Tasche.

„Sehen Sie selbst. Das könnten Spuren vom Magazin sein. Also, ich tippe auf die gute alte Bundeswehrmaschinenpistole vom Typ UZI – steht als MPi 2 im Lexikon . . .“

Pusch blickte den Mann aufmerksam an. Er mußte jenseits der

50 sein und hatte sich wohl jahrzehntelang mit nichts anderem als Geschossen und Waffen beschäftigt. Sie hatten genug solcher Experten beim BKA. Wenn die eine guterhaltene 9-mm-Patronenhülse unter der Handlupe hatten, konnten sie oft die in Frage kommenden Waffen auf ein ganzes oder gar halbes Dutzend begrenzen. Und zur Zeit waren rund 1600 verschiedene Schußapparate allein von diesem Kaliber auf dem legalen oder schwarzen Markt der Bundesrepublik zu finden . . .

„Was machen die Vögel von der GSG 9?“ wandte sich Pusch an Nowicki.

„Die Sturmtrupps warten im Keller auf einen Einsatz. Und der Rest fliegt Streife. Sie sind ganz geil darauf, einen blauen BMW zu zerlegen. Wenn Sie mich fragen . . .“

„Ja?“ fragte Pusch.

„Wenn mein Sohn mal zu der Truppe will, haue ich ihm den Arsch. Mit Polizeiarbeit haben die nichts mehr im Sinn. Die wollen Blut sehen.“

Nachdenklich blickte Pusch den Mann an. Er hatte plötzlich das Gefühl, etwas zu schnell auf die offizielle Anrede verzichtet zu haben.

14

Meter für Meter quälte sich der schwere Bus durch den Süden Dortmunds. Die Bundesstraße 1, einst Ruhrschnellweg genannt, hatte sich wieder einmal in einen Ruhrschleichweg verwandelt.

Auf der vordersten Sitzbank hatte sich die Situation mittlerweile grundlegend verändert. Paß auf, der explodiert jetzt, hatte Renate gleich nach ihrer doch recht frechen Bemerkung gedacht.

Doch Veyen war anders. Er war Pädagoge. Selbstbeherrschung lautete sein oberstes Gebot. So unterblieb die drohende Detonation seiner Gefühle. Stattdessen umhüllte er seine braunen Augen mit zwei Kränzchen schmerzlich lächelnder, alles verzeihender Falten.

„Meinen Sie nicht auch, Frau Kollegin, daß diese Bemerkung etwas unter Ihrem Niveau lag?“ säuselte er. Dann senkte er traurig sein Haupt. Er entnahm seinem dunkelbraunen Umhängetäschchen ein schmales Buch, schlug es auf und vertiefte sich ohne jeden weiteren Kommentar in die Gedichte Stefan Georges, die ihm wie stets Trost und Labung schenken sollten. Die Referendarin würdigte er keines Blickes mehr.

Renate drückte ihre Zigarette aus. Pädagogisch motivierter Liebesentzug, dachte sie, kommt gleich vor dem Auspeitschen.

„Ich sehe mal nach, wie es den Kindern geht!“ sagte sie und erhob sich.

Den „Kindern“ ging es – von dem grollenden Bruno einmal abgesehen – glänzend. Olaf hatte sich wieder in die fernen Welten seines Schmökers vertieft, Karsten fraß den dritten Riegel Mars in sich hinein, Beatrix und Birgit studierten einträchtig die neuen Brigitte-Frisuren.

Vor ihnen droschen drei Jungs einen Skat, und hinter ihnen erzählten Sandra und Beate sich kichernd die Heimwegabenteuer des Wochenendes: Wegen akuten Damenmangels absolvierten sie gerade zum drittenmal kostenlos den Grundkurs eines Hattinger Tanzstundenunternehmens und konnten sich vor höflichen Angeboten, sie sicher nach Hause zu geleiten, kaum retten. Böse Zungen behaupteten indes, das liege weniger an ihrer tänzerischen Begabung als an ihren ausgesprochen konvex gestalteten sekundären Geschlechtsmerkmalen.

Die drei Pärchen auf der Rückbank kauerten einträchtig nebeneinander. Wie Hühner auf der Stange, dachte Renate. In der Mitte und damit wie auf dem Präsentierteller hielt Stephanie Ylmaz' Hände fest umschlungen und verknotete seine und ihre Finger zu einem unentwirrbaren Geflecht.

Ihr Blick fiel wieder auf Olaf, neben dessen Platz sie gerade stand. Den Blondschopf über das Buch geneigt, lutschte er gedankenverloren an einem Leberfleck, der sich neben dem Ringfingerknöchel auf dem Rücken seiner linken Hand befand. Seine Nahkampfjacke mit den aufgenähten Symbolen der „feindlichen“ Bundesliga-Mannschaften und dem riesigen Schalke-Abzeichen hatte er ausgezogen und wie eine Decke über seine Knie gelegt.

Sie tippte den Jungen kurz an: „Olaf!“

Unwillig sah er auf.

„Mensch“, lachte Renate, „du bist ja ganz weg. Spannend?“

Wortlos hielt ihr Olaf die Titelseite entgegen und lauerte auf ihre Reaktion.

„Karl J. Stym, Wir standen schon vor Moskau“, las die Referendarin.

Die in vergrößerter Schreibmaschinenschrift abgebildeten

Titelbuchstaben waren rotbraun eingefärbt und erinnerten an geronnenes Blut.

„Liest du so was gern?"

„Sicher."

„Und warum?"

Olaf sah sie erstaunt an: „Ist doch echt geil, Mensch, kann man viel von lernen!"

Fragend hob Renate ihre Augenbrauen.

„Der will zum Bund", erklärte Stephanie, die sich jetzt hinter Olaf gesetzt hatte.

„Stimmt das?"

Olaf nickte: „Sobald ich achtzehn bin. Für mindestens acht Jahre."

„Bist du stolz darauf?"

„Klar doch. Rangerausbildung bei den besten Soldaten der Welt – das bringt's doch."

„Verstehe ich nicht!"

Auf Renates Stirn erschienen jetzt einige querlaufende Fältchen, die angestrengtes Nachdenken vortäuschen sollten.

„Die deutschen Armeen haben doch seit hundert Jahren keinen Krieg mehr gewonnen!"

Der Schalke-Fan schaute sie sprachlos an.

Renate ließ sich auf Karstens Armlehne nieder, drehte sich eine Zigarette und rauchte an.

„Überleg doch mal! Der erste Weltkrieg ging verloren, der zweite auch. Jedesmal gab es Millionen Tote. Für nichts und wieder nichts irgendwo verreckt. Und darauf soll man stolz sein?"

„Verrat!" trompetete Olaf. „Alles Verrat!"

Renate schüttelte den Kopf.

„Glaub' ich nicht. Vergleich doch! Gewonnen haben deutsche Truppen doch nur in den Kolonien: gegen die Hereros in Südwestafrika und gegen ein paar Bauern in China. Und nach dem ersten Weltkrieg haben sie noch ein paar Aufstände zu Hause niedergeschlagen. Aber was waren das für Gegner?"

Olaf wußte es nicht.

„Schlecht bewaffnete Leute, ohne Kanonen, Flugzeuge, Panzer. Aber sobald ein richtiger Feind mit richtigen Waffen auftauchte, 1918 und 1945 – da sind deine tapferen Krieger um ihr Leben gerannt. Und darauf bist du stolz?"

Die Referendarin schüttelte den Kopf, lächelte Olaf freundlich zu und streichelte leicht über seine störrischen blonden Haare.

„Denk an den Spruch vom guten alten Brecht: Nach dem ersten Krieg war Carthago noch mächtig, nach dem zweiten noch da und nach dem dritten ausradiert. Soll es uns genauso ergehen?“

Mit offenem Mund starrte der Junge hinter der Referendarin her, die sich wieder nach vorn begab.

„Donner und Doria!“ staunte Steffie. „Die hat's dir aber besorgt!“

Olaf lief rot an, seine Lippen bebten. Bevor er jedoch eine Entgegnung loswerden konnte, stellte der Fahrer das Radio lauter.

Es ist neun Uhr. WDR II sendet Nachrichten.
Wie soeben bestätigt wird, hat ein schwerer Zwischenfall am Grenzübergang Aachen-Lichtenbusch mindestens ein Todesopfer und zwei Schwerverletzte gefordert. Zu dem Vorfall soll es gekommen sein, als mehrere junge Männer sich einer Personenkontrolle durch Beamte des Bundesgrenzschutzes entziehen wollten.
Über die Täter und ihre Motive besteht noch keine Klarheit. Wie aber aus dem zuständigen Führungs- und Lagezentrum des Bundesinnenministeriums mitgeteilt wurde, sprächen alle Tatmerkmale eindeutig dafür, daß es sich um Mitglieder der Rote-Armee-Fraktion oder einer ihrer terroristischen Nachfolgegruppen handele.
Eine offizielle Stellungnahme wurde jedoch bisher abgelehnt.
Die Polizei fahndet gegenwärtig . . .

Olaf hatte beinahe andächtig zugehört.

„Na, was ist?“ stichelte Steffie, als das Radio wieder leiser gestellt wurde. „Hast du dir inzwischen eine passende Antwort überlegt?“

„Schnauze, du Türkenhure!“ zischte Olaf und warf ihr einen giftigen Blick zu.

15

Am Rasthof Lichtendorf bei Schwerte verließ der rote Transit die Autobahn. Nach einem kritischen Blick auf die Tankuhr ließ Pachmann den Wagen an den Zapfsäulen vorbeirollen und hielt erst vor den Telefonzellen.

„Was ist?“ fragte Grau, durch den plötzlichen Halt aus dem Halbschlaf hochgeschreckt.

„Telefonieren! Gib mal ein paar Markstücke raus!"

Pachmann kletterte hinaus, machte drei, vier Kniebeugen und ließ die Arme kreisen – das lange Fahren ermüdete. Dabei musterte er aufmerksam die Umgebung. Aber es sah nicht so aus, als wollte jemand anders zu den Telefonzellen.

Drinnen stellte er sich so geschickt vor den Apparat, daß sein Körper die Wählscheibe völlig verdeckte. Als das Freizeichen ertönte, drehte der Lange sich so weit um, daß er aus den Augenwinkeln sowohl die Nachbarzelle als auch den Gehsteig vor dem Telefonhäuschen überwachen konnte.

„Ich bin's. Dringend: Um zwölf im Restaurant beim Elch. Bring mir einen sauberen Wagen mit, aber auf keinen Fall einen BMW. Was? Quatsch! Katze kann deine Karre fahren. Aber soll auf dem Parkplatz vor dem Pornoladen warten. Ende!"

Pachmann hängte den Hörer gar nicht erst ein, sondern drückte nur kurz auf die Gabel, ehe er das nächste Markstück einwarf.

Schon nach dem zweiten Läuten meldete sich eine helle Frauenstimme: „Rechtsanwaltspraxis Dr. Schuster, guten Tag."

„Guten Tag. Spedition Müller. Kann ich vielleicht einmal den Herrn Doktor sprechen?"

„Moment, bitte . . ."

Kurze Durchstellpause, dann war Schuster in der Leitung.

„Spedition Müller, Herr Doktor."

„Guten Tag . . ."

„Herr Doktor, soeben hat sich mein Fahrer gemeldet, der Ihre Möbellieferung transportiert. Er ist leider in einen Unfall verwikkelt worden."

„Ich hoffe, es ist ihm nichts geschehen", sagte der andere kühl.

„Nein. Aber Ihre kleine Vitrine ist hin, und die große stark beschädigt. Sie müßte eigentlich dringend in eine Fachwerkstatt."

Einen Moment lang herrschte Schweigen.

Dann fragte der Mann am anderen Ende der Leitung höflich, aber deutlich unterkühlt: „Können Sie nicht heute abend kurz in meiner Praxis vorbeischauen? Sagen wir, um halb sieben? Geht das?"

Die Frage hatte nur rhetorischen Charakter – Pachmann hätte nie gewagt, mit Nein zu antworten.

„Gut. Und halten Sie die Ware transportbereit. Guten Tag."

Der Genarbte wischte sich einen dünnen Schweißfilm von der Stirn und blickte noch einmal argwöhnisch in die Runde. Dann zog er aus der Innentasche seiner Lederjacke ein kleines Notizbuch hervor, schlug die Rubrik B auf und wählte eine vierstellige Nummer in Kettwig an.

„Bild Ruhr, guten Tag."

„Den Chef vom Dienst, bitte."

„Tut mir leid, Herr Becker ist in einer . . ."

„Hör zu, Puppe!" unterbrach Pachmann das Mädchen. Seine Stimme war jetzt wieder scharf und schneidend: „Wenn du nicht morgen arbeitslos sein willst, stellst du durch. Aber dalli!"

Der Ton wirkte. Nur drei, vier Sekunden später erscholl Stimmengewirr aus dem Hörer. Offenbar tagte wirklich gerade die Redaktion. Den Namen des Mannes am anderen Ende konnte er nicht verstehen. Doch das war auch unwichtig.

„Hören Sie zu", erklärte er. „Ich sage alles nur ein einziges Mal . . ."

„Wer ist denn . . ."

„Zuhören, keine Fragen. Stichwort Lichtenbusch. Falls Sie zweifeln, daß wir es waren: Zwei Mann hat's in der Wachkabine erwischt, einer liegt mit drei Löchern in der Brust davor."

Das Stimmengewirr im Hintergrund verebbte. Möglicherweise hatte der Redakteur einen Lautsprecher eingeschaltet, um seine Kollegen die Sensation miterleben zu lassen.

„Hier ist das Kommando Roter Stern! Lichtenbusch war erst der Anfang! Wir rächen unsere toten Genossen! Denken Sie an Stammheim, an Andreas und Ulrike! Sieg im Volkskrieg! Ende!"

16

„Soest, Arnsberg, Möhnesee 500 m."

Der schwere Reisebus verringerte seine Geschwindigkeit. Die Blinker leuchteten auf, dann zog der Fahrer die 14 Tonnen Blech, Glas und Stahl in die enge Rechtskurve, die zur B 229 hinaufführte.

„Mist!"

Der Hebel der Schnellbremse wurde so heftig durchgezogen, daß es alle von den Sitzen riß. Vor dem Bus sah man einen Rückstau von sechs, acht Fahrzeugen und oben, auf der querverlaufenden Bundesstraße, zahlreiche Polizeifahrzeuge und Uniformierte.

„Guckt mal, 'ne ganze Bullenherde!" schrie Oliver Klocke durch den Bus und erntete eine Menge Gelächter.

Renates Lächeln gefror jedoch, als sie den Auftrieb auf der Kreuzung näher betrachtete.

Allein sechs Beamte in noch regennassen Kampfjacken standen in der Ausfahrt und kontrollierten den Verkehr aus Richtung Dortmund, sechs weitere versperrten die danebenliegende Einfahrt nach Lippstadt und Paderborn. Auf den Seitenstreifen hatten sich noch einmal jeweils zwei Mann aufgebaut, die schußbereiten Maschinenpistolen um den Hals gehängt – Feuerschutz für die Grünen auf der Fahrbahn.

Gegenüber dem Autobahnzubringer, auf der westlichen Seite der Bundesstraße, standen weitere zehn, zwölf bewaffnete Polizisten, die den Kontrollvorgängen aufmerksam zuschauten. Und in allen Fahrtrichtungen parkten auf den Seitenstreifen grünweiße Ford-Streifenwagen, die mit zwei Mann besetzt waren. Dünner Qualm an den Auspuffrohren zeigte an, daß die Fahrzeuge jederzeit startklar waren.

Die Kontrolle entpuppte sich dann schnell als zügig, beinahe flüchtig. Ein VW-Bus und ein klappriger 2 CV konnten passieren, nachdem die Polizisten lediglich einen kurzen Blick auf die Insassen geworfen hatten. Im Gegensatz dazu mußten die Insassen eines dunkelgrünen BMW aussteigen. Drei Mann kontrollierten die Papiere, weitere drei umkurvten den Wagen und beäugten besonders die rechte Seite des Fahrzeugs mit Argusaugen. Dann durften die Leute – zwei Frauen und ein Mann – wieder einsteigen. Sie waren alle mindestens um die 60 Jahre alt.

„Das ist bestimmt wegen der roten Schweine, die an der Grenze geschossen haben!“ vermutete Karsten Kaiser laut.

Auch Olaf meldete sich wieder: „Guck dir bloß mal die Ballermänner an! Deutsche Wertarbeit. Heckler & Koch-Maschinenpistolen. Die könnten in zehn Sekunden hundert Schuß rausrotzen, wenn es so große Magazine gäbe!“

Ylmaz sagte halblaut, aber deutlich vernehmbar: „Der träumt nachts bestimmt davon, mit so einem Ding ins VfL-Stadion zu marschieren!“

Gelächter flackerte auf und verstummte wieder, als Olaf giftig zurückschrie: „Viel lieber würde ich damit ein Dutzend Kanaken umlegen!“

Totenstille.

Renate fuhr herum, kalkweiß im Gesicht. Ihr Blick pendelte zwischen Olaf und Veyen. Dazu mußte der Herr Lehrer doch jetzt etwas sagen!

Doch ehe der schöne Traugott seine Denkfabrik in Betrieb genommen hatte, schaltete sich Stephanie ein. Ihre Stimme klang eher erstaunt als patzig, als sie laut und deutlich entgegnete: „Du bist doch selber ein halber Kanake!"

„Was?"

Olaf sprang auf, die Fäuste geballt.

„Ich?"

Nur mühsam gelang es Karsten, den zornbebenden Schalke-Fan zurückzuhalten. Prügeleien mochte er nicht, das war ihm zu proletenhaft.

„Na klar!"

Stephanie ließ sich nicht einschüchtern.

„Vorigen Monat hatten deine Alten doch Silberhochzeit. Die Anzeige in der Zeitung hat halb Hattingen gelesen. Und da stand auch der Mädchenname deiner Mutter: Orczykowski! Edeltraut Maria Grau, geborene Orczykowski."

Steffie machte eine Kunstpause, die Stimme in der Schwebe haltend, und richtete sich kerzengerade auf, ehe sie zum letzten Schlag ausholte und sich den Namen noch einmal auf der Zunge zergehen ließ: „Or-czy-kow-ski! Alte polnische Sippe! Vor 80 Jahren nach Deutschland eingewandert wie heute die Türken. Nix läsän, nix schreibän, nix Daitsch. Wenn du also Kanaken umlegen willst, dann fang bei deiner Mutter an!"

Grau war fertig.

Immer häufiger befragte er seine Armbanduhr oder blickte mit gehetztem Blick durch die Fenster. Seine Angst steigerte sich langsam zur Panik.

Auf halber Strecke zwischen Unna und Soest war es dann soweit. Heftig schaukelte der Ford durch eine Bodenwelle. Im gleichen Moment setzte sich der weiße Zeiger der Benzinuhr in Bewegung. Mit einem einzigen Ruck tickte er weit nach links, in ein quadratisches, rotes Feld.

Der Tank war fast leer.

„Da! Guck mal!" schrie er los.

Unwillkürlich trat Pachmann tiefer ins Gaspedal. Während er eilig die Rückspiegel absuchte, schoß der rote Transit nach vorn. Riesenhaft wuchs die Heckfront eines Lastwagens vor der Bugscheibe des Fords in die Höhe. Fluchend trat der Schwarzhaarige in die Bremse, der Ford schlingerte.

„Was ist denn los?“ fragt er.

„Das Benzin!“ flüsterte Grau schließlich und zeigte auf die Tankuhr.

Der Narbige atmete auf. Dann holte er weit aus und schlug dem Blonden mit dem Handrücken ins Gesicht.

„Reiß dich zusammen, Bubi! Noch so'n Scheiß, und ich dreh' dir den Hals um!“

Grau schluchzte auf.

Wenig später tauchte in der Ferne das Hinweisschild auf die nächste Tankstelle auf.

„Mach dem Opa mal deutlich, daß er friedlich sein muß!“ befahl Pachmann.

Der Blonde holte eine der Pistolen aus dem Handschuhfach, lud sie gut hörbar durch und drückte dem Maler den Lauf seitlich zwischen die Zähne.

„Hör zu, Meister. Wenn du beim Tanken auch nur einen Pieps sagst, dann war es dein letzter!“

Scheubner hob mühsam den Kopf und deutete ein Nicken an.

„Was sagt er?“ fragte Pachmann.

„Nichts. Er glotzt bloß dumm.“

„Was tut er?“ fragte Pachmann alarmiert.

„Er glotzt. Wieso?“

Vor Wut schlug der Lange auf das Lenkrad: „Soll das heißen, daß du dem Maler nichts vor die Augen getan hast?“

Grau nickte stumm.

Pachmann verschlug es die Sprache. Erst nach einer ganzen Weile meinte er: „Als sie dich gemacht haben, da muß dein Alter sturzbesoffen gewesen sein.“

Die fünf Minuten an der Tankstelle kamen dem Blonden wie eine halbe Ewigkeit vor. Scheinbar lässig, aber voll Anspannung lehnte er mit dem Rücken gegen die Beifahrertür. Wenn der Chef bloß nicht stöhnte!

Pachmann brachte aus dem Kassen- und Verkaufsraum der Tankstelle eine kleine Flasche Jägermeister mit.

„Hier, sauf das. Vielleicht beruhigt das Zeug!“

Der Magenbitter schien tatsächlich zu wirken. Volker fühlte sich zumindest merklich besser. Bis zu dem Zeitpunkt, als sie bei Soest die Autobahn verließen.

„Ach du Scheiße!" flüsterte er, den Blick nach vorn gerichtet. Noch immer wimmelte es dort von braun-grünen Uniformen. Da die Polizisten ihre Regenmäntel abgelegt hatten, waren ihre kugelsicheren Westen und die umgehängten MPis deutlich zu erkennen.

Graus Arm wurde lang, suchte nach der UZI.

Dann fühlte er die Hand des Genarbten auf seiner Schulter.

„Ruhig. Laß die Klamotten unten. Mit Gewalt klappt das hier nicht. Die machen dich zum Sieb."

Gespannt beobachtete Pachmann die Vorgänge auf der Kreuzung. Ein VW-Golf und ein Mercedes wurden durchgewunken, der nachfolgende Renault 16, dem man die Altersschwäche auf zwanzig Meter Entfernung ansah, mußte anhalten.

Drei junge Leute stiegen aus, darunter eine Frau. Die beiden Männer mußten sich mit den Armen gegen das Wagendach stützen. Ein Polizist drückte mit dem Stiefel die Füße der beiden weiter nach hinten, so daß die ganze Last des Oberkörpers in den Armen ruhte und jede Gegenwehr erschwert wurde. Zwei Mann klopften die Verdächtigen ab: unter den Achseln, zwischen den Beinen. Anschließend wurden Innen- und Kofferraum gefilzt, sogar die Motorhaube mußte geöffnet werden.

„Wieso durchsuchen die den R 16?"

Pachmann grinste.

„Guck dir die Haare von den Jungs an. Lange Mähnen sind verdächtig. Paß auf, das geht glatt . . ."

Die jungen Leute konnten wieder einsteigen. Der Renault setzte sich in Bewegung, ein zweiter Golf rückte nach. Kurzer Blick der Beamten, ein Vorgesetzter winkte.

Pachmann kurbelte scheinbar ungerührt das Fenster herunter und legte den Unterarm auf den Türrahmen. Dadurch wurde der bekleckste Ärmel des Malerkittels, ihre wichtigste Tarnung, sichtbar. Lässig zurückgelehnt bot der Narbige ein Bild der Friedfertigkeit und Gelassenheit.

Jetzt war der Transit an der Reihe.

Zwei Polizisten kamen näher.

„Sag mal, Meister", wandte sich Pachmann polternd an einen der Beamten, „ist die nächste Tankstelle noch weit? Ich fahr' schon mit dem letzten Tropfen . . ."

Der zuckte nur die Achseln. „Keine Ahnung, wir sind nicht von hier . . ." Sein Blick schweifte über die Kreuzung, dann deutete er unsicher in Richtung Süden.

„Wenn ihr zur Möhne müßt – da kommt alle Augenblicke ein Dorf. Kann nicht mehr weit sein!“

Pachmann nickte zufrieden, deutete mit der Fingerspitze einen militärischen Gruß an: „Danke, Chef!“

Der Transit fuhr los, bog nach links auf die Bundesstraße, rollte an den dort abgestellten Mannschaftswagen vorbei – dann hatten sie es geschafft.

18

Der schwere Setra-Bus kurvte bereits am Möhnesee entlang. Östlich von Körbecke rollte er über eine lange, schmale Brücke auf das Südufer zu, dann ging es in die Gegenrichtung, immer dicht am Wasser entlang.

Vor der steilen Einfahrt, die zur Jugendherberge führte, stoppte der Fahrer. Er blickte unschlüssig den schmalen, von Nadelbäumen gesäumten Weg hinauf. Verdammt eng sah das aus.

„Fahren Sie ruhig hoch!“ schrie Olaf. „Ich kenne mich hier aus. Da oben ist genug Platz zum Wenden!“

Fauchend sprangen die Türen auf. Renate Krause und Veyen wurden von den nach draußen drängenden Schülern geradezu hinausgeschwemmt. Schreiend und kichernd, sich gegenseitig schubsend und knuffend rissen sie ihr Gepäck aus den Laderäumen und stürmten auf die gläserne Eingangstür zu.

Markus Egerlund, mit seinen 189 Zentimetern der längste in der Klasse, war der erste. Mit einem Handkoffer und einem gewaltigen Stereo-Recorder beladen, stieß er die Eingangstür mit der Schulter auf. Doch als er die Treppe hinaufrasen wollte, stieß er auf ein Hindernis.

Vor ihm stand ein kaum kleinerer, aber sehr hagerer Mann, der auf die zweite Hälfte der Fünfzig zugehen mochte. Er hatte schütteres, glatt nach hinten gekämmtes Haar, ein leicht hohlwangiges Gesicht mit verkniffenen Lippen. Gekleidet war er mit einer grauen Strickjacke, einer grünen Kniebundhose aus Loden, grauen Wollstrümpfen und Gesundheitspantinen, deren Sohlen aus Holz gearbeitet waren.

„Sie stehen im Weg!“ stellte Markus fest, während er sich mit dem Hintern gegen die Nachdrängenden wehrte.

„Sehe ich!“

Auge in Auge standen sich die beiden gegenüber. Dann drückte der Mann den Schüler sanft, aber nachdrücklich auf den Hof zurück, zwängte sich selbst hinaus und äugte zu Veyen hinüber.

„Können Sie nicht erst mal Ordnung in ihren Sauhaufen bringen?“

Bei dem Wort „Sauhaufen“ zuckte der schöne Traugott schmerzlich zusammen. Solche Ausdrücke gehörten nicht zu seinem Sprachschatz. Dann kapierte er, daß damit seine Klasse gemeint war. Ein Hauch von Protest erschien auf seiner Stirn.

„Entweder Sie lassen den Verein jetzt ordentlich antreten, oder Sie fahren gleich wieder ab. Wir sind hier doch nicht in einem Hottentotten-Dorf!“

Ohne sich weiter um Veyen zu kümmern, marschierte er zum Bus hinüber, dessen Fahrer gerade die Ladeluken verriegelte.

„Können Sie nicht lesen?“ herrschte er ihn an.

„Och“, sagte der und richtete sich wieder auf, „wenn Bilder dabei sind . . .“

Der Hagere verzog keine Miene: „Unten steht ein Schild: Für Busse verboten. Ich habe keine Lust, jedes Jahr den Vorplatz neu teeren zu lassen. Wenn Sie am Abfahrtstag wieder hier herauffahren, dann kriegen Sie eine Anzeige. Kapiert?“

„Meine Fresse“, raunte Oliver Klocke der neben ihm stehenden Iris zu, „an dem ist ein Feldwebel verloren gegangen!“

„Herhören!“ meldete sich der Hagere jetzt wieder. „Mein Name ist Holz. Ich bin hier Herbergsvater. Damit wir uns klar verstehen: Hier herrscht so etwas wie Ordnung. Ihr wartet jetzt hier, während ich mit eurem Lehrer die Zimmeraufteilung regele. Danach geht's gruppenweise auf die Stuben. Ihr stellt das Gepäck ab und bezieht die Betten. Bis zum Mittagessen wird dann oben wieder dichtgemacht. Wenn es wieder regnet, könnt ihr in den Tagesraum 3. Ansonsten ist der Vorplatz da. Kapiert?“

„Mir reicht's schon“, verkündete Stephanie. „Wenn der so weitermacht, werden das richtig lustige Tage.“

Holz führte die beiden Lehrer ins Haus. Gleich rechts auf dem ersten Flur lag, mit den Fenstern zum Vorplatz, eine Art Büro, das zugleich als Kiosk diente: Neben der mit grünem Kunststoff verkleideten Tür befand sich, auf einem Sockel aus dem gleichen Material gelagert, ein Schaufenster, hinter dem Andenken, Postkarten und Süßigkeiten aller Art gestapelt waren. Dreimal täglich wurde der Mini-Laden für eine halbe Stunde geöffnet – ein

Zusatzgeschäft, das sich Herbergseltern in der Regel nicht entgehen lassen.

Auch für Veyen begann der Aufenthalt mit einer Enttäuschung.

„Zehn Jungen haben Sie?“

Holz studierte den Belegungsplan.

„Schlecht. Wir haben für Ihre Truppe nur noch ein Acht-Betten-Zimmer.“

Erneuter Blick auf den Raumplan, dann nickte Holz.

„Mit der anderen Klasse lege ich die beiden Jungen nicht zusammen. Das gibt Ärger. Am besten, Sie verzichten auf Ihr Leiterzimmer und ziehen zu den beiden anderen Lehrern hinüber. Dann können zwei Jungs auf Ihre Stube.“

„Können wir kein Zusatzbett im Achter-Zimmer aufstellen?“

„Ausgeschlossen. Viel zu eng.“

Draußen ließ Veyen die Klasse befehlsgemäß in Reih und Glied antreten. Als er mitteilte, daß zwei Jungen nicht im Gemeinschaftsraum, sondern „an anderer Stelle“ untergebracht werden müßten, machte sich Entrüstung breit.

„Sauerei. – Wir gehören zusammen. – Der erste Eindruck stimmt: Ein Scheißladen ist das hier. – Olaf, du Idi, wie kannst du uns so einen Stall empfehlen?“

Schließlich meldete sich Ylmaz als erster: „Also, ich opfere mich. Wer noch?“

Schweigen. Daß die beiden ein Doppelzimmer bekämen, hatte Veyen nicht erwähnt.

Als niemand weiter aufzeigte, pickte sich Traugott den Italiener heraus: „Bruno. Du gehst mit auf Zimmer 32. Klar?“

Brunos Gesicht drückte alles andere als Begeisterung aus. Er schnappte seinen Koffer, warf Veyen einen beinahe tödlichen Blick zu und folgte Ylmaz seufzend die Treppe hinauf.

„Mensch!“ schrie Ylmaz. „Ein Zweibettzimmer. Mit Seeblick! Wie findest du das?“

Bruno feuerte sein Gepäck in die Fensterecke und sagte, ohne den Türken dabei anzusehen: „Tu mir einen Gefallen, Mann. Quatsch mich heute bloß nicht mehr an!“

19

Evelyn Pfeiffer trat ans Fenster. Noch immer trieben graue Wolkeninseln über das Aachener Land. Doch es sah nicht so aus, als würde es regnen.

Sie hüllte ihre acht Monate alte Tochter Elena in einen Lammfellsack und legte das Kind in einen hochrädrigen Sportwagen. Der fünfjährige Eric hingegen wehrte sich störrisch gegen den blauen Wintermantel mit den aufgedruckten Pinguinen; er fand das Kleidungsstück viel zu warm. Versöhnt war er erst, als die Mutter ihm die gelben Gummistiefel auf die Fußmatte stellte. So konnte er wenigstens durch sämtliche Pfützen hüpfen, ohne ständig zur Ordnung gerufen zu werden.

Die Frau streifte einen Steppmantel mit großen gelben und braunen Karos über, verschloß die Haustür und drückte noch einmal prüfend auf die Klinke. Ihr blieb noch eine gute Stunde, ehe sie das Baby versorgen und das Mittagessen kochen mußte.

Eric hatte inzwischen die schmale Seitenstraße überquert. Auf dem unbefestigten Randstreifen gegenüber glänzten ein paar riesige Pfützen. Juchzend sprang das Kind im Wasser herum.

„Komm, Eric!“

Evelyn Pfeiffer schob den Kinderwagen die Straße hinunter, die durch Gebüsch und Weiden nach Stolberg führte. Später wollte sie sich nach links wenden, nach Krauthausen, um von dort aus im weiten Bogen zurückzukehren.

Eric überholte sie und ahmte mit ausgebreiteten Armen und prustenden Lippen ein Propellerflugzeug nach. Hinter dem letzten Haus, wo sich die Straße verengte und die Weide begann, setzte er zur Landung an und ließ die Maschine genau vor einem hölzernen Wassertrog ausrollen, der von etlichen Kühen umlagert war.

Den Sohn beobachtend, folgte die Mutter langsam mit dem Kinderwagen nach. Der Tag hatte begonnen wie so viele andere vor ihm, und er würde wohl auch genauso enden. Die Aussicht war auch dieselbe. Immer dieselben Kühe, immer dieselben Weidenzäune, immer derselbe Weg.

Da fiel ihr Blick auf das Auto.

Es stand rund zwanzig Meter weiter am Wegrand. Ein blaßblauer BMW mit Kölner Kennzeichen.

Ohne Eile trat die Frau an das Fahrzeug heran. Niemand saß am Steuer, auch die anderen Plätze waren unbesetzt. Viel mehr war durch die beschlagenen Scheiben hindurch kaum zu erkennen.

Jetzt hatte auch Eric das Fahrzeug erreicht. Mit beiden Händen versuchte er, die Hecktür zu öffnen. Als ihm das nicht gelang, lief er zurück, um es an der Kofferraumhaube zu probieren. Dann zwängte er sich zwischen den BMW und die Hecke.

„Laß das, Schätzchen, das ist nicht Papas Auto!“

Eric gehorchte. Aber bevor er weiterlief, entdeckte er im Gras einen blinkenden Gegenstand. Er sah aus wie eine kleine Rakete, der man die Spitze abgeschnitten hatte.

„Eric!“ rief die Mutter nun lauter.

Der Junge bückte sich, griff zu und ließ den länglichen Gegenstand schnell in seiner Hosentasche verschwinden. Mutter mochte es nicht, wenn er alles Interessante aufhob und die Fundstücke dann in seinem Zimmer verstreute.

Als sie die Weißdornhecke passiert hatten, ging Evelyn Pfeiffer wieder etwas langsamer. Zwischen den Weiden, über die man weit hinwegsehen konnte, fühlte sie sich wohler.

Dann hörte sie entfernt Stimmen.

Drei Weidezäune von der Straße entfernt liefen einige Männer über die Wiese. Sie trugen grüne Jacken und schleppten auf Stative montierte Gegenstände mit sich herum, deren Form an Fernrohre erinnerte. Sie fuchtelten mit den Armen und riefen sich irgendwelche Anweisungen zu, die auf diese Entfernung nicht mehr zu verstehen waren.

Evelyn Pfeiffer fühlte sich nun endgültig beruhigt. Einem dieser Männer mußte der blaue BMW gehören.

20

Während Ylmaz und Bruno stumm, aber friedlich ihre Betten bezogen, brach im großen Jungenzimmer der erste Streit aus.

Oliver Klocke, als Mensch und Sportler absoluter Frischluftfanatiker, hatte seinen Anorak sofort auf die obere Matratze eines Zwei-Etagen-Bettes unmittelbar am Fenster geworfen. Als er aber die mitgebrachten Laken auspackte, knallte Karsten Kaiser sein Köfferchen auf dasselbe Bett.

„Mensch, Kaiser“, beschwerte sich Oliver, „das ist meine Koje!“

„Deine? Was dir gehört, trägt die Katze auf dem Schwanz weg.

Ich komm' dahin. Oder soll ich den Käsegestank von euren Hinterhufen einatmen?"

Jörg schaltete sich ein: „Vielleicht löst ihr das Problem sportlich. In einem Tischtennismatch zum Beispiel?"

„Hier!" tippte sich Karsten an die Stirn.

Alle lachten: Gegen den sportlichen Oliver hätte er keine Chance gehabt.

Schließlich drängelte sich Olaf zwischen die beiden und setzte seine Sporttasche auf dem Bett ab.

„Wenn ihr euch nicht einigen könnt – ich nehme den Platz gerne."

Bedrohliches Schweigen breitete sich aus. Oliver Klocke musterte den Schalke-Fan und schob langsam die Ärmel seines Pullovers hoch.

Dann sagte er leise: „Nimm deine versyphten Klamotten da runter!"

Olaf grinste nur.

„Eins . . ." Der Blonde hielt sich mit beiden Händen an der Bettkante fest.

„Zwei . . .", zählte Oliver weiter und hielt die Stimme unheilschwanger in der Schwebe.

Olaf ging kurz in die Knie, um sich mit Schwung auf die obere Etage zu katapultieren.

„Drei!"

Der lange Klocke packte Olafs Kragen und zog den Burschen wieder auf den Boden zurück. Mit der anderen Hand ergriff er dessen Sporttasche und schleuderte sie quer durch den Raum in Richtung Tür. Dort wummste sie gegen einen Holzspind und fiel auf den Boden.

Der Blonde entwand sich Olivers Griff und sprang hinter seiner Tasche her. Doch da hatte Markus Egerlund das Gerät bereits aufgehoben und hielt es wie einen Basketball vor der Brust.

„Eins, zwei, drei, wer nimmt den Ball?"

Vier, sechs Arme reckten sich am Fenster in die Höhe. Ehe Olaf zupacken konnte, beschrieb sein Täschchen eine ballistisch abgezirkelte Kurve und landete in Karstens Fäusten.

Olaf ließ von Markus ab, raste wieder zum Fenster. Doch Karsten hatte das Wurfgeschoß bereits an den kleinen Jens Palmström weitergegeben, der es postwendend zum schönen Peter Hiltgen beförderte.

Keuchend stand Olaf mitten im Zimmer. Das war wie beim

Fußballtraining: einer spielte den Hasen und hetzte dem Ball nach, den sich ein Kreis von Spielern zuschob. Wenn die anderen Ernst machten, hatte der Hase keine Chance.

Wütend sah sich der Blonde um. Da fiel sein Blick auf das Reisegepäck, das Peter bereits auf seinem Bett ausgebreitet hatte. Olaf fischte sich einen prall gefüllten Toilettenbeutel heraus, riß das Fenster auf und feuerte das rote Täschchen auf den Hof.

Wieder wurde es einen Augenblick lang still. Dann fragte Peter eher beiläufig: „Wie ist das, holst du die Sachen wieder?“

„Ich? Leck mich am Arsch!“

„Das lieber doch nicht“, grinste Hiltgen und schlenderte nun selber zum Fenster. Er zog die Reißverschlüsse der Sporttasche auf und hielt sie mit beiden Händen hinaus.

„Also, was ist?“

Olaf atmete tief durch und setzte zu einer Entgegnung an, als sich die Tür öffnete. Alle zuckten zusammen, Veyen und eine seiner Moralpredigten erwartend. Doch zu ihrem Glück war es nur Ylmaz, den der Kampflärm angelockt hatte.

„Rückt ihr die Möbel gerade?“

„Quatsch“, meinte Oliver. „Der Kleine hier wird ösig.“

„Also“, wiederholte Peter seine Frage, „gehst du?“

Olaf schüttelte stumm den Kopf. Da drehte Peter die Tasche in seinen Händen Stückchen für Stückchen um die Längsachse. Der weit geöffnete Reißverschluß wanderte von oben zur Seite, von dort nach unten.

Ein paar Turnschuhe lösten sich aus dem vollgestopften Gepäckstück, ein paar Hemden und ein Kulturbeutel folgten, schließlich sauste der Rest in einem Knäuel nach unten. Zu allem Überfluß schüttelte Peter die Tasche noch einmal, so daß sich auch die Seitenfächer vollständig leerten: Schreibzeug, Bücher, ein Fahrtenmesser.

Mit einem Aufschrei wollte sich Olaf auf Peter stürzen, doch Oliver und Karsten hielten ihn zurück. Wild keilte der Blonde um sich, doch dann ergriffen noch zwei andere Jungen seine Arme.

„Ihr Schweine!“ schrie Olaf. „Laßt mich los. Ich mach’ den Popper alle!“

Erneut flog die Tür auf.

Der Herbergsvater stand auf der Matte. Einen Augenblick lang ließ er seine wasserhellen Augen durch den Raum wandern. Oliver schien es, als verweilten sie bei Olaf ein wenig länger als bei den anderen, doch das konnte auch eine Täuschung sein. Schließlich richtete sich sein Blick auf Ylmaz, der der Tür noch immer am nächsten stand.

„Was ist das hier?“ fragte Holz. „Türkischer Basar oder so etwas?“

Ylmaz zuckte die Achseln, suchte nach einer passenden Bemerkung. Stephanie müßte hier sein, die konnte so herrlich kontern.

„Wohl kaum“, widersprach schließlich Jörg Fetscher. „Eher der Tag der deutschen Einheit oder so.“

Ein paar Jungs feixten, verstummten aber sofort unter dem eisigen Blick des Hausherrn.

„Ihr habt drei Minuten“, verkündete Holz scharf und schneidend, ohne dabei besonders laut zu werden. „Wenn das dann hier immer noch wie in einem Negerkral aussieht, könnt ihr sofort wieder einpacken. Du auch, Olaf! Klar?“

Bei den elf Mädchen verlief die Raum- und Bettenverteilung weitaus unproblematischer. Als sie von Renate Krause hörten, daß sie sich auf zwei Acht-Betten-Stuben verteilen konnten, bildeten sich sofort zwei fast gleich starke Gruppen. Auf der einen Seite standen Birgit, Bea und vier weitere „Modetanten“, wie Stephanie sie nannte. Diese wiederum, je nach Geldbeutel und Geschmack mit dem neuesten Brigitte-Schick oder den letzten Bravo- und Karstadt-Fummeln behängt, blickten nur voll hochnäsiger Verachtung auf die Jeans- und Lederjacken-Mädchen herab. Denn Iris, Steffie, Sabine, Andrea und Linda setzten sich, mehr oder weniger bewußt, von den anderen ab.

Steffie und ihre Truppe bezogen ein Zimmer unter dem Dach im Mädchenflügel der Jugendherberge.

Sie brauchten zehn Minuten, um die Betten zu beziehen, die Schränke auszuwischen und einzuräumen. Linda befestigte sogleich ein Poster von Rod Stewart am Kopfende ihres Bettes, Iris baute einen abgewetzten Teddy auf ihrem Kopfkissen auf, und Sabine entfaltete ein weißes Deckchen, das sie über die zerkratzte, grüne Kunststoffplatte des wackeligen Tischchens legte.

„Und jetzt?“ fragte Steffie.

„Kneipe suchen!“ schlug Linda vor.

„Tischtennis!“ meinte Andrea.

„Mal gucken, was die Männer machen“, meldete sich Iris, von einem entschiedenen Kopfnicken Sabines unterstützt.

Die Mädchen liefen die Treppe bis zum Erdgeschoß hinab, wo eine geöffnete Durchreiche den Blick in eine blitzende Küche freigab. Ganz hinten standen zwei junge Frauen und schnibbelten Gurken in Scheiben, vorne, neben dem Schalter, hantierte ein etwa zwanzigjähriger Bursche an einer übergroßen Kaffeemaschine.

„Frauen, guckt mal", rief Andrea und deutete auf den langhaarigen Jüngling. „Der schönste Mann vom Möhnesee!"

Fünf Mädchenköpfe tauchten in der Durchreiche auf und beäugten den Typ, der ungerührt einen halben Hektoliter Wasser in den Tank der Kaffeemaschine schüttete.

„Guck mal, Andrea", kicherte Linda, „echte Locken. So etwas ist bei uns schon lange nicht mehr auf dem Markt!"

„Entschieden zu alt!" mäkelte Andrea nun. „Der könnte glatt mein Vater sein. Und außerdem: Softies sind doch gar nicht mehr in!"

Jetzt mußte der verhinderte „Vater" doch grinsen. Betont abschätzend begutachtete er Andreas Gesicht und das, was durch den Schalter hindurch von ihrem enormen Oberkörper zu sehen war.

„Mein Gott", winkte er schließlich ab, „solch eine Tochter – ich würde mir glatt was abschneiden!"

Die Frauen in der Küche lachten, Andrea wurde knallrot, und selbst Linda verschlug es die Sprache. Wie fast immer war es Steffie, der die passende Antwort einfiel.

„Was denn?" fragte sie scheinbar ernst.

Auch der „Knabe" zog nun ein ernstes Gesicht. „Die Haare natürlich. Was denn sonst?"

Eine energische Frauenstimme unterbrach das erneute Gelächter: „Haltet den Kerl nicht von der Arbeit ab. Diese Zivis haben sowieso alle krumme Finger!"

„Was für'n Tier?" fragte Andrea und drehte sich um.

Vor ihr stand eine Frau um die 45, nicht sehr groß, aber sehr kompakt gebaut. Das dunkle, an einigen Stellen bereits graue Haar war im Nacken zu einem Knoten zusammengesteckt.

„Zivi? Zivildienstleistender. Das sind die Typen, die sich vor der Bundeswehr drücken . . ."

„. . . und kleine Kinder fressen!" unterbrach sie der Bursche. „Am liebsten blonde deutsche Jungfrauen!"

„Jungfrauen?" fragte Andrea spöttisch. „He, habt ihr 'ne Ahnung, wovon der redet?"

Allgemeines Kichern, doch die Herbergsmutter ließ sich nicht aus dem Konzept bringen.

„Was den betrifft", sagte sie, auf den Lockigen zeigend, „der ist zum Arbeiten hier und für euch bestenfalls zum Angucken da. Er hat nämlich eine Perle im Dorf und ist nicht mehr zu haben!"

Sie schoß in die Küche und zog von innen die Verschlußklappe der Durchreiche herunter.

„Was nun?" fragte Linda.

„Ich geh' Tischtennis spielen!" verkündete Andrea.

„Kommt ihr mit?"

Doch die anderen wollten nicht.

Steffie stieß Iris in die Seite und schlug vor: „Komm, wir sehen mal nach, was die Männer machen!"

21

Die „Männer" lehnten gegenüber dem Haupteingang an einem kleinen Mäuerchen, hinter dem das Gelände leicht anstieg. Auf nassem Lehmboden standen hier zwei Tischtennisplatten aus wetterfestem Material, dahinter ragten bereits die ersten, hohen Kiefern empor. Doch die Natur war den Jungen im Augenblick gleichgültig: Lachend und mit spöttischen Bemerkungen beobachteten sie, wie Olaf seine Siebensachen auf dem Hof einsammelte.

„Was ist denn hier los?" schrie Steffie quer über den Platz. „Hat der Kleine das Fenster mit dem Kleiderschrank verwechselt?"

Olaf, der gerade eine Unterhose aus einem kleinen Zierstrauch dicht an der Hauswand pflückte, schickte einen haßerfüllten Blick zu den Mädchen hinüber.

„Halt die Schnauze, du Nutte!" zischte er.

Steffie trat nahe an den Blonden heran und blickte ihm, die Mundwinkel spöttisch verzogen, in die Augen. Dann zog sie langsam den Reißverschluß ihrer Steppjacke nach unten.

Ein eng anliegender, dünner Pullover kam zum Vorschein, den Steffie jetzt zu allem Überfluß noch einmal nach unten straffte, so daß sich ihre Brustwarzen deutlich abzeichneten.

Olafs Blick flackerte nach unten, pendelte wieder zu Steffies Augen hoch, sackte erneut ab.

„Wie ist es?“ fragte Steffie und ahmte dabei den rauchigen Ton nach, mit dem Sue Ellen Ewing ihre Liebhaber einfing.

„Was zahlst du für ’ne Stunde?“

„Alte Sau!“ schimpfte Olaf los. Er holte aus, doch Iris und Sabine drängten sich zwischen die beiden.

„Wehe!“ drohte Sabine. Ihre Brillengläser funkelten. „Tob dich in der Nordkurve aus! Hier biste nicht auf Schalke!“

Der Junge wandte sich ab und bückte sich, um seine Turnschuhe einzusammeln.

„Die werden sich noch wundern“, flüsterte er.

„Heh, Männer!“ rief Linda zu den anderen Jungen hinüber. „Bleibt mal so sitzen!“

Sie nestelte einen kleinen, vollautomatischen Agfa-Apparat von ihrer Schulter.

„Ein paar Starfotos zur Erinnerung!“

Langsam ging sie auf die Jungs zu, verhielt zwei-, dreimal ihren Schritt und drückte auf den Auslöser.

„Ist ja doch kein Film drin!“ vermutete Oliver.

„Doch, du Idi. Heute morgen extra neu geladen!“

Steffie, Iris und Sabine überholten sie.

„Warte noch!“ rief Sabine. „Wenn nur die Macker auf den Fotos sind, ist das pure Verschwendung!“

Sie hakten sich bei den Jungen ein und stellten sich in Positur. Linda schoß zwei, drei Gruppenfotos, dann bat Ylmaz: „Mach eins von uns!“

Er nahm Stephanie in die Arme, küßte sie auf die Nasenspitze, auf den Mund, hob sie dann ein paar Zentimeter hoch und schwenkte sie herum.

„Mein Gott“, sagte Linda, als sie den Apparat von den Augen nahm, „soviel junges Glück auf einem Film – da wird einem richtig warm ums Herz!“

In diesem Augenblick hörten sie das Aufjaulen eines hochgezogenen Motors. Sie blickten zur Auffahrt hinüber. Ein roter Ford-Transit schoß heran, rollte auf den Haupteingang zu und stoppte ab. Der Fahrer, ein schlanker Mann mit schwarzen Haaren und einem bekleckstem Malerkittel, sprang heraus. Ohne einen Blick an die Jugendlichen zu verschwenden, verschwand er hinter der Glastür.

Olaf hatte gerade seine letzten Kleidungsstücke eingesammelt und in seiner Tasche verstaut. Er richtete sich auf und schaute noch einmal wütend zu den Jungen und Mädchen hinüber, die noch immer an dem Mäuerchen lehnten. Dann fiel sein Blick auf das Fahrerhaus des Lieferwagens. Mit offenem Mund starrte er hinein.

„Mensch“, meinte Oliver und stieß Linda an, „knips mal. Solch ein doofes Gesicht fehlt noch auf dem Film!“

Der blonde Beifahrer starrte auf den Jungen vor dem Wagen. Dann drehte er die Scheibe herunter und steckte seinen Kopf nach draußen.

„Verpiß dich!“ schimpfte er. „Hier gibt's nichts zu gucken!“

Olaf blickte den jungen Mann irritiert an. Dann schloß er seinen Mund, umklammerte seine Tasche fester und verzog sich in Richtung Eingang.

22

Otto Holz blickte sprachlos auf den Mann im Malerkittel, der ohne anzuklopfen in sein Büro eingedrungen war.

„Bist du wahnsinnig?“ fragte er schließlich.

„Quatsch. Not am Mann.“

„Komm mit!“

Sie betraten einen kleinen Nebenraum, der keine direkte Verbindung zum Flur besaß und dessen Fenster dicht verschlossen waren.

„Den Schlüssel!“ befahl der Schwarzhaarige.

„Mensch, wenn dich einer sieht!“

Nervös öffnete der Herbergsvater einen kleinen Holzkasten, der im toten Winkel hinter der Tür angebracht war.

„Reg dich nicht auf! In drei Minuten sind wir wieder weg!“

Er nahm einen kleinen, silbern glänzenden Sicherheitsschlüssel entgegen.

„Noch eins. Ruf deinen Schwiegersohn an. Er soll sein Arztköfferchen schnappen und auf schnellstem Weg ins Bootshaus kommen.“

„Wie stellst du dir das vor?“ polterte Holz los, dämpfte aber sofort seine Stimme. „Wenn der gerade operiert?“

„Egal. Er muß!“

„Was ist denn los?“

„Mensch, Otto. Hörst du kein Radio? Manfred hat sich 'ne Kugel gefangen. Blutverlust. Bis heute nacht muß er da unten bleiben, dann holen wir ihn wieder ab. Aber wenn ihm keiner hilft, verreckt er.“

Holz zog einen Stuhl heran und ließ sich fallen.

„Ach du Scheiße“, sagte er. „Ihr wart das?“
„Ja. Hat Peter einen zweiten Schlüssel?“
Holz überlegte, schüttelte den Kopf.
„Der zweite Schlüssel liegt in Kamen. Leg deinen auf den alten Platz.“
„Gefährlich . . .“
„Ach wo. Ich hab’s in all den Jahren noch nie erlebt, daß ein Fremder auf dem Grundstück war. Und in einer Stunde ist das Haus voll. Nicht nötig, daß einer Peter zuerst hier und dann am Bootshaus sieht. Los!“
Pachmann nickte und ging zur Tür. Als er die Klinke schon in der Hand hielt, meinte er: „Ich lasse einen Mann da. Ist besser. Und denk dran! Wenn dem Chef was passiert – die da oben reißen uns allen den Arsch auf. Dir zuerst!“

23

Paarweise marschierten sie die Uferstraße entlang und hielten nach einer Gaststätte Ausschau. Steffie drückte sich eng an Ylmaz, Sabine hatte sich bei Jörg eingehakt, die kleine Iris verschwand fast unter Olivers Arm.
„Mensch, Leute“, meldete sich Linda, die hinter den drei Pärchen herstiefelte, „wenn ich das sehe, werde ich richtig neidisch.“
„Du hast doch deinen Rod Stewart!“ feixte Sabine.
„Davon werde ich auch nicht warm!“
„Komm, Linda!“ Der lange Oliver streckte seinen freien Arm aus. „Heute abend rücken wir euch auf die Bude. Sag uns, wen wir dir mitbringen sollen!“
„Ich weiß nicht“, zweifelte Sabine. „Der doofe Veyen wird ganz schön aufpassen. Und die Krause, die kann auch nicht anders, wenn die noch etwas werden will . . .“
„Kneipe!“ schrie Jörg.
Sie rannten über die Straße auf einen kleinen Parkplatz zu, hinter dem auf einem Hang ein gelbes, zweieinhalbstöckiges Gebäude stand. Eine schmale Steintreppe führte zu einer Terrasse hoch, über die man zum Eingang der Gaststube gelangte. An der Hauswand hing ein Reklameschild.
„Südufer!“ las Oliver.
Sabine zog zweifelnd ihre Schultern hoch.

„Sieht nicht so aus, als gäb's da was . . ."

Ylmaz rannte schließlich hoch, um durch das Fenster zu spähen, winkte aber nach dem ersten Blick enttäuscht ab.

„Keiner da!"

Die Suche ging weiter.

Das Ufer wich nun ein Stück von der Straße zurück, eine dicht bewaldete, aber nicht allzu große Landzunge ragte in den See hinein. Zur Straße hin war sie mit einem hohen Jägerzaun abgegrenzt, über dessen Spitzen man zusätzlich Stacheldraht genagelt hatte. Erst nach siebzig, achtzig Schritten liefen sie wieder direkt am Wasser entlang.

„Kneipe!" schrie Oliver und setzte sich als erster in Trab.

Auch hier war dem Haus eine geräumige Terrasse vorgelagert, auch hier sah um diese Zeit der Gastraum verlassen aus.

„Ist sowieso zu feudal", tröstete Steffie. „Hotel ‚Daheim' – das ist was für pensionierte Pauker . . ."

„Ich hab's ja geahnt, Veyen sucht bestimmt keine Jugendherberge mit Kneipe aus", seufzte Linda.

„Wieso eigentlich Veyen?" fragte Oliver. „Olaf hat uns doch den Laden empfohlen."

Ein gutes Stück weiter führte eine Fußgängerbrücke über den See nach Körbecke hinüber. Die sieben Jugendlichen gingen ein paar Schritte weit hinaus, lehnten sich über das Geländer und blickten auf das unter ihnen glucksende Wasser.

Von der Jugendherberge war nichts mehr zu sehen. Vor allem die Landzunge, an der sie vorhin vorbeigelaufen waren, nahm ihnen die Sicht. Zwei aus rötlich-braunen Holzstämmen gefügte Bootshäuser ragten dicht am Wasser unter den Bäumen hervor. Wie alles andere an diesem Ufer sahen sie sehr verlassen aus.

„Ehrlich", meinte Jörg schließlich, „hier ist echt der Hund verfroren. Ich frage mich, was wir hier fünf Tage lang machen sollen. Zum Sterben langweilig."

Ziemlich niedergeschlagen trotteten sie den Weg zurück, auf dem sie gekommen waren.

Als sie den Jägerzaun erreicht hatten, der das Seegrundstück mit den Bootshäusern umgrenzte, blieb Ylmaz plötzlich stehen. Er deutete auf die Kurve hinter dem „Südufer", in der soeben das Heck eines roten Lieferwagens verschwand.

„Sagt mal, stand der nicht vorhin vor der Jugendherberge?"

Linda tippte sich an die Stirn.

„Was soll das? Krank geworden?"

„Und wenn schon“, ergänzte Oliver, „was wäre dabei?“

Ylmaz zog die Schultern hoch.

„Weiß nicht. Aber irgendwie ist das komisch. Vorhin stand der da oben und haute sofort wieder ab. Und jetzt taucht er hier auf. Wo war der? An uns vorbeigefahren ist er nicht . . .“

„Meine Güte. Irgendein Malerfritze . . .“

„Genau. Und in zwanzig Minuten hat der hier ’ne ganze Wohnung tapeziert?“

Jetzt zeigte ihm auch Oliver einen Vogel: „Irgendwie ist dir die Kälte aufs Gehirn geschlagen. Der hat was abgeladen und fährt zurück. Mensch, deine Sorgen möchte ich haben . . .“

Am östlichen Ende gab es eine Zufahrt, die aber von einem breiten, zweiflügligen Tor und einer schmalen Fußgängerpforte versperrt war. Auch die beiden Passagen waren mit zusätzlichem Stacheldraht gesichert.

Am oberen Querbalken der Pforte hing ein Schild, dessen dünne, weiße Kunststoffbeschichtung an den Rändern und in der Mitte abzublättern begann.

Bootshaus
des
Degreveralgymnasiums
Kein Zutritt

„Komischer Name!“ Steffie schüttelte ihre langen Haare. „Ist das ’ne Stadt?“

„Wer weiß“, meinte Oliver, „bestimmt irgendein mittelalterlicher Mönch.“

„Gymnasium!“ Sabine rümpfte verächtlich die Nase. „Die spinnen doch alle. Ein Name, den jeder versteht, wäre denen doch viel zu popelig! Bei meiner Cousine an der Schule . . .“

„Guckt doch mal!“ Ylmaz unterbrach den drohenden Vortrag – wenn Sabine von ihrer Cousine anfing, gab es für sie kein Ende mehr. „Der Ford ist bestimmt hier herausgekommen!“

Er ging in die Hocke und zeigte auf frische Reifenspuren, die unter dem großen Tor hinweg in die Tiefe des Grundstücks führten. Dann berührte er die Eindrücke der Profile mit den Fingerspitzen.

„Feucht. Aber kein Wasser drin. Der ist nach dem Regen hier durchgefahren.“

„Mensch, Ylmaz!“ beschwerte sich Linda. „Hast du keinen Friseur, zu dem du gehen kannst?“

„Wieso?"

„Weil ein Friseur zuhören muß, egal welch einen Stuß ihm die Kunden erzählen . . ."

Ylmaz gab es auf und hakte sich wieder bei Stephanie ein.

„Ihr spinnt ja alle."

„Du bist es, der hier spinnt!" Steffie hauchte ihrem Freund einen Kuß in das finstere Gesicht. „Dein roter Lieferwagen riecht verdammt nach ›Ich und die Bootshaus-Bande‹. Jerry Cotton Nr. fünfzehntausendsiebenundvierzig."

24

Erneut rollte der rote Transit in Richtung Autobahn. Am Nordufer des Möhnesees wählte Pachmann jedoch zur Sicherheit einen kleinen Umweg, um erst bei Soest-Ost zur A 44 zurückzukehren. Ein zweites Mal wollte er nicht in dieselbe Kontrolle geraten.

WDR II. Es ist elf Uhr. Wir senden Nachrichten.
Eine bisher unbekannte Terroristen-Gruppe mit dem Namen „Kommando Roter Stern" hat die Verantwortung für den schweren Zwischenfall am Grenzübergang Aachen-Lichtenbusch übernommen.
Ein bislang unbekannter Anrufer meldete sich gegen 9.15 Uhr bei der Ruhrgebiets-Redaktion der Bildzeitung und bezeichnete den Anschlag als Akt der Rache für Ulrike Meinhof und Andreas Baader, die Gründer der Terrororganisation „Rote-Armee-Fraktion".
Ein Sprecher des Innenministeriums teilte mit, an der Echtheit des Anrufs könne es keinen Zweifel geben. Der Unbekannte habe Einzelheiten des Zwischenfalls genannt, die nur die Täter kennen konnten. Auch sprächen alle Begleitumstände der Tat eindeutig dafür, daß es sich um eine Nachfolgeorganisation der RAF handeln müsse . . .

Die Nachrichtensprecherin stockte. Papier raschelte, ehe sie weitersprach.

Wie soeben gemeldet wird, hat der Aachener Anschlag ein zweites Todesopfer gefordert. In einer Klinik starb der fünfundzwan-

zigjährige Zollinspektor Stephan Groll an den Folgen seiner schweren Schußverletzungen . . .

„Klasse!“ Pachmann trommelte vor Begeisterung auf dem Lenkrad herum. „Zwei zu eins für uns!“

An der Autobahnauffahrt stellte Narbe zufrieden fest, daß sich der Umweg gelohnt hatte. Weit und breit war kein Polizist zu sehen.

Pachmann schaute auf die Uhr. Die Zeit würde bequem reichen. Er beschleunigte auf Tempo 110 und blieb stur bei dieser Geschwindigkeit. Mit einem fremden Wagen wollte er nichts riskieren. Schon gar keine Panne. Denn im Laderaum lag immer noch der Maler.

Nüchtern ließ er noch einmal alle Ereignisse des Vormittags Revue passieren. Er suchte nach einer Kleinigkeit, die sie übersehen hatten, nach einem Fehler, der sie verraten konnte.

Er fand nichts.

Unter normalen Umständen hätte er mit diesem Wagen niemals in der Jugendherberge aufkreuzen dürfen. Aber die Umstände waren nicht normal. Und wer würde bei einem Hotel, einer Gaststätte oder auch bei einer Jugendherberge schon auf einen Lieferwagen achten?

Schlimm stand es nur um den Chef. Als sie ihn ausluden, war er ohne Bewußtsein. Kalter Schweiß auf der Stirn, zitternde Lippen. Eindeutig Schockzustand. Aber Manfred war zäh. Wenn der Doc pünktlich kam, würde der Chef überleben.

Am meisten Mühe hatte es gemacht, den Transit zu säubern. Fast zehn Minuten lang hatten sie alle Teile abgerieben, die sie unterwegs berührt haben konnten. Danach hatte Pachmann sich dem Wagen nur noch mit Handschuhen genähert.

Die Waffen hatten sie ins Blockhaus geschafft und in den getarnten Lagerraum gepackt. Er befand sich in einem Hohlraum zwischen der doppelten Rückwand des Gebäudes. Man mußte die Hütte schon genau vermessen, um festzustellen, daß innen vierzig Zentimeter fehlten. Die Maschinenpistole, aus der Pachmann in Aachen geschossen hatte, würde an einem der nächsten Abende unter der Delecker Brücke im Möhnesee verschwinden. Es gehörte zu den Grundsätzen der Gruppe, jede Waffe nur bei einem einzigen Einsatz zu benutzen.

Anschließend hatte sich Pachmann aus dem Waffenarsenal des Blockhauses die kleinste Waffe herausgesucht: einen fünfschüssigen Bodygard Airweight – Revolver von Smith & Wesson. Mit dem nur fünf Zentimeter kurzen Lauf paßte er bequem in die Tasche des Malerkittels.

Daß sich in der Drehkammer nur noch drei Patronen befanden, störte Pachmann nicht. Er hoffte, ohnehin nur einen einzigen Schuß abfeuern zu müssen. Auf den besten Zeugen, den die Polizei noch würde finden können.

Scheubner.

Am besten, überlegte Pachmann, würde es sein, mit dem Transit auf eine abgelegene Stelle des Parkplatzes zu fahren und den Maler beim letzten Aufheulen des Motors zu erledigen. Drei Minuten später wäre er verschwunden, und die Polizei konnte zusehen, was sie mit dem Toten anfing.

Vorsichtig fischte Narbe sich ein Taschentuch aus der Tasche seiner engen Hose. Mit Handschuhen ging das verdammt mühsam. Aber er fühlte sich als Profi, und Profis weichen nie von einer eisernen Regel ab.

Der rote Ford erreichte das neue Kamener Gewerbegelände wenige Minuten vor zwölf. Zwischen der Niederlassung einer bekannten Gardinenfirma und einem Supermarkt hindurch fuhr er auf das flache Gebäude eines bekannten schwedischen Möbelhauses zu. Im äußersten Winkel des Kundenparkplatzes hielt Pachmann an und beugte sich über die Trennwand.

Der Atem des Malers war flacher geworden, seine Augen wirkten glasig. Er roch nach Schweiß und Urin.

Pachmann wälzte den Mann auf den Bauch und griff dann in die Tasche des Malerkittels.

Mit dem Daumen spannte er den Hahn. Die Waffe war schußbereit.

Ein letzter, sichernder Blick durch alle Fenster. Nichts.

Niemand, der sich für den Transit und seine Ladung zu interessieren schien.

Die Hand mit dem Revolver rutschte über die Rückenlehne nach hinten. Erneut beugte sich Pachmann hinab und drückte dem Maler den Lauf fest ins Genick.

Der behandschuhte Zeigefinger setzte sich in Bewegung, verharrte am Druckpunkt.

Bruchteile eines Millimeters weiter, und der Hahn würde vorschnellen, einen Schlagbolzen nach vorn peitschen und die Treibladung zünden, die das tödliche Geschoß durch den Lauf jagen würde.

Jetzt!

In diesem Augenblick quietschten neben dem Transit die Bremsen eines anderen Fahrzeugs.

Für eine Sekunde war der Lange wie gelähmt.

Aus den Augenwinkeln schaute er hinaus. Undeutlich nahm er einen weißen Kotflügel und eine grünlackierte Kühlerhaube wahr.

Bullen!

Pachmann legte den Revolver leise neben den Kopf des Malers, drückte sich die Anstreichermütze tiefer ins Gesicht und griff nach dem Henkel eines Farbeimers.

„Schnauze halten!" zischte er.

Schwungvoll wuchtete er den Eimer über die Trennwand, zog den Zündschlüssel ab und kletterte nach draußen.

„Was gibt's denn, Chef?" fragte er den dicken Polizisten auf dem Beifahrersitz, der in aller Ruhe sein Seitenfenster nach unten kurbelte.

„Ihr Stopplicht ist kaputt!"

„Was? Schon wieder?" Der Narbige tat erstaunt. „Diese Typen bei Bosch! Hätten alles durchgecheckt, behaupten sie. – Wo denn?"

„Links! Und lassen Sie's machen, ehe sie weiterfahren!"

Er nickte Pachmann gnädig zu und kurbelte das Fenster wieder nach oben. Der Wagen schob sich im Schrittempo vorwärts, hielt aber bald wieder an. Pachmann hatte den Eindruck, als beobachteten ihn die beiden im Rückspiegel.

„Scheiße!"

Jetzt auf den Bock zurückklettern – das ging nicht mehr. Die Streifenwagenbesatzung hätte aufgepaßt, ob er zur Tankstelle fuhr. Und wer weiß, ob man bei dem Ford nicht erst die Hecktür öffnen mußte, ehe man überhaupt ans Rücklicht kam. Manche Autokonstrukteure hatten da die kompliziertesten Lösungen für ein einfaches Problem.

Pachmann hatte sich entschieden. Er packte den Griff des Farbeimers fester und zockelte in erzwungener Ruhe zum Ikea-Gebäude hinüber. Wie es aussah, hatte der Maler noch einmal Schwein gehabt.

25

Im Tischtennisraum herrschte dichtes Gedränge. Nach den Hattingern waren noch Schulklassen aus Bergkamen, Wattenscheid und Gelsenkirchen angekommen, und alle drängten zur grünen Platte. Einzel- und Doppelspiele waren schon längst nicht mehr möglich. Gespielt wurde „Ringelpietz“: Von acht, zwölf oder noch mehr Startern scheidet immer der aus, der einen Ball verschlägt.

Bruno lief der Schweiß in Strömen von Stirn und Schultern herunter. Er war als letzter Hattinger im Rennen – die Ehre einer ganzen Stadt stand auf dem Spiel.

Zusammen mit zwei anderen Jungen stand er jetzt zwei Mädchen gegenüber.

Acht oder zehn weitere Jugendliche, die bereits ausgeschieden waren, hockten auf einer der beiden rotgekachelten Sitzbänke oder am Fenster und warteten auf das Ende des Spiels und den Beginn des nächsten.

Bruno servierte dem ersten Mädchen einen scharf angeschnittenen Ball und raste, entgegen dem Uhrzeigersinn, zum anderen Ende der Platte, um sich hinter den Mädchen anzustellen.

Die erste von ihnen, eine kleine, stupsnasige, fegte die weiße Zelluloidkugel zur anderen Plattenseite zurück und flitzte nun selbst los, um hinter den beiden anderen Jungen auf den nächsten Einsatz zu lauern.

Zum Schluß standen sich nur noch Bruno und das Mädchen mit der Himmelfahrtsnase gegenüber. Einen Moment lang maßen sie sich gegenseitig mit Blicken, als könnten sie auf diese Weise die schwache Stelle des Gegners herausfinden.

„Manuela, den putzt du von der Platte!“ schrien die Schüler der anderen Gruppe.

„Bruno – für Hattingen!“ brüllten Andrea und zwei, drei weitere aus der 10 b.

Der Italiener versuchte es mit einem angeschnittenen Aufschlag auf die rechte Plattenkante. Doch postwendend wurde die weiße Kugel per Rückhand zurückgeschmettert. Schlag auf Schlag folgte, das Mädchen trieb den Jungen immer weiter in die Verteidigung und von der Platte weg. Dann wechselte sie plötzlich die Schußrichtung und servierte den Ball auf die entfernte Kante. Bruno hechtete zwar noch hinüber, aber die Flugbahn war viel zu weit entfernt, sein Schlag ging ins Leere.

Beifall auf der einen, Enttäuschung auf der anderen Seite.

Jetzt mußte das Mädchen aufspielen. Sie schlug genau auf Bruno und schnitt den Ball derart scharf an, daß der Return des Jungen sofort im Netz landete. 0:2!

„Mensch, Bruno", schrie Peter Hiltgen, „die Kleine müßtest du doch zum Frühstück vernaschen."

Doch Bruno war sich dessen gar nicht so sicher. Ein, zwei Sekunden lang ließ er den Ball auf seiner Handfläche kreisen, dann holte er aus – und schlug den Ball gegen die Tischkante. Lauter Jubel bei den Bergkamenern, Trauer bei den Hattingern. Bruno wischte sich entnervt den Schweiß aus der Stirn. Die Stupsnasige lächelte, und Bruno lächelte zurück.

26

„Meine Damen und Herren! Über den Grenzzwischenfall, der zwei junge Beamte das Leben und einen dritten die Gesundheit gekostet hat, haben wir Sie bereits in den Nachrichten informiert. Wir sind nun verbunden mit dem Herrn Bundesinnenminister, der trotz des arbeitsreichen Tages Zeit für dieses Gespräch gefunden hat. Ein trauriger Anlaß führt uns zusammen, Herr Minister . . ."

„In der Tat, Herr König. Ich bin heute morgen noch während des Fluges über dieses abscheuliche Verbrechen informiert worden. Daß ich tief betroffen bin, brauche ich wohl nicht extra zu erwähnen. Ich habe dann in Bonn sofort veranlaßt, daß sich eine Sonderkommission des Bundeskriminalamtes mit dem Fall befaßt."

„Was ist nun konkret getan worden, Herr Minister?"

„Nun, wir haben zunächst einmal im ganzen Rheinland und später auch in Westfalen Straßensperren eingerichtet . . ."

„Das hat aber, wenn ich Sie einmal unterbrechen darf, im Einzelfall bis zu einer Stunde gedauert."

„Herr König, Sie wissen selbst, daß es in einer Demokratie keine lückenlose Überwachung gibt. Wir sind kein Polizeistaat. Andererseits werden wir jeden einzelnen Fall überprüfen und Versäumnisse unwiederholbar machen."

„Wer, Herr Minister, meinen Sie, könnte hinter dem Anschlag stecken?"

„Nun, mein Haus hat schon vor dem Anruf bei der Bildzeitung

erklärt, daß es sich um das Werk linksextremistischer Terroristen handeln müsse. Alle Tatumstände deuten darauf hin."
„War der Anruf echt?"
„Unbedingt. Der Anrufer hat Einzelheiten genannt, die wir zu jenem Zeitpunkt noch nicht an die Presse weitergegeben hatten. Außerdem gibt es ein aussagekräftiges Indiz bei der Wortwahl. Der Anrufer hat Baader/Meinhof schlicht und ergreifend Andreas und Ulrike genannt. Diese vertrauliche Diktion ist unbedingt linke Szene."
„Herr Minister, viele Menschen in unserem Land haben den Terrorismus für überwunden gehalten . . ."
„Leider, Herr König, leider. Ich und mein Haus und auch die gesamte Union sind dieser Illusion allerdings nicht verfallen. Spätestens im letzten Herbst mußte doch jedem vernünftigen Menschen klarwerden, daß in linken Kreisen die Bereitschaft zur Gewalt erneut gewachsen ist."
„Das sollten Sie unseren Hörern erklären, Herr Minister."
„Nun, ich denke da an die militanten Aktionen eines Großteils dieser sogenannten Friedensbewegung, an die gewaltsame Blokkade von Kasernenzufahrten, an den Psychoterror gegen die Befürworter der Nachrüstung. Und dahinter, Herr König, stehen nicht nur Kommunisten, Grüne und andere Extremisten."
„Wen meinen Sie da?"
„Reden wir doch mal Klartext. Seit dem Regierungswechsel vor 18 Monaten haben sich viele führende SPD-Politiker bei dieser selbsternannten Friedensbewegung angebiedert und sich nicht gescheut, am Rande des Gesetzesbruches mitzuwandeln. Wenn das keine Ermutigung für die kriminelle Linke ist . . ."
„Das ist ja nun starker Tobak, Herr Minister."
„Herr König, wir sollten aufhören, die Dinge zu verniedlichen. Mit Gewalt gegen Sachen hat es auch 67/68 angefangen, mit Gewalt gegen Personen ging das 70/71 weiter. Und jetzt haben wir genau dasselbe. Vom Attentat auf den amerikanischen General in Heidelberg über die Bombenanschläge gegen Truppenunterkünfte der US-Army im Frankfurter Raum bis hin zu den Schüssen von Lichtenbusch besteht ein klarer Zusammenhang. Wir sind im Besitz von Informationen, daß die Terroranschläge weitergehen sollen. Hauptziel sind unsere amerikanischen Freunde und ist die NATO, die unsere Freiheit garantiert."
„Welche Konsequenzen müssen wir aus all dem ziehen, Herr Minister?"

„Wir können uns in Fragen der inneren und äußeren Sicherheit diesen Liberalismus nicht länger leisten, der unter der vorherigen Bundesregierung eingerissen ist. Die SPD muß sich entscheiden, ob sie für die Demokratie oder für den Terror ist.“
„Und welchen Beitrag leisten Sie, leistet Ihre Regierung?“
„Was wir brauchen, ist eine Erweiterung der polizeilichen Möglichkeiten, um terroristische Aktionen bereits im Vorfeld sondieren und verhindern zu können. Das Gerede, ob Under-Cover-Agents, also getarnte Polizeibeamte, im kriminellen und extremistischen Umfeld rechtlich möglich oder rechtlich unmöglich sind, muß aufhören. Sie sind nötig. Und ich muß noch einmal betonen: Wir brauchen ein Bundespolizeigesetz, das uns ein einheitliches Vorgehen sichert, das der Polizei eine adäquate Bewaffnung zugesteht und mit all dem psychologischen und juristischen Schnickschnack aufhört, der unsere Beamten daran hindert, im Ernstfall rechtzeitig zur Waffe zu greifen. Gesetze müssen den Staat und seine Diener schützen, nicht aber die Feinde des Staates.“
„Herr Minister, ich danke Ihnen für das Gespräch.“

27

Die Modetanten waren empört. Mit wütenden Gesichtern standen sie in der Spülküche der Jugendherberge und betrachteten mit wachsendem Ekel die Berge schmutzigen Geschirrs, die auf großen Servierwagen hereingefahren wurden. Angebissene Kartoffeln, abgenagte Knochen, in weißer Tunke schwimmende Gurkenreste – das alles sah wirklich nicht mehr appetitlich aus.

„Was ist los?“ fragte Renate Krause die zu Salzsäulen erstarrten Grazien. „Habt ihr Rheuma?“

Bea hielt der Referendarin ihre frischlackierten Krallen vors Gesicht.

„Sie glauben doch wohl nicht, daß ich mit diesen Händen den Mist da anfasse?“

„Und wieso nicht?“

„Ich habe so etwas noch nie gemacht!“

Der Referendarin blieb im ersten Augenblick die Spucke weg. Dann erkundigte sie sich: „Sag mal, Beatrix, mußt du zu Hause nie spülen?“

„Ich?“ Beas Augen weiteten sich vor Entsetzen. „Hören Sie mal, wozu ist denn meine Mutter da? Mein Alter schleppt den

Kies ran, ich bin mit der Schule beschäftigt – da kann die Alte doch wohl den Haushalt machen!"

Spöttisches Gelächter. Der Zivildienstleistende, der schon längst an der Spülmaschine auf Arbeit wartete, tippte sich an die Stirn.

Birgit fühlte sich jetzt berufen, ihrer Busenfreundin beizustehen: „Ich mache das auch nicht!"

„Und warum nicht?"

„Da kann man sich ja sonst was holen!"

Der Zivi grinste und hielt den beiden Divas seine Hände hin.

„Und wie sehen die hier aus?"

Unwillig blickte Birgit auf die schlanken, feingliedrigen Finger mit den kurzgeschnittenen Nägeln.

„Halbwegs sauber", gab sie schließlich zu.

„Irgendwelche Geschwüre oder Exzeme?"

„Soweit ich sehe – nee."

„Siehst du. Und weißt du, was ich damit in diesem vornehmen Haus schon machen mußte?"

„Was geht mich das an?" fragte Birgit patzig zurück.

„Ne Menge, Mäuschen. Zum Beispiel in verstopften Scheißhäusern herumwühlen, wenn Dämchen wie du ihre gebrauchten Tampons hineingeschmissen haben!"

Bea fuhr einen Schritt zurück.

„Richtig reingefaßt?"

„Na klar . . ."

Entsetztes Schweigen.

Die Damen starrten den Zivi an, als wäre er eine Mischung aus Dracula, Satan und Heino.

Birgit faßte sich als erste: „Na – und? Das ist eben dein Job! Hättest ja zum Bund gehen können!"

Zu allem Überfluß meldete sich nun auch noch Elisaveta zu Wort. Sie warf mit lange eingeübter Bewegung ihre Popperlocke aus der Stirn und erklärte: „Ich das auch nicht mache!"

„Nee?" Der Zivi stemmte seine Fäuste in die Hüften.

„Nee! Ich nicht neetig Arrbeit in Kiche!"

„Polin?" erkundigte sich der Langhaarige teilnahmsvoll.

„Ich? Ich nix Polin, ich Daitsch!"

„Hör mal, Mieze!" Der Ton des Burschen wurde nun langsam drohend. „Vom Beten werden die Teller nicht sauber!"

„Wirr haben alle gezahlt!"

„Wieviel denn, Hoteltarif?"

„Zwanzik Mak fir jedden Tak!"
„Paß auf, Mäuschen. Entweder du zahlst jetzt sofort sechzig Mark drauf. Dann brauchst du nicht zu spülen, und ich mache dir sogar das Bett, wenn du willst. Wenn nicht – dann krallst du dir sofort diese Teller, schmeißt alle Abfälle in den grünen Eimer und sortierst das Geschirr hier ein!"
Dann wies er auf Bea und bestimmte: „Pussy, du hilfst der polnischen Gräfin! Und der Rest schnappt sich Spültücher, trocknet die sauberen Sachen ab und stapelt sie da hinten in den Schränken auf. Wenn nicht, steht ihr in zehn Minuten mit Sack und Pack auf der Straße. Kapiert?"
Ehe er sich nun endgültig seiner Arbeit zuwandte, streifte sein Blick die Referendarin. Die grinste ihm zu und streckte einen Daumen senkrecht in die Luft.

28

Polizeiobermeister Haggeney, 29, steuerte seinen Passat-Streifenwagen dem Schichtende entgegen. Georg Lusebrink, 38, Polizeihauptwachtmeister und Streifenführer, kaute träge auf einem Gummibärchen. Zum letztenmal auf dieser Tour kamen sie am neuen Gewerbegebiet vorüber.
„Fahr doch noch mal zum Elch!" befahl PHW Lusebrink.
„Häh? Einkaufen?"
„Quatsch. Ich will mir den Ford noch mal angucken!"
„Welchen Ford?"
Haggeney hatte den Zwischenfall schon längst aus seinem Gedächtnis gestrichen. Lusebrink half ihm auf die Sprünge.
„Du bist doch bescheuert!" protestierte Haggeney. „Wir haben gleich Dienstschluß!"
„Fahr, sage ich!"
Der Ford stand noch da.
Mit laufendem Motor blieb der Streifenwagen mit dem Code-Ruf „Hellweg 12–16" stehen.
„Und jetzt?" fragte POW Haggeney.
Das wußte Lusebrink auch nicht.
„Aber komisch ist das doch", erklärte er plötzlich. „Guck mal – da hinten streicht er, und hier parkt er die Karre. Hast du schon mal einen Handwerker gesehen, der einen Farbtopp freiwillig quer über einen leeren Parkplatz schleppt?"

In einem plötzlichen Anfall von Diensteifer – dem ersten seit gut sechs oder sieben Jahren – kletterte Lusebrink nach draußen. Ächzend stieg er auf das Vorderrad des Transit und spähte durch die Scheiben. Bis auf eine verwaiste Thermosflasche in der Ablage auf dem Armaturenbrett war jedoch nichts zu erkennen.

Ungeduldig ließ Haggeney im Leerlauf den Motor aufheulen. Das dumpfe Pochen im Transit ging in diesem Lärm unter.

Enttäuscht ließ Lusebrink sich wieder auf seinen Stammplatz fallen.

„Aber komisch ist das doch“, beharrte er. „Ich sag’ der nächsten Schicht Bescheid. Die sollen mal nachgucken!“

29

Fast der gesamte Rest der 10 b hockte auf dem Mäuerchen vor der Jugendherberge. Veyen hatte einen Spaziergang ins Dorf angekündigt, und alles wartete nur noch auf die sechs Feen, die in der Spülküche so grausam gefoltert wurden. Zwischen zwei Wolkenfetzen tauchten die ersten zaghaften Sonnenstrahlen auf – das Wetter schien sich langsam zu bessern.

Endlich erschienen die Göttinnen. Ihre Gesichter waren eisig wie der Möhnesee in einer Februarnacht.

Veyen ließ wieder abzählen. Anschließend führte er die Truppe in Reih und Glied auf die andere Straßenseite, hinter die Sperrkette. Dort setzte er sich selbst an die Spitze und bedeutete der Referendarin, sie möge doch bitte die Nachhut bilden, um Bummelanten anzutreiben, Fußkranke zu salben und Ertrinkende zu retten. Er tat so, als startete man zu einem Überlebenstraining in die Rocky Mountains.

Die „Modetanten“ hielten zunächst Schritt mit dem Boss. Im dichten Pulk umschwärmten sie ihn und verwickelten ihn in eine Fachdiskussion über Boutiquen und Hairstiling. Traugott war selig.

Steffie hatte sich zusammen mit ihren Freundinnen und Anhängern, teils bewußt, teils zufällig, ans Ende des Zuges und damit an die Referendarin gehalten. Und sie war noch nicht lange neben Renate gelaufen, da fragte sie unverblümt: „Wie halten Sie das eigentlich mit diesem Arschloch aus?“

Renate zuckte zusammen und versuchte, die Unwissende zu spielen: „Wen meinst du?“

„Ach, hören Sie auf, das wissen Sie doch genau. Der Veyen behandelt Sie doch genauso wie uns."

Renate blickte das Mädchen nachdenklich an. Sie scheute wie die meisten Lehrer davor zurück, mit Schülern über Kollegen zu sprechen. Irgendwann erfuhren die Betreffenden doch davon, und dann schmierten sie es einem aufs Butterbrot. Und außerdem: Sollte sie mit diesen Tratschereien anfangen, die sie bei anderen nicht mochte?

Doch Steffie hielt dem Blick der Referendarin stand, schien ihr zu bedeuten: Red schon, ich quatsch nicht.

„Wie kommst du mit ihm aus?" fragte Renate schließlich zurück.

Steffie zog die Schultern hoch: „Ich sehe zu, daß er mir nichts kann."

„Siehst du, so halte ich es auch!"

Inzwischen zog die Kolonne an dem Grundstück mit den beiden Holzhäusern vorbei. Gleich würden auch die Letzten das Tor mit dem seltsamen Schild erreicht haben.

Ylmaz blieb plötzlich stehen. Dort, wo der Zaun zum See abfiel, war er an einer Stelle so weit heruntergedrückt, daß man hinübersteigen konnte, ohne sich die Hose am Stacheldraht zu zerreißen. Die Referendarin und Steffie unterhielten sich angeregt miteinander – die Gelegenheit war günstig.

Er stieg hinüber und schlich, in der Deckung der Bäume und Büsche bleibend, auf die Häuser zu. Dann sah er, daß auf dem Grundstück neuer Besuch angekommen war: Dicht vor den Blockhäusern parkte ein dunkelblauer Audi 100.

Ylmaz überlegte. Näher herangehen? Allzu gerne hätte er gewußt, was es mit diesen Hütten auf sich hatte, die so verlassen aussahen und doch so oft aufgesucht wurden. Andererseits: Wenn man ihn als Türken hier schnappte? Schlechte Karten . . .

Die Entscheidung wurde ihm abgenommen.

Gerade, als er sich zurückziehen wollte, öffnete sich am östlichen Bootshaus eine der vier zur Seeseite gelegenen Türen.

Ylmaz duckte sich und wagte kaum zu atmen.

Die Tür schwang ganz auf, eine nicht allzu große Gestalt erschien. Ylmaz konnte nicht mehr erkennen, als daß es ein Mann war, der einen Hut aufgesetzt hatte und eine Arzttasche trug. Dann zog der Junge seinen Kopf ein und hoffte, daß er nicht gesehen würde.

Erst als der Mann sich schon ein paar Schritte von der Hütte fortbewegt hatte, schlug die Tür zu. Deutlich hörte Ylmaz, wie drinnen ein Riegel vorgeschoben wurde. Dann stapften eilige Schritte vorbei. Eine Autotür wurde zugeschlagen, ein Motor brummte auf. Der Wagen rangierte, um vorwärts zum Tor zurückzufahren.

Ylmaz hob seinen Kopf vorsichtig um einige Millimeter an.

Der Mann war ausgestiegen und hatte beide Torflügel geöffnet. Jetzt lenkte er den Wagen hindurch, stieg abermals aus, um das Grundstück hinter sich zu verriegeln. Erneut klappte eine Tür, der Motor kam auf Touren, und das Fahrzeug verschwand in Richtung Jugendherberge.

Der Türke blieb noch eine gute halbe Minute in seinem Versteck. Er spürte, wie sein Puls pochte und die Hände zitterten.

Erst als das Motorengeräusch endgültig abgeebbt war, erhob sich Ylmaz und schlich zu der Lücke im Zaun zurück. Im Schweinsgalopp raste er hinter der Klasse her.

30

Während Evelyn Pfeiffer in der Küche Ordnung schaffte, saß ihr Mann in seinem kleinen Arbeitszimmer und sah die Akten der Klienten durch, die am Nachmittag zu einem Gespräch erwartet wurden. Im Hintergrund lief leise Musik. Dann kamen die Nachrichten, und er stellte den Apparat sofort lauter.

WDR II. Vierzehn Uhr. Meine Damen und Herren, Sie hören Nachrichten.
Zu einer heftigen Kontroverse hat in Bonn ein Interview geführt, das der Bundesinnenminister am Mittag dem Westdeutschen Rundfunk gab. Der Minister hatte darin der SPD eine mittelbare Mitschuld am erneuten Anwachsen des Terrorismus zugesprochen.
Ein SPD-Vorstandssprecher betonte, Mitglieder seiner Partei hätten sich stets nur an gewaltfreien Aktionen beteiligt. Er erinnerte daran, daß es eine SPD-geführte Regierung gewesen sei, die Anfang der siebziger Jahre das Bundeskriminalamt und den Bundesgrenzschutz zu schlagkräftigen Instrumenten ausgebaut habe. Allein beim BKA habe man innerhalb von zehn Jahren die Zahl der Planstellen mehr als verdreifacht und die finanziellen Mittel annähernd verzehnfacht. Es sei eine Ungeheuerlichkeit, der SPD

mangelndes Empfinden für Fragen der inneren und äußeren Sicherheit zu unterstellen.
Einem bundeseinheitlichen Polizeigesetz stehe seine Partei aber weiterhin kritisch gegenüber. Es könne nicht in München entschieden werden, was die Polizei in Castrop-Rauxel zu tun und zu lassen habe.
Die Polizei fahndet weiterhin . . .

Walther Pfeiffer drehte den Ton wieder etwas leiser und arbeitete konzentriert weiter, bis sich um Viertel vor drei der Piepser seiner Armbanduhr meldete.

Der Rechtsanwalt schrieb einen angefangenen Satz zu Ende, klappte dann den Schnellhefter zu und verstaute ihn in seinem schwarzen, rechteckigen Handkoffer. Hastig trank er den letzten Schluck Kaffee und lief in die Küche.

„Ich muß los, Schatz", sagte er und drückte seiner Frau einen flüchtigen Kuß auf die Wange. „Das Essen war wundervoll. Und dein Kaffee ist unübertrefflich!"

Evelyn lächelte müde: „Das sagst du immer. Aber du verwechselst dein Haus mit einem Hotel. Man sieht dich nur noch zum Schlafen und zum Essen."

Pfeiffer zog die Stirn kraus. Er mochte solche Gespräche nicht, schon gar nicht auf die Schnelle, wenn ihm der nächste Termin bereits im Nacken saß.

„Verabschiede dich wenigstens von deinem Sohn. Der redet dich sonst demnächst mit Onkel an . . ."

„In Ordnung."

Pfeiffer ging ins Wohnzimmer, wo Eric mit einem Stapel Kinderbücher im Lieblingssessel seines Vaters saß.

„Tschüß, mein Sohn. Gib Papi noch einen Kuß!"

Eric sprang auf und reckte seinen Mund den Lippen seines Vaters entgegen. Dabei rutschten die Bücher von seinem Schoß und plumpsten auf den Teppich. Und dann fiel noch etwas herab: ein länglicher, blinkender Gegenstand, der mit einem hellen Klicken gegen die messingbeschlagenen Füße des Sessels stieß.

Pfeiffer bückte sich und hob die Bücher auf, legte sie wieder auf Erics Knie. Da fiel sein Blick auf das Stück Metall.

„Woher hast du das denn?" fragte er.

„Was ist das, Papa?"

„Eine Patronenhülse. Damit hat jemand geschossen. Woher hast du sie?"

Eric schluckte. Jetzt war das schöne Ding futsch!

„Da hinten, auf dem Weg, da steht so'n Auto . . ."

„Was für eins?"

„BMW. Ein großer."

„Und welche Farbe hat er?"

„Metallic blau . . ."

Pfeiffer rannte in die Küche:

„Sag mal, Evelyn, hast du hinten auf dem Weg ein Auto stehen sehen?"

„Ein Auto?"

Die junge Frau rieb sich mit den Spitzen zweier Finger die Nasenwurzel. Dann erinnerte sie sich: „Ja, da stand einer. BMW. Ob er noch da ist, weiß ich nicht. Ist was damit?"

Eine gute Viertelstunde später glich die sonst so stille Nebenstraße einem Heerlager.

Mehrere Streifenwagen hatten den Wegabschnitt zwischen den letzten Häusern und dem Ende der Weißdornhecke abgeriegelt. Polizisten drängten die Schaulustigen zurück, die von wer-weiß-woher zusammengeströmt waren. Ein Hubschrauber knatterte heran, verharrte einige Sekunden lang unbeweglich hoch über dem Schauplatz und senkte sich dann auf die Weide herab. Die Kühe stieben in panischer Furcht davon.

Pusch, Lohkamp und Herzog liefen über die Wiese heran. Einer nach dem anderen kletterten sie vorsichtig zwischen den Stacheldrahtreihen hindurch. Am Straßenrand blieben sie stehen und musterten das Fahrzeug, nach dem so viele Menschen gesucht hatten.

„Auf dieser Seite ist die Kiste heile", sagte Lohkamp schließlich. „Wenn dein Grenzer wirklich getroffen hat, steckt das Projektil noch im Wagen . . .

„Oder in einem Bauch", ergänzte Pusch.

Er ging in die Hocke. Mit schräg gehaltenem Kopf spähte er über die Fahrbahnoberfläche hinweg. Bis auf einige gelbe Krümelchen direkt vor der linken Wagenkante schien sie sauber zu sein.

„Folgendes Vorgehen . . ."

Pusch richtete sich wieder auf, Herzog hielt bereits einen Notizblock in der Hand und zückte einen Filzstift.

„Den Wagen können drei Mann von hier aus angehen. Vorher die gelben Erdbröckchen einsammeln. Gleichzeitig zwei Ketten. Aus fünfzehn Metern Entfernung von vorne und hinten zum

Fahrzeug vorarbeiten. Immer die Hecke entlang. Breite . . . von den Büschen bis zur Fahrbahnmitte. Einwände?“

Lohkamp und Herzog schüttelten stumm ihre Häupter. Ihr Chef war für Systematik, und davon wich er nur unter außergewöhnlichen Umständen ab.

Vom Dorf her ertönten erneut Martinshörner, Blaulicht flakkerte auf. Die Fahrzeugkolonne der Soko hatte die Pfarrer Gau-Straße erreicht und schob sich langsam durch die Absperrung.

Zur gleichen Zeit versuchten andere Polizisten, aus den Schaulustigen die Anwohner herauszufiltern, um sie anschließend in ihren Häusern zu befragen. Nowicki und eine Aachener Kriminalbeamtin steuerten sofort auf Pfeiffers Anwesen zu, um Eric und seine Eltern zu vernehmen.

„Chef . . .“

Herzog kam heran.

„Es sieht ganz so aus, als wären sie mit einem größeren Fahrzeug abgehauen. Wir haben da ein paar Reifenspuren gefunden. Könnten von einem Lieferwagen stammen.“

„Typ?“

„Chef!“ Herzog blickte Pusch protestierend an. „Wie sollen wir denn da vermessen? Die Breite kriegen wir sowieso nicht heraus . . .“

Innerhalb der Absperrung parkte mittlerweile auch ein Funkwagen der Soko. Während ein älterer Beamter telefonierte und die Durchgaben laut wiederholte, schrieb sie ein jüngerer Kollege wörtlich mit. Jetzt kletterte er aus dem Wagen heraus und brachte Pusch einen Zettel.

„Das Kennzeichen wurde am 28. April von einem parkenden BMW in Düsseldorf abmontiert. Poensgen-Straße!“

Der Kriminalrat hob fragend die Augenbrauen.

Der andere grinste: „Sündige Straße . . .“

Dann waren die Fingerabdruckspezialisten mit den beiden Türen auf der Fahrerseite fertig. Ihr Truppführer, ein Glatzkopf mit riesigem Schnauzbart, erhob sich ächzend, streckte seinen steifgewordenen Rücken und nickte Pusch zu.

„Prints?“

„Vorsichtige Leute. Alles gesäubert. Nachträglich war zwar noch jemand da dran, aber mit Sicherheit kein Erwachsener . . .“

„Dann macht die Kiste auf!“

Keine Minute später konnten sie den Innenraum überblicken – das Nachschlüssel- und Dietrichsortiment der Soko war derart umfangreich und ausgetüftelt, daß man jedes serienmäßig hergestellte Schloß zwischen Flensburg und Bodensee knacken konnte.

Alle Augen richteten sich zunächst auf die rechte Hecktür. Noch vor den beiden Durchschüssen fielen ihnen die blutfarbenen Flecken auf der Innenverkleidung und auf dem Sitz auf.

Herzog pfiff durch die Zähne: „Da hat dieser Schulz doch getroffen!"

„Zweimal sogar."

„Sonntagsschüsse!"

„Ob der zwei Leute erwischt hat?"

Einer beugte sich vorsichtig in den Innenraum und suchte mit den Augen den Himmel und das Sitzpolster ab.

„Sieht heile aus", meldete er sich nach einer Weile. „Wenn das stimmt . . ."

Er brauchte den Satz nicht zu vollenden. Alle wußten, wie er weiterging: „. . . dann steckt das Projektil noch in irgendeinem Körper."

Elektroblitze flammten auf: Vom Innenraum wurden Gesamt-, Groß- und Detailaufnahmen aus verschiedenen Winkeln geschossen. Danach erst kroch ein weiterer Mitarbeiter der Soko hinein und schabte Proben von allen Flecken ab. Nacheinander reichte er die durchsichtigen Plastikplättchen, auf die er die Partikel gestreift hatte, hinaus. Hier verschwanden sie in verschiedenen Tütchen, die noch an Ort und Stelle mit Etiketten versehen wurden.

Der Munitionsexperte fischte ein paar Patronenhülsen aus dem Fußraum des Vorderteils, begutachtete sie und nickte zufrieden: „9 mm. Und mit Sicherheit aus einer Bundeswehr-MPi verfeuert. Solche Kratzer hinterläßt nur die Auszieherkralle der MPi 2, wenn sie die leeren Hülsen aus dem Verschluß wirft."

„Blutproben und Hülsen sofort nach Wiesbaden!" ordnete Pusch an. „Was macht die Fahrgestellnummer?"

Die Haube des Motorraums wurde geöffnet. Ein Beamter schrieb die Ziffernkolonne ab und rannte mit dem Zettel zum Funkwagen.

Drei Minuten später erhielten sie das Ergebnis: „Auch geklaut. Nacht vom siebten zum achten März. Bochum, Uni-Center."

Pusch stutzte. Der Name „Uni-Center" kam ihm vertraut vor. In irgendeiner Akte hatte er ihn schon einmal gelesen.

„Hinterbrunner! Die sollen zu Hause mal die Baader/Meinhof-Akten nach den Tatorten durchforsten. Mir dämmert so was, als hätten wir dieses Uni-Center schon mal registriert. Ruft notfalls mal die Polypen in Bochum an . . ."

Wie so viele Nicht-Ruhrgebietler sprach Pusch den Namen Bochum falsch aus. Lohkamp, der aus Wanne-Eickel stammte, zuckte bei dem kurzen „O" schmerzlich getroffen zusammen. Der lernt das nie, dachte er.

Die Ungeduld, die Pusch lange Stunden geplagt hatte, war gewichen. Mit dem Wagen hatten sie Arbeit bekommen. Wieviel dabei herauskam, stand auf einem anderen Blatt. Aber zumindest hatte dieses nervende Herumsitzen ein Ende. Und in seinem Kopf formte sich langsam die Silhouette eines Bildes, das man sich von dieser Tat machen konnte.

Quietschend sprang die Hecktür auf. Laute Rufe rissen Pusch aus seinen Gedanken: „Eine Leiche!"

Mit einem Satz stand der Kriminalrat hinter der geöffneten Heckklappe. Dort lag, in der Magengegend zusammengekrümmt, der Körper eines jungen Mannes: kurze, schwarze Haarstoppeln, grünes Hemd, schwarze Lederhose, Stiefel.

„Der ist ja höchstens zwanzig!" vermutete Herzog.

Dann schüttelte er sich: „Also, ich hätte lieber einen glatten Durchschuß in der Birne . . ."

Bei dem Versuch, den Toten herauszuheben, gab es Probleme: die Leichenstarre war bereits ausgeprägt und hatte den gesamten Körper erfaßt.

Schließlich lag der Junge doch auf der Alufolie, die man neben dem Wagen auf dem Asphalt ausgebreitet hatte.

Der Polizeiarzt der Truppe zog, bevor er neben dem Toten niederkniete, eine Blechschachtel hervor und drückte darin seinen Zigarillo aus. Sorgsam steckte er die Dose wieder in die Tasche. Einer seiner Kollegen hatte einmal einen Zigarettenstummel drei Meter neben einer Leiche liegen lassen. Seitdem durfte er gerade noch die Laborkittel in die Reinigung bringen.

Äußerlich beherrscht, aber doch recht nervös schaute Pusch zu, wie der Arzt den Leichnam untersuchte.

„Nun?" fragte er, als der Doc sich wieder erhob.

Der streifte zunächst die dünnen, durchsichtigen Plastikhandschuhe ab und zündete sich einen neuen Zigarillo an. Während sich die Fingerabdruckleute die Hände des Toten vornahmen, meinte der Mediziner: „Schwer. Bei den Temperaturen heute – zwischen sechs und zwölf Stunden, würde ich sagen. Warten wir die Temperaturmessung im Mastdarm ab."

„Todesursache?“

„Ziemlich eindeutig. Herzfunktionsstörung. Sofortschock, Blutverlust – alles zusammen. Sieht aus wie die Löcher, die von den abgeflachten Projektilen der GSG 9-Leute stammen . . .“

„Herzog“, ordnete Pusch an, „die Techniker sollen nachher mal in der Tür nachsehen, ob das Geschoß dort eine Stange gestreift hat. Könnte verformt in den Körper eingedrungen sein. Und von Ihnen, Doc, brauchen wir als erstes das Projektil . . .“

Schweigend starrte alles auf den toten jungen Mann.

Als erster dachte Herzog wieder an die Arbeit: „Wegbringen?“

Pusch verneinte: „Filzt ihn vorher. Hier!“

Drei Mann beugten sich über den Toten, um ihn zu entkleiden. Ein vierter stand mit den unvermeidlichen Plastiktüten daneben: pro Stück ein Sack. Außerdem hielt er eine Sammlung unterschiedlich großer Scheren bereit. Bei Komplikationen würde man ein paar Nähte auftrennen. Ein fünfter Beamter wartete mit umgehängtem Cassettenrecorder und eingeschaltetem Mikrofon, um jedes Detail sofort akustisch vorzuprotokollieren.

„Ein Paar Stiefel, schwarz, Leder, dreiviertel lang, Sohlen Gummi, Profil ausgeprägt, Größe, guck mal nach, ja da steht's, 41, danke, jetzt den anderen, Mann, stellt euch nicht so an, prima, und jetzt die Hose, den Reißverschluß, aber paß auf, klemm ihm nichts ab, was er im Paradies noch gebrauchen könnte, Mensch, der hat sich ja vollgepißt . . .“

Lohkamp berührte Pusch leicht am Ärmel und führte ihn ein paar Meter zur Seite.

„Ich weiß nicht, Walter, wenn ich mir den anschaue – Haarschnitt, Lederhose, Stiefel – Kommando Roter Stern? Die Linken laufen doch anders durch die Welt . . .“

Pusch blickte seinen Stellvertreter belustigt an: „Blödsinn, Horst! Diese Bilderbuchlinken mit wallender Mähne und blauer Latzhose – das sind doch Softies. Mit denen haben unsere Freunde nichts am Hut . . .“

31

Etwa um dieselbe Zeit taumelte ein älterer Mann über den Parkplatz vor dem großen Möbelhaus im Kamener Industriegebiet. Verwundert sahen ihm die Leute nach. Er schien zwischen fünfzig und sechzig zu sein, besaß deutliches Übergewicht und trug trotz der Kühle zu seiner Malerhose nur ein mit Farbklecksen bespritztes kariertes Hemd.

Mühsam stieß der Mann die erste Glastür auf und tastete sich an der großen gläsernen Wand des Spielraums entlang. Unter der zweiten Tür geriet er ins Taumeln, stürzte vorwärts und riß einen Prospektständer um. Vor der Theke des Informationsschalters blieb er liegen.

32

Niedergeschlagen trotteten die Jungen und Mädchen der 10 b über die Fußgängerbrücke zum Südufer zurück. Hinter ihnen lagen unvergeßliche Stunden der kulturellen Erbauung und körperlichen Ertüchtigung.

Begonnen hatte es damit, daß Veyen ihnen ganze fünf Minuten Zeit gelassen hatte, sich im Spar-Geschäft am Körbecker Markt mit Vorräten für den Abend und die Nacht einzudecken. Die beiden Verkäuferinnen waren diesem Massenandrang außerhalb der Saison nicht gewachsen und standen sich bei der Abfertigung der Cola- und Erdnußkunden nur gegenseitig im Weg.

Geschlagene 40 Minuten langweilte Veyen den Verein dann in der Körbecker Dorfkirche mit einem kulturhistorischen Solo. Steffie und Ylmaz verzogen sich schließlich in eine Ecke und knutschten eng umschlungen, bis sie vom empörten Küster hinausgejagt wurden.

Auch der Versuchung, im Eiscafé Venezia einzukehren, wußte Traugott tapfer zu widerstehen. Er führte seine Truppe nordwestlich aus dem Ort hinaus und steuerte ein drei bis vier Kilometer entferntes Kirchlein an, das wegen seiner runden Bauweise offenbar die architekturgeschichtliche Attraktion Nr. 1 zwischen Nordpol und Venedig darstellte.

Hier verstand es Markus Egerlund, Traugotts besondere Zuneigung zu erlangen. Von der Kuppel des Tempels hing ein Glockenstrang mitten in den Innenraum hinab, und Markus überlegte lange, ob es sich um eine Attrappe handeln mochte. Letztendlich fiel er dann seinem Forschergeist zum Opfer. Das dadurch ausgelöste Sturmgeläute ließ nicht nur das historische Gemäuer, sondern auch den ob dieser Schandtat hysterischen Veyen erbeben.

Nun sammelten sich die Gemarterten am Ende der Brücke.

Traugott hatte inständig darum gebeten, nicht ohne seinen Schutz den gefährlichen Weg längs der Uferstraße zu beschreiten, und eindringlich dargetan, daß eine weitere Nichtbeachtung seiner Bitten an den Grundfesten seiner pädagogischen Existenz zu rütteln imstande wäre.

Steffie, Ylmaz und fünf, sechs andere lehnten am Ende der Brücke über dem Geländer und warteten auf den Rest der Klasse. Jörg und Oliver sammelten mit pumpenden Wangen Spucke in den Mundwinkeln, ließen sie auf das Wasser hinabwehen und schlossen Wetten ab, wessen Produkt in der unmerklichen Strömung am schnellsten unter der Brücke verschwand. Und Ylmaz blickte immer wieder zu der Landzunge mit den beiden Blockhäusern hinüber, wo sich nicht das kleinste bißchen Leben regte.

Nun näherten sich auch die Bergkamener, die ebenfalls unterwegs gewesen waren. Ein Mädchen in pinkfarbenem Mohairpullover und weißer Cordhose löste sich aus dem Spitzenpulk und steuerte auf Ylmaz zu. Sie war nur ein Stückchen kleiner als er, hatte blondes, leicht gewelltes Haar mit der Andeutung einer Locke über der linken Stirn und freche, wasserblaue Augen.

Sie lehnte sich neben Ylmaz über das Brückengeländer, schubste ihn mit dem Ellenbogen leicht an und fragte: „Kann ich mit dir mal was besprechen?"

„Soll ich solange weggehen?" wollte Stephanie wissen, ohne aber die geringsten Anstalten zu treffen, sich tatsächlich von Ylmaz' anderer Seite zu entfernen.

„Nee." Die andere schüttelte den Kopf und lächelte. „Sagt mal, der Blonde da hinten – wer ist das?"

Ylmaz wandte den Kopf zur anderen Brückenseite hinüber.

„Der mit der blauen Jacke? Das ist Bruno."

„Aha. Und – hat der eine Freundin?"

Ylmaz schaute das Mädchen interessiert an.

„Stehst du auf den?"

„Ich nicht. Aber meine Freundin. Die da drüben . . ."

Sie deutete mit dem Kopf auf die kleine, stupsnasige Tischtennisspielerin, die den Italiener am Vormittag ein gutes Dutzendmal von der Platte geputzt hatte.

„Manuela heißt sie. Und ich bin Martina."

Ylmaz schüttelte den Kopf.

„Nee, der hat zur Zeit keine Freundin." Marina druckste einen Moment herum, ehe sie mit ihrem eigentlichen Wunsch herausrückte: „Wie ist das, könnt ihr den mal fragen, ob er heute abend rüberkommt? Wir machen nach dem Abendessen auf unserer Bude eine kleine Fete."

Jetzt wurde Ylmaz knallrot im Gesicht.

„Schlecht", meinte er schließlich, „wir . . . wir haben uns zur Zeit etwas in den Haaren. 'Ne blöde Geschichte. Mach es doch am besten selbst."

„Au Backe!" Martina seufzte. „So was macht man ja auch nicht alle Tage. Aber was tut man nicht alles, damit die beste Freundin glücklich wird . . ."

33

Um 17.38 Uhr schwebte der Hubschrauber der Sonderkommission bereits über dem neuen Kamener Gewerbegebiet. Eine große Menge Schaulustiger drängte sich an den Absperrungen rings um den roten Transit. Innerhalb des Bannkreises hielt sich lediglich eine Gruppe von Tatortspezialisten auf, die man in aller Eile aus Dortmund herangezogen hatte.

Pusch warf nur einen flüchtigen Blick in den Ford und auf die darin gefundene Waffe. Fabrikat, Kaliber und die kurze Lauflänge bestärkten seine Ansicht, daß die Soko es keineswegs mit Amateuren zu tun hatte.

Er winkte den bis dahin leitenden Beamten heran, zeigte auf Herzog und erklärte: „Der übernimmt!"

Dann bestieg er einen bereitgehaltenen Streifenwagen. In seiner Begleitung befand sich nur noch Lewandowski, der einen Stapel „Bilderbücher" mitgebracht hatte. Scheubner würde sich einige hundert Fotos von Leuten ansehen müssen, die vom BKA als „Extremisten, links, gewalttätig" eingestuft worden waren.

Der Wagen raste los. Blaulicht und Martinshorn fegten die kurze Strecke bis zur Polizeizentrale in der Poststraße frei. Pusch blickte gleichgültig aus dem Fenster. In Gedanken steckte er schon in der geplanten Vernehmung.

Ein Kamener Kriminalbeamter empfing sie im ersten Stock der Zentrale.

„Ahlke", stellte er sich vor.

„Pusch. Wo ist der Zeuge?"

Ahlke breitete bedauernd die Arme aus: „Krankenhaus. Der war völlig runter und ist uns hier nach den ersten Fragen zusammengebrochen."

Pusch ließ sich mit dem evangelischen Krankenhaus verbinden. Nach einigen Minuten hatte er den behandelnden Arzt an der Strippe.

„Ist der Mann vernehmungsfähig?"

„Ausgeschlossen. Kreislaufkollaps. Der Patient hängt am Tropf und braucht dringend eine Nacht Ruhe. Vor Morgen ist da nichts zu machen."

Krachend flog der Hörer auf die Gabel, und Pusch hieb mit der Faust auf den Tisch: „Verfluchte Hacke!"

Ahlke balancierte ein großes Tablett herein: Kaffee und belegte Brötchen.

„Falls Sie Hunger haben . . ."

Pusch hatte. Seit dem Frühstück in Bonn hatte er nichts Vernünftiges mehr zu sich genommen. Lediglich das Jagdfieber hatte den Hunger bisher unterdrückt.

„Komisch ist nur", begann Ahlke erneut, „zwei unserer Streifenbullen haben heute mittag bei der Ablösung ihren Kollegen einen Zettel hinterlassen."

„Ja?"

„Demnach haben sie den Mann gesehen, der den Ford beim Elch abgestellt hat . . ."

Pusch blieb der Bissen im Halse stecken. Mit großen Augen sah er Ahlke an.

„Einer hat sogar mit ihm gesprochen . . ."

„Und wo sind die Brüder jetzt?"

„Zu Hause . . ."

„Falsch, Herr Ahlke", sagte Pusch. „Die sind schon hierher unterwegs. Oder?"

Die beiden Streifenwagenmenschen brauchten tatsächlich kaum länger, als die 18 Uhr-Nachrichten dauerten.

Der Bundeskanzler hat erklärt, er empfinde einen tiefen Abscheu vor den terroristischen Mördern, die heute morgen in Aachen zwei Grenzbeamte getötet und einen dritten verletzt haben. In einem Telegramm an die Angehörigen der Opfer drückte er sein Beileid aus und versprach eine schnelle, unbürokratische Hilfe, soweit diese in einem solchen Falle überhaupt möglich sei.

Zu der Kontroverse zwischen dem Bundesinnenminister und dem SPD-Vorstandssprecher erklärte der Kanzler, angesichts des brutalen Terrors sei kleinliches Parteigezänk nicht angebracht. Wörtlich betonte er: „Unser Vaterland wird bedroht. In einer solchen Situation müssen alle Demokraten wie ein Mann zusammenstehen. Es darf in diesem unserem Vaterland keine italienischen Verhältnisse geben.“

Mit zusammengepreßten Hacken und hochgereckten Kinnladen standen Lusebrink und Haggeney seit fünf Minuten vor dem Schreibtisch ihres stellvertretenden Dienststellenleiters stramm. Denn hinter dem vertrauten Möbelstück saß jetzt nicht ihr alter Skatkumpel Emil Westerkotte, sondern ein fremder Bulle in Zivil, der sie nach allen Regeln der Kunst absaute.

„Sagt mal“, erkundigte sich der Unbekannte, „wie lange seid ihr Pfeifen eigentlich schon dabei?“

„Och“, druckste Lusebrink herum, schluckte vorsichtig ein grünes Gummibärchen herunter und rechnete in Gedanken eilig nach, „neunzehn Jahre und vier Monate . . .“

Die kalten, grauen Augen des Fremden richteten sich nun auf Karl-Heinz Haggeney, den man im Trainingsanzug direkt aus seinem Kaninchenstall zur Wache geholt hatte: „Und Sie?“

„Neun Jahre, Herr, Herr . . .“, antwortete POW Haggeney, zum Schluß ratlos verstummend.

„Donnerwetter!“ In gespieltem Erstaunen hieb der Fremde auf die Schreibtischplatte. „Da habt ihr beiden es in fast dreißig Dienstjahren auf zusammen drei Beförderungen gebracht. Respekt. Kamen, das Karrieren-Katapult – ja?“

Georg Lusebrink glotzte den Grauäugigen finster an.

„Sagen Sie, Lusebrink“, begann der wieder und lächelte dabei zum erstenmal, „daß Sie sich die Hose zumachen müssen, wenn sie vom Klo kommen – das haben Sie doch gelernt?“

Lusebrink nickte unwillkürlich.

„Aha“, meinte der Fremde befriedigt und brüllte plötzlich los: „Aber daß man sich von einem fremden Fahrzeugführer unbedingt und unter allen Umständen die Papiere zeigen lassen muß – das hat euch Torfköpfen in 29 Jahren und vier Monaten noch keiner gesagt?“

Karl-Heinz Haggeney versuchte, seinen Streifenführer zu entlasten. „Wissen Sie“, stieß er trotzig hervor, „der Typ sah völlig harmlos aus, ich habe einen Blick dafür . . .“

„Harmlos? Der harmlose Mensch hat heute morgen drei Kollegen kaltschnäuzig umgenietet! Und ihr Arschgeigen laßt ihn laufen!“

Beim dritten Wort des letzten Satzes war Ahlke, der am

Fenster stand, merklich zusammengezuckt. Warum hilft der uns nicht, fragte sich Lusebrink gequält.

„Dorfbullen!"

Pusch winkte resigniert ab, stieß pfeifend einen halben Kubikmeter Luft aus den Lungenflügeln und sagte leise, mit deutlich abklingendem Zorn: „Nun wollen wir mal sehen, ob ihr wenigstens Augen im Kopf habt!"

Er drückte die Aufnahmetasten eines Cassettenrecorders und winkte Lusebrink heran: „Wie sah der harmlose Typ aus?"

Stotternd gab Lusebrink seine Beobachtungen zu Protokoll. Anschließend war die Reihe an Haggeney. Beide antworteten nach bestem Wissen und Gewissen.

Ahlke hatte zu Beginn der Befragung einen Notizblock gezückt und eifrig mitgeschrieben. Jetzt reichte er Pusch einen sauber ausgefüllten Stichwortzettel.

Täterbeschreibung

	PHW Lusebrink:	*POW Haggeney:*
Alter:	22–25 Jahre	ca. 30 Jahre
Größe:	1,80–1,85 m	max. 1,75 m
Figur:	schlank	kräftig
Haarfarbe:	blond	schwarz
Frisur:	mittel	kurz
Gesicht:	länglich	oval
Augen:	grün	zwei
Stimme:	munter	?
Sprache:	deutlich	deutsch
Kleidung:	Kittel, grau	Kittel, weiß
	Pullover, Rollkragen	Pullover, grau
	Hose, Cord, braun	Hose, Leder, schwarz
	Turnschuhe	Stiefel
Kennzeichen:	Narbe re. nb. Kinn	Farbeimer

Nachdenklich blickte Pusch auf das Blatt. Dann winkte er die beiden heran und drehte den Zettel herum, so daß sie ihn lesen konnten. Haggeney bewegte dabei stumm die Lippen und fuhr mit dem Zeigefinger die Zeilen entlang.

„Nach welchem von den beiden sollen wir denn nun fahnden?" fragte Pusch.

Betretenes Schweigen.

Schließlich wies der Kriminalrat zur Tür: „Ihr könnt euch jetzt nebenan einen schönen Abend machen. Da sitzt ein Onkel und zeigt euch Bilderbücher."

Lusebrinks finstere Miene lockerte sich – er witterte Erlösung.

„Und noch was! Die Sache hat ein Nachspiel. Wundert euch nicht, wenn ihr demnächst in Krauthausen eure Runden dreht. Ab!"

Erleichtert schloß Lusebrink hinter sich die Tür.

Krauthausen, dachte er. Ob es so eine Stadt wirklich gibt?

34

Dr. Schusters Büro lag in einem vierstöckigen Wohn- und Geschäftshaus der Dortmunder City. Bis zur Reinoldikirche, dem nach dem Schutzpatron der Stadt benannten Wahrzeichen der Biermetropole, brauchte man kaum mehr als zweihundert Schritte.

Das Haus stand am rechten Flügel einer Zeile gleichartiger Bauten. Über den im Parterre gelegenen Kneipen und Boutiquen ragten zumeist graue Fassaden empor, die Fotostudios, Arztpraxen und Büros verbargen. Hier fiel selbst ein China-Restaurant im Erdgeschoß kaum auf.

Schusters Kanzlei befand sich im zweiten Stock, wo der Anwalt die zum Hinterhof gelegene Halbetage gemietet hatte. Vom Lärm der Hauptverkehrsstraße hörte man hier nicht mehr als ein dumpfes, eintöniges Rauschen, das auch nachts kaum jemals wirklich verstummte. Lediglich die beiden letzten Räume, der eine zu einer schmalen Seitenstraße und der andere schon wieder nach vorn hinaus gelegen, waren deutlich lauter.

Darüber hinaus besaß das Gebäude neben der verkehrsgünstigen Lage einen Vorzug, den gerade Schuster zu schätzen wußte und nicht missen mochte. Über einen nicht allzu großen, beinahe quadratischen Hinterhof führte eine Toreinfahrt durch die nächste Häuserzeile hindurch in eine jener Gassen, die vor den Bombennächten des zweiten Weltkriegs die historische Altstadt Dortmunds dargestellt hatten.

Pachmann stellte den silbergrauen VW-Passat, mit dem er gekommen war, am Anfang der Bornstraße vor dem Haus der Volkshochschule ab. Dann zog er die Lederjacke über, die ihm

Tiger geliehen hatte. Den Malerkittel hatten sie in den Müllcontainer vor Ikea gesteckt. Er überquerte den Schwanenwall und schlenderte dann an einem häßlichen Parkhochhaus vorbei, in dessen Erdgeschoß sich eine Tankstelle, mehrere Läden und eine Imbißbude befanden.

Vor einer Buchhandlung blieb er stehen und betrachtete scheinbar interessiert die Auslagen. Als sich von Süden eine Straßenbahn näherte, schlängelte er sich durch den vorbeischleichenden Feierabendverkehr hindurch und mischte sich unter die zahlreichen Fahrgäste, die auf einer Haltestelleninsel warteten.

Die Bahn rauschte heran.

Pachmann drängte sich durch den Pulk von Leuten, die sich an der hinteren Tür versammelt hatten. Aber anstatt ebenfalls einzusteigen, überquerte er hinter dem Straßenbahnzug die nächste Fahrbahn und trat in einen Hauseingang. Gleich nach dem ersten Klingeln ertönte ein lautes Summen, die Tür ließ sich öffnen.

Schuster empfing Pachmann an der Treppe. Der Anwalt war etwa fünfzig Jahre alt, sah aber trotz seiner hageren Gestalt ein gutes Stück jünger aus. Ob das an der streichholzkurzen Igelfrisur, an dem immer noch kräftigen Schwarz seiner Haare oder an den modisch geschnittenen Hosen und Schuhen lag, war schwer zu entscheiden.

„Kommen Sie mit!“

Von dem Vorraum zweigten drei Türen ab. Eine führte zum Toiletten- und Waschraum, eine zweite ins Wartezimmer und das dahinterliegende Sekretariat, durch das Pachmann bisher immer das Büro des Anwalts betreten hatte. Schuster aber öffnete die dritte Tür. Ein langer, schmaler Gang führte an den beiden soeben genannten Räumen vorbei direkt in Schusters Arbeitsraum. Auf diese Weise konnten Besucher die Praxis verlassen, ohne im Wartezimmer gesehen zu werden.

Der Rechtsanwalt öffnete eine weitere Tür. Sie gehörte zu dem letzten, nach vorn gelegenen Raum, der von einem runden Eichentisch mit sechs bequemen Sesseln beherrscht wurde. Darüber hing eine schwere, kronleuchterähnliche Lampe mit fünf Holzarmen.

Die an den Enden befestigten Leuchter, aus getöntem Glas zylinderförmig gefertigt, spendeten dem Tisch ein ausreichend helles Licht, ohne einen der dort Sitzenden zu blenden. Die linke, zur Außenmauer gehörende Seite war mit Eichenholz verkleidet, die gegenüberliegende von einer auf Maß gearbeiteten Schrankwand mit verschließbaren Türen verdeckt. Ein samtgrüner Teppichboden bedeckte die gesamte Fläche des Raumes und schluckte jeden Schritt. Die schweren, braunen Vorhänge mit den goldenen Kordeln war sorgsam zugezogen.

Pachmann zögerte einen winzigen Augenblick, ehe er hinter dem Anwalt das Zimmer betrat. Sein Blick erfaßte vier weitere Männer, die sich bereits an dem runden Tisch niedergelassen hatten. Mit einem solchen Empfang hatte er nicht gerechnet.

Nur zwei von ihnen waren ihm bekannt. Der Jüngste, ein bulliger, 1,90 Meter großer Mittdreißiger, hatte Pachmann vor dreieinhalb Jahren angeworben. Seitdem waren sie sich viele Male begegnet: beim Training, bei Schulungen, im Einsatz. Der Mann war eisenhart, und man konnte eine Menge von ihm lernen.

Pachmanns Puls schlug unwillkürlich schneller, als er den Nachbarn des Bullen erkannte: einen viel kleineren, drahtigen Fünfzigjährigen, über den sogar schon die Kanaillen im Fernsehen hergefallen waren. Narbe hatte ihn auf vielen Versammlungen und Kundgebungen reden gehört. Buchner sprach stets ohne Manuskript, dennoch wirkten seine Sätze klar und geschliffen, seine Stimme war scharf und bissig. Die Reden des Majors hatten Pachmann jedesmal beeindruckt.

Die beiden anderen Männer, weit jenseits der sechzig, hatte er noch nie gesehen. Er begriff aber: Die saßen bestimmt nicht zur Zierde da, sondern hatten vielleicht noch mehr zu sagen als Schuster, der Bulle und Buchner zusammen.

Wie zur Bestätigung winkte der Älteste, ein beinahe siebzigjähriger Glatzkopf, ihm zu und deutete auf den letzten freien Sessel: „Setzen Sie sich doch, Kamerad Pachmann!“

Pachmann trat drei schnelle Schritte vor und riß den rechten Arm hoch: „Heil Hitler!“

35

Kaum hatten Lusebrink und Haggeney den Rückzug angetreten, ließ sich Pusch mit Lohkamp in Aachen verbinden.

Der berichtete, daß man den BMW gerade zur kriminaltechnischen Untersuchung abschleppte. Noch im Laufe der Nacht würde man ihn nach allen Regeln der Kunst auseinandernehmen. In Brand und Krauthausen pilgerten inzwischen Dutzende Beamte von Tür zu Tür, um eventuelle Zeugen längs der Fluchtstrecke ausfindig zu machen. Die Aachener Zeitungen hätten versprochen, am nächsten Morgen Fotos des Wagens zu veröffentlichen.

„Dann nehmt den Ford gleich dazu", bestimmte Pusch. „Fotos sind bereits über Kabel raus. Was ist mit der Leiche?"

„Nichts."

„Was heißt das?"

„Seine Fingerabdrücke sind nicht im Computer!"

Puch fluchte still in sich hinein. Von 820 000 Personen hatten sie die Prints auf Band, aber ausgerechnet dieser Kerl fehlte!

„Was sagt denn PIOS?" fragte er dann.

„Moment . . ."

Lohkamp hielt offenbar gerade den Hörer zu, um einen der Ermittlungsexperten auszuquetschen. PIOS, das Herzstück des elektronischen BKA-Gehirns, enthielt nämlich jene Daten, die nicht aus Ermittlungsverfahren oder Prozessen stammten, sondern von den „Gewährsleuten" des Verfassungsschutzes und der politischen Kriminalpolizei vorsorglich gesammelt wurden. Allein die Terrorismus-Datei enthielt die Namen von über 45 000 Personen – die meisten von ihnen nicht vorbestraft und nicht einmal einer Straftat verdächtig . . .

„Walter?"

Lohkamp war wieder an der Strippe.

„Also, die Jungs haben eine Personenbeschreibung eingespeichert. PIOS hat bisher rund 50 Namen von Leuten ausgespuckt, zu denen die Daten passen könnten. Aus NRW allein 32. Aber es könnten noch mehr werden . . ."

„Schreib mit, Horst. Die Namensliste per Telex an den Chef und die Landeskriminalämter. Laß zusätzlich die Adressen von Leuten und Gruppen heraussuchen, die in letzter Zeit besonders aktiv waren: Demos mit Gewalttätigkeiten, Kasernenblockaden, Hausbesetzungen. Und der Militärische Abschirmdienst soll euch die Namen von Linksextremisten nennen, die im Zusammenhang mit Waffendiebstählen bei der Bundeswehr abgeklopft worden sind. Hast du das?"

„Augenblick. MAD, Waffen, Linke . . . Hab ich."

„Alle Daten an dieselbe Adresse. Und gebt Fotos von dem Toten an die Presse. Mit Hochdruck, ja? Noch etwas. Die Soko zieht noch heute nach Dortmund um. Mach da Quartier für uns. Das Präsidium ist groß genug. Ich habe den Eindruck, daß alles im Ruhrpott zusammenläuft. Ende."

Nach zwei weiteren Tassen Kaffee meldete sich der Kriminalrat pünktlich um 19.00 Uhr beim Chef des BKA. Der Präsident befand sich inzwischen im Bonner Innenministerium, wo offenbar eine Sitzung des Krisenstabes vorbereitet wurde. Das roch nach einer bundesweiten Großaktion.

„Endlich, lieber Pusch. Wir warten schon. In aller Kürze: Fakten und Fahndungsziele. Fangen Sie an!"

Pusch brauchte knappe zehn Minuten, um alles zusammenzufassen.

„Gut, Pusch. Wo sollte – geographisch – der Schwerpunkt der weiteren Fahndung liegen?"

„Wenn man die Fahrtstrecke Aachen–Kamen in Zeiten umrechnet, fehlen uns zwei Stunden. Der Verletzte scheint irgendwo längs der Autobahn ausgeladen worden zu sein. Geschätzter Abstand: 50 bis 60 Kilometer. In diesem Bereich sollten wir vorrangig suchen."

„Gibt es neue Erkenntnisse über den eventuellen Täterkreis?"

Einen Augenblick lang durchzuckte Pusch der Hinweis Lohkamps auf die Kleidung des Toten. Doch er verscheuchte den Gedanken wieder.

„Nein."

„Also Linksterroristen?"

„Allem Anschein nach: Ja!"

„Welche Maßnahmen schlagen Sie aus Ihrer Sicht vor?"

Pusch überlegte einen kleinen Augenblick.

Immerhin liefen in Nordrhein-Westfalen bald Kommunalwahlen. Wer wußte schon, worauf der Innenminister NRW Rücksicht zu nehmen gedachte.

„Herr Präsident, die wichtigste Entscheidung liegt nicht bei mir. Sollen wir kleckern oder klotzen?"

„Klotzen, Pusch, volles Rohr!"

„Also . . ."

Der Kriminalrat holte tief Luft und rasselte seine Vorschläge herunter.

36

Pachmann setzte sich. Sein zackiges Auftreten schien gefallen zu haben. In den Mundwinkeln des Majors entdeckte er ein Lächeln, und der Glatzkopf nickte ihm zu.

Der zweite Alte, dessen gelichteter Schädel von einem schmalen, aber dichten Halbkreis schlohweißer Haare gesäumt wurde, blickte den Narbigen ernst an.

„Wie konnte das geschehen?“ fragte er leise, aber nicht ohne Schärfe.

Es dauerte einen Moment, bis Pachmann seine Unsicherheit niedergerungen hatte. Diese Leute hier schienen die eigentliche Führung der Bewegung zu sein, und er nahm zum erstenmal an einer solchen Sitzung teil. Kampfbahn, Aktion – das war etwas anderes, da kannte er sich aus. Aber Verhandlungen hatte bisher immer der Chef geführt.

Er berichtete. Dabei bemühte er sich um eine militärisch knappe, präzise Wiedergabe der Ereignisse und hütete sich, irgendwelche Schlußfolgerungen und Bewertungen zu treffen. Das sollte offenbar die Aufgabe der Gruppe sein, die sich hier getroffen hatte.

Die erste Zusatzfrage stellte der Anwalt: „Was meinen Sie: Weshalb sind Sie an der Grenze aufgefallen?“

„Ich weiß es nicht. Zufall wahrscheinlich. Zumindest hatte ich nicht den Eindruck, daß die dort schon auf uns gewartet hätten. Die Grenzer haben regelrecht vor sich hin gedöst.“

Schuster schüttelte unwillig den Kopf, seine Stimme wurde schärfer: „Ich habe Sie nicht gefragt, weshalb Sie kontrolliert wurden. Ich will wissen, weshalb Sie aufgefallen sind.“

Pachmann stockte. Wollte man ihm etwas anhängen?

„Wahrscheinlich haben die sich einfach dämlich benommen!“ vermutete der Major. „Knarre unterm Mantel, Kaugummi in der Backe, alle Blicke gleichzeitig geradeaus nach vorn. War's so?“

Natürlich war es so! Pachmann schoß das Blut ins Gesicht. Doch was konnte er für das Verhalten Wiesners? Ihn selbst traf doch keine Schuld, er hatte schußbereit sein müssen.

Bevor Pachmann sich überlegen konnte, wie er am besten auf diese Beschuldigungen antwortete, beugte sich der Weißhaarige vor und nahm ihn ins Visier.

„Wissen Sie eigentlich, Kamerad Pachmann, wieviel Mühe es gekostet hat, Ihren Chef zu dem zu machen, was er heute darstellt?“

Der Schwarzhaarige schwieg.

„Was meinen Sie, wieviele wir erst mit Engelszungen bereden mußten, bis sie bereit waren, einem nicht mal Dreißigjährigen das Vertrauen zu schenken? Wie schwer es war, die richtigen Verbindungen zu knüpfen? All die Gelder für ihn loszueisen? Pachmann, wenn Ihr Chef das Abenteuer Lichtenbusch nicht überlebt – dann waren Jahre der Arbeit umsonst. Dann müssen wir einen ganz neuen Mann an die Spitze stellen und hoffen, daß er sich durchsetzt!“

Peinliches Schweigen breitete sich aus. Nur nach und nach drang Pachmann ins Bewußtsein, was der Weißhaarige ihm gesagt hatte. Unter diesen Vorzeichen hatte er noch nie über die Bewegung nachgedacht.

Alle blickten ihn an.

Pachmann fühlte sich unbehaglich. Gut, sie hatten vielleicht Mist gebaut – aber hatte er selbst nicht wieder alles glattgebügelt?

Der Glatzkopf erlöste ihn.

„Ich glaube, so bringt das nichts. Schiefgehen kann immer etwas. Wenn ich daran denke, wie wir fünfundvierzig aus Budapest ausgebrochen und dann die Donau hochmarschiert sind – da wußte man auch immer erst hinterher, ob eine Entscheidung richtig war. Denn die falschen hat man meist nicht überlebt . . .“

Einen Augenblick lang hing er seinen Erinnerungen nach, riß sich aber selbst wieder von ihnen los.

„Egal. Wir sollten uns abgewöhnen, die Falschen zu hängen. Und Kamerad Pachmann hat heute bewiesen, daß er ein ganzer Kerl ist. SS-Format! Solche Leute brauchen wir!“

Forschend blickte er in die Runde, offenbar bereit, jeden Widerspruch hinwegzufegen. Doch niemand rührte sich.

„Was anderes ist nämlich viel wichtiger“, fuhr der Glatzkopf fort und sah wieder Pachmann an.

„Wir hier“, sagte er, auf sich und den Weißhaarigen deutend, „nibbeln bald ab. Wir haben unseren Teil getan. Vor fünfundvierzig und danach. Weitermachen müssen andere. Und das seid ihr. Ihr müßt Deutschland wieder hochbringen. Ordnung, Disziplin und das alles. Wenn ich die Augen zumache, will ich die Sicherheit haben, daß da Leute sind, die den Verrätern und Nestbeschmutzern das Maul stopfen und diese Türken, Kurden und was noch hier rumläuft wieder in den Orient jagen. Auf ein paar verschlafene Zollbeamte können wir da keine Rücksicht nehmen . . .“

Erneut ein prüfender Blick, abermals widersprach niemand, der Bulle und der Major nickten sogar heftig.

„Nur: Wie kriegen wir die Leute, die das tun? Gewinnen wir sie, wenn Manfred Kern wegen eines Haftbefehls den Schwanz einkneift und nach Paris verduftet? Meine Fresse – notfalls geht er nochmal zwei Jahre in den Bau. Daran geht er nicht kaputt. Dafür sorgen wir doch – nicht wahr, Schuster?"

Der Anwalt lächelte dünn. Er schätzte es nicht, wenn seine Tätigkeiten an die große Glocke gehängt wurden. Aber Manfred – der Chef – hatte in den vier Jahren in Werl nie über Mangel an Geld, Verpflegung, Tabak und Büchern geklagt. Seine Briefe kamen stets unzensiert: Ein Abgesandter der „Treuen Hilfe", deren Vorstand auch Schuster angehörte, hatte ihn zweimal im Monat besucht – in der Zelle, ohne Einlaß- und Ausgangskontrolle, ohne Aufsicht.

„Damit das klar ist, Pachmann", der Kahle klopfte jetzt mit dem Knöchel auf die Tischplatte, „wir haben euch nicht Tausende von Marken in den Hintern gestopft, damit dein Chef sich nach Paris verpißt, ab und zu dem ‚Stern' oder ‚Panorama' ein Interview gibt und ansonsten unser Geld versäuft und verhurt! Die Nächte auf Montmartre, die Weiber im Hotel – meinst du, das wüßten wir nicht?"

Der Narbige wagte nicht, sich zu rühren. Seit Jahren hatte ihn keiner mehr so abgekanzelt. Zuletzt hatte das sein Alter versucht, als er mit achtzehn eines Nachts nicht nach Hause gekommen war. 24 Stunden später war Rudolf Pachmann ganz weggeblieben. Er hatte das Sparbuch mitgenommen, seine Stereoanlage auf dem Flohmarkt verkauft und erst einmal bei einem Kumpel aus dem Fan-Club gepennt. Der nahm ihn acht Wochen später in ein Sommerlager nach Frankreich mit, das von Frank Witte, dem Bulligen, geleitet wurde . . .

„Mensch, Rudolf!" Witte klopfte ihm auf die Schulter. „Überleg doch! Wenn ihr mal einen draufmacht – Schwamm drüber. Das gehört dazu. Aber Monate in Paris rumlungern – da fallen unsere Jungs vom Glauben ab. Wir hatten ihnen versprochen, daß Manfred kommen und zu ihnen sprechen würde. Und dann lesen sie in der Zeitung, daß ihr in Paris seid. Kannst du dir vorstellen, was sie gesagt haben?"

Pachmann nickte.

„War schon Scheiße", meinte er tonlos.

Schuster, der lange geschwiegen hatte, schaltete sich nun ein: „Um das noch einmal klarzustellen, Kamerad Pachmann. Wenn der Chef wieder gesund ist, dann tritt er auch wieder auf. In Hamburg, in Frankfurt, im Ruhrgebiet. Vor allem hier! Dortmund, Duisburg – das sind Erfolge, die wir ausbauen können.

Sie reichen nicht. Wir wollen die Nordkurve in Schalke und die Osttribüne in Bochum. Die Eishockeyfans in Düsseldorf, Essen und Iserlohn. Tausende laufen jetzt schon mit unseren Aufnähern herum: Ich bin stolz, ein Deutscher zu sein. Darunter sind Hunderte, die wir wirklich gebrauchen können; die etwas taugen. Und gewinnen wird sie uns unter anderen und vor allem Manfred Kern!"

Das letzte Wort in der Runde gehörte dem Weißhaarigen.

„Wie ist das, Kamerad Pachmann – legen Sie die Hand dafür ins Feuer, daß alles so läuft?"

Pachmann hob die rechte Hand: „Das schwöre ich!"

Die Gesichter um ihn herum entspannten sich. Der Weißhaarige blickte zu Schuster hinüber, schloß für einen Moment die Augen und senkte leicht den Kopf. Da griff der Anwalt in die Tasche seiner Wildlederjacke und zog einen dicken Briefumschlag heraus.

„Zählen Sie nach und quittieren Sie!"

Pachmann öffnete, alle sahen zu. Fünfundzwanzig braune Geldscheine wanderten durch die Hände des Narbigen. Ein Stück Papier und ein Kugelschreiber wurden ihm zugeschoben. Pachmann unterschrieb mit vollem Namen. Die anderen zeichneten gegen – mit einem Kürzel, das wohl nur sie selbst entziffern konnten.

Ein zweiter Briefumschlag folgte.

„Hier. Wagenschlüssel und eine Adresse. Weißer Mercedes-Kombi für Krankentransporte. Steht vor den Städtischen Krankenanstalten, Parkplatz links vom Haupteingang. Sie bringen den Chef in diese Privatklinik – nur Sie und ein zuverlässiger Mann. Fragen?"

„Wo stelle ich den Wagen wieder ab?"

„An derselben Stelle, morgen abend nach Einbruch der Dunkelheit. Schlüssel und Papiere ins Handschuhfach. Noch etwas?"

„Ja. Grau. So, wie er sich heute benommen hat – zu weich. Hat viel zu schwache Nerven. Man sollte ihn ablösen und an anderer Stelle einsetzen – in der legalen Arbeit."

Der Bulle nickte.

„Bring ihn zu mir, ich regele das. Ersatz?"

„Tiger."

Alle sahen Witte an.

„Kenn ich", bestätigte er. „Dortmund, Südtribüne. Genau der richtige Mann."

37

20.00 Uhr. WDR II. Sie hören Nachrichten.
Der scheidende Bundespräsident wird dem heute morgen bei einem Terroristen-Überfall schwerverletzten Grenzschutzbeamten Helmut Weber das Bundesverdienstkreuz verleihen. Er betonte, Weber gehöre zu jenen Zehntausenden Polizisten und Soldaten, die mit ihrem Einsatz unser Leben in Frieden und Freiheit schützten. Ihr harter Dienst werde gewöhnlich unterschätzt. Dabei seien sie es, deren Wachsamkeit und treue Pflicherfüllung den Schlaf der Millionen Bundesbürger behüte. Für Webers getöteten Kameraden Strauch und den seinen Schußverletzungen erlegenen Zollbeamten Groll wurde ein Staatsbegräbnis angeordnet.

Der Bundespräsident erklärte weiter, er bedauere es zutiefst, das schwere Erbe des Terrorismus zurücklassen zu müssen. Er sei aber davon überzeugt, daß die Jugend dieses Landes in der Mehrheit den Terrorismus ablehne und zu Frieden, Freiheit und Demokratie stehe . . .

Manuela sprang von ihrem Bett, drehte dem Sprecher den Saft ab und schob eine neue Cassette in den Radio-Recorder.

Nenas Song von den neunundneunzig Luftballons, Düsenfliegern und Kriegsministern dröhnte durch den Raum.

Fast zwanzig Jugendliche hatten sich in das Achter-Zimmer gequetscht. Dicht gedrängt hockten sie auf den Betten oder auf dem Boden, wippten mit Knien und Köpfen im Takt der Musik und unterhielten sich, soweit das bei dieser Lautstärke überhaupt noch möglich war.

Die kleine Stupsnasige mit den grünen Augen hatte Mühe, den Platz neben sich für Bruno freizuhalten. Als er schließlich in der Tür stand und verwirrt in das Getümmel blickte, hob sie winkend den Arm.

Etwas flau war Bruno schon bei dem Gedanken, in fremde Jagdreviere einzudringen. Wenn ein paar Knaben hier selbst auf die Kleine scharf waren, konnte es leicht passieren, daß sie ihm die Nase richteten.

Eine große Cola-Flasche kreiste, kam schließlich zu Manuela. Sie nahm einen Schluck und reichte das Getränk an Bruno weiter: „Probier mal . . .“

Aufmerksam beobachtete sie, ob Bruno den Flaschenrand erst mit den Fingern abwischte. Manche Idioten schmierten ja erst den Dreck ihrer Hände ans Glas, das andere nur mit dem Mund berührt hatten.

Bruno hatte jedoch andere Probleme. Er roch an der Flasche, blickte Manuela an: „Was habt ihr denn da drin?"

„Rum", meinte sie. „Inzwischen wahrscheinlich mehr Rum als Cola."

Der Italiener probierte – von Cola konnte längst keine Rede mehr sein. Vorsichtig kippte er noch ein paar Tropfen hinterher und reichte die Flasche weiter. Das Zeug brannte wie die Hölle, und den starken Mann zu spielen, widerstrebte ihm.

Verstohlen glitt sein Blick über das Mädchen. Typen wie der schöne Peter hätten wahrscheinlich kein zweites Mal hingeguckt: Haare natur, von einem nicht völlig geraden Mittelscheitel bis weit unter die Schultern fallend, keine angeklebten Wimpern, kein Gramm Chemie im Gesicht, Jeans, ein einfacher, grauer Pullover ohne Disco-Schnickschnack. Klaus Lages Song von der unscheinbaren Traumfrau fiel ihm ein: „Ihr müßt sie nur einmal / mit meinen Augen seh'n / die absolute Frau / ihr würdet mich verstehn . . ."

Manuelas grüne Augen erwiderten seinen Blick.

„Sag mal", fragte er schließlich, „warum hast du mich eigentlich eingeladen?"

Sie lächelte.

„Nur so. Als Entschädigung vielleicht. Mal gucken, was es an der Ruhr für Männer gibt . . ."

Als er schließlich zögernd seine Hand ausstreckte und ihre schmalen Schultern umfaßte, nickte sie nur und rückte näher an ihn heran.

„Wenn Sie bitte einmal mitkommen wollen . . ."

Der Herbergsvater führte Veyen und Renate im Mädchenflügel des Hauses in den Keller.

Am Ende der Treppe öffnete er eine Tür, ging selbst voran und schaltete das Licht ein.

Vor ihnen lag ein etwa fünf mal acht Meter großer Raum, dessen vorderer Teil von einer selbstgebauten Hausbar beherrscht wurde. Im Hintergrund boten zwei Sofas, Sessel und Klappstühle gut und gerne zwanzig Leuten Platz.

„Hier sehen Sie den Aufenthaltsraum für Lehrer", erläuterte Holz. „Getränke stehen hinter dem Tresen, eine Preisliste hängt an der Wand."

Traugott blickte geringschätzig auf die nicht mehr neuen Möbelstücke. Renate atmete jedoch innerlich auf. Auf diese Weise konnte sie nicht in die peinliche Lage geraten, nur wegen eines Bierchens mit Veyen allein in einer Kneipe hocken zu müssen.

Dem stocksteifen Holz allerdings hätte sie eine solche Einrichtung gar nicht zugetraut. Seine Erklärungen hatten fast so teilnahmslos geklungen wie die Vorträge eines hundertjährigen Museumsführers.

„Hat mein Vorgänger eingerichtet", löste Holz das Rätsel schließlich selbst. „Eigentlich keine schlechte Idee. Wenn Ihre Truppen meutern, brauchen wir Sie nicht erst aus dem Wirtshaus heranzuholen . . ."

„Wo gedenken Sie den Abend zu verbringen?" forschte der schöne Traugott, als sie wieder im Erdgeschoß angelangt waren.

„Ich?" Renate zog erstaunt die Augenbrauen hoch. „Da unten im Fetenkeller, wo sonst?"

Damit ließ sie Veyen stehen und kletterte nach oben, um nach den Mädchen zu sehen.

Im Dachzimmer mit den schrägen Wänden hatte Steffie ihre Clique um sich versammelt. Ein Cassettenrekorder spielte Pink Floyd-Titel ab.

„Darf ich?" fragte Renate von der Tür aus.

„Klar doch", rief Sabine, „aber nur, wenn Sie den Figaro nicht dabeihaben . . ."

Sie drückte Jörg ein Stück auf die Seite und machte auf ihrem Bett einen dritten Sitzplatz frei: „Sessel haben wir leider nicht."

„So verwöhnt bin ich nicht . . ."

Stephanie hatte Ylmaz' Kopf in ihren Schoß gebettet und strich ihm sanft über das Haar. Dem Jungen war das in Anwesenheit der Lehrerin offenbar peinlich. Er versuchte aufzustehen, doch das Mädchen hielt ihn fest: „Stell dich nicht an, die Krause ist nicht so!"

Eine Etage höher saßen Iris und Oliver zusammen, eng aneinandergekuschelt hörten sie der Musik zu, während Andrea schon im Nachthemd auf ihrem Bett lag, beide Zeigefinger in die Ohren gestopft hatte und in irgendeinem Schmöker las.

„Wo habt ihr denn Linda gelassen?"

„Och", meinte Sabine, „die steckt bestimmt drüben auf irgendeinem Jungenzimmer. Hier war's ihr zu einsam."

„Gefällt Ihnen die Musik?" fragte Oliver.

„Klar. ‚Wish you were here‘ – das Richtige zum Schmusen.“
„Sie?“
Jörg Fetscher riß erstaunt die Augen auf.
„Wieso nicht? Meinst du, ich wäre zu alt dazu?“
„Da hörsses“, versuchte Steffie, ihren Freund zu beruhigen, der gerade wieder einen vergeblichen Versuch machte, sich aufzurichten. „Die kennt so was. – Er kann einfach nicht verstehen, daß Lehrerinnen nicht wie Nonnen leben und sogar Kinder haben.“
Renate lachte: „Vor fünfzig oder sechzig Jahren war das bei uns auch noch so. Da durften nur ledige Frauen Lehrerinnen sein. Wer heiratete, mußte den Dienst quittieren.“
„Ehrlich?“ Steffie war empört. „Und nur so mit einem Mann zusammenleben, also, ohne Trauschein?“
„Unmöglich. Da wärst du in einer Stadt wie Hattingen öffentlich gesteinigt worden.“
Iris und Oliver hatten schon eine ganze Weile getuschelt. Jetzt griff der Junge hinter sich und holte eine Flasche Lambrusco hervor: „Wir wissen ja, daß es verboten ist. Aber wenn Sie einen Schluck wollen?“
Renate wollte. Dann empfahl sie den Schülern aber, die leere Flasche genauso heimlich wieder hinauszuschmuggeln, wie sie sie hereintransportiert hatten.
„Veyen ist ganz scharf darauf, ein paar Alkoholsünder zu fangen . . .“
„Kriegen Sie dann Schwierigkeiten?“ wollte Andrea wissen.
Die Referendarin zog die Schultern hoch: „Einen Anschiß bestimmt. Aber so schlimm ist das auch wieder nicht. Von uns bekommt sowieso keiner Arbeit.“
„Wie bei uns“, meinte Stephanie. „Ganze vier Mann haben bisher eine Lehrstelle. Ein paar machen auf dem Gymnasium weiter, aber das muß sauschwer sein. Ich kenne welche, die das versucht haben. Die haben kaum eine Chance. Mir graut jetzt schon davor.“
„Und der Rest?“
„Was schon?“ entgegnete Steffie nach einer Weile. „Der Rest hängt rum, schreibt sich die Finger wund, säuft, macht Scheiß, landet im Knast. Und wenn ich auf Ylmaz nicht aufpasse, dann schiebt ihn Zimmermann oder wie dieser Heini in Bonn heißt ab nach Anatolien . . .“
Eine Zeitlang schwiegen alle und hörten wieder der Musik zu.

Schließlich stand Renate auf und schaute zur Uhr: „Leute, ich gehe schon mal. Und ihr verabschiedet euch – in fünf Minuten sind alle Jungs von hier verschwunden. Aber nicht unter die Bettdecke, sondern nach drüben."

Es war fast elf Uhr geworden, bis in der Jugendherberge ein Zustand eingetreten war, den man mit einigem Optimismus als einen entfernten Verwandten der Nachtruhe hätte bezeichnen können. Zumindest hatten die alle zehn Minuten durchs Haus patrouillierenden Lehrerinnen und Lehrer dafür gesorgt, daß die Rennereien zwischen den Zimmern eingestellt worden waren. Auf den Buden jedoch ging das Leben weiter: Kartenspiele wurden ausgepackt, je nach Altersstufen kreisten Cola- und Weinflaschen, Kartoffelchips und gesalzene Erdnüsse krümelten Betten und Fußböden voll, hier und da entbrannte immer wieder mal eine Kissenschlacht.

Gegen elf Uhr tauchte die Herbergsmutter im Lehrerkeller auf und trug ein großes, mit Alufolie abgedecktes Tablett herein. Sie setzte es auf einem der Tische ab und klatschte ein paarmal in die Hände. Als das Gerede im Raum ein wenig abgeflaut war, rief sie: „Mein Mann und ich wollen Ihnen eine kleine Freude machen. Der eine oder andere von Ihnen hat ja vielleicht doch noch etwas Hunger. Bitte, langen Sie zu!"

Damit hob sie die Folie vom Tablett – ein Berg von Wurst- und Käsebroten wurde sichtbar, appetitlich mit Gürkchen, Salzstangen und Radieschen verziert.

Ein allgemeines „Aah!" und „Oh!" erscholl. Einer der Lehrer, ein rund fünfzigjähriger Glatzkopf aus Bergkamen, erhob sich und deutete eine Verbeugung an: „Herbergsmutter, Sie haben uns gerettet. Nehmen Sie unser aller Dank entgegen!"

Renates Augen begegneten dem Blick einer Kollegin des Kahlen. Sie schien Mitte der Dreißig zu sein und wirkte, von einer eingefärbten grauen Haarsträhne abgesehen, sehr vernünftig. Die andere verzog ein wenig die Mundwinkel, in ihren Augen glomm ein Fünkchen auf. Renate bohrte in Schülermanier ihren Zeigefinger in die Backe, und die Bergkamenerin nickte leicht, aber erkennbar ihre Zustimmung herüber.

Dreiundzwanzig Uhr. Sie empfangen das Nachtprogramm der ARD „Bis zwei dabei". Der Sender Freies Berlin bringt Nachrichten.

Noch immer fahnden Bundeskriminalamt und die Länderpolizeien nach den Attentätern, die heute morgen in Lichtenbusch bei Aachen zwei Grenzschutzbeamte ermordeten. Besonders wichtig erscheint den Behörden die Aufklärung des Fluchtweges. Wie gemeldet, haben die Täter bei Aachen einen roten Ford-Transit-Lieferwagen entführt und ihn später auf einem Parkplatz in Kamen abgestellt. Sachdienliche . . .

Bruno drückte auf die Austaste seines Transistorradios und sprang aus dem Bett. Er streifte einen graublauen Trainingsanzug über den Schlafanzug und schlüpfte in die Turnschuhe.

„Ausflug?" fragte Ylmaz und faltete den „Kicker" zusammen, in dem er während der letzten Stunde gelesen hatte.

„Was dagegen?"

Ylmaz grinste nur und schlug die Bettdecke zurück: Er hatte sich schon vorher Jeans und Pullover über das Nachtzeug gezogen. Auch er kletterte nun aus seiner Koje heraus.

„Nett?" fragte er.

Bruno nickte. Dann streckte er seine Hand aus und hielt sie dem Türken entgegen. Der drückte sie.

„Alte Freundschaft?"

Bruno nickte.

„Bis daß der Tod uns scheidet."

38

Grau fror erbärmlich.

Seit zwölf Stunden harrte er auf dem Seegrundstück aus, allein mit dem Verletzten, der meist stumm und am Rande der Bewußtlosigkeit vor sich hindämmerte.

Um halb eins mittags war der Arzt gekommen. Er hatte dem Chef den Puls gefühlt, die Wunde untersucht und ihm dann zwei Spritzen gesetzt, um den Operationsbereich zu betäuben. Als er mit einem Skalpell die Wunde weiter aufschnitt und nach dem Geschoß suchte, mußte Grau seinen Blick starr auf die gegenüberliegende Wand richten: Noch einmal wollte er kein Blut sehen.

„Ihr müßt ihn hier wegbringen", sagte Dr. Keller, nachdem er die Wundränder genäht und die Brust des Chefs verbunden hatte. „Hier krepiert er euch. Der Blutverlust ist zu hoch."

„Regeln wir“, entgegnete Grau überzeugt. „Rufen Sie aber aber nochmal den Otto an: Wir brauchen Verpflegung.“

„Werde ich machen. Aber bevor es dunkel ist, wird er nicht kommen. Zu gefährlich.“

Seitdem waren fast zehn Stunden vergangen. Grau verspürte Hunger, Durst quälte ihn, nasse Kälte kroch in Glieder und Gelenke. Keine Spur von Pachmann, kein Zeichen von Otto. Bisweilen fürchtete er, man hätte ihn vergessen.

Hin und wieder bewegte der Chef die Lippen. Der Blonde befeuchtete mit dem immer spärlicher werdenden Rest Mineralwasser ein Handtuch und legte es dem Verwundeten auf den Mund. Er fürchtete den Augenblick, da der Chef seine Lippen nicht mehr bewegte, sondern nur noch mit gebrochenem Blick zur Decke starrte.

Irgendwann nach Einbruch der Dunkelheit hatte er es nicht mehr in dem Blockhaus ausgehalten. Er flößte dem Chef etwas Sprudel ein und öffnete vorsichtig die Tür. Hier draußen war es noch kälter, aber die feuchte Erde roch nach Wald, und die frische Luft tat ihm gut.

Nach einigen unbeholfenen Freiübungen lehnte er sich an einen Baum, von dem aus er sowohl die Einfahrt als auch das letzte Stück Straße vor der Gaststätte „Südufer“ im Auge behalten konnte. Von dort müßte Pachmann kommen, dort würde auch Holz auftauchen.

Er wartete.

Ab und zu rauchte er in der hohlen Hand eine Zigarette, die er nach Soldatenart im Jackenärmel verborgen hielt. Die Minuten schlichen wie Stunden dahin.

Einige Male tauchten im fahlen Licht der Straßenlaternen menschliche Gestalten auf, doch beim zweiten Hinsehen hatte er jeweils feststellen müssen, daß es sich nicht um Otto handeln konnte. Die drei Kraftfahrzeuge, die sich auf der Uferstraße zeigten, waren mit unvermindertem Tempo an der Einfahrt vorbeigerauscht.

Mit der Kälte wuchs seine Wut.

Wut auf diese bescheuerten Grenzer, die ausgerechnet ihren Wagen kontrollieren mußten. Wut gegen Pachmann, der ihn mehrfach abgesaut und sogar geschlagen hatte. Wut auf Otto, der, um seine eigene Sicherheit fürchtend, im Warmen saß und ihn hier warten ließ.

Weichmann, Memme!

Pachmanns Worte brannten in ihm. Sie enthielten den schlimmsten Vorwurf, den man gegen ein Mitglied der Aktionsfront erheben konnte. Man durfte unvorsichtig sein, einmal etwas auf eigene Faust unternehmen oder sogar über die Stränge schlagen. Nur Feigheit – das war unmännlich und unsoldatisch und trug einem die Verachtung der anderen ein.

Memme, Weichmann!

Er wollte Kämpfer und Soldat sein, furchtlos und unerschrokken. Deutschland brauchte solche Leute. Man mußte Rache nehmen: Rache für Stalingrad, Rache für den Führer und die Gefallenen, Rache für das geraubte Land . . .

Ostpreußen!

Von dort stammte seine Familie.

Wenn sein Vater davon erzählte, dann leuchtete vor Graus Augen das helle Bild eines weiten, goldgelben Feldes mit kräftigen Halmen und prallen Ähren auf. Sommerwind streichelte dieses Meer aus Korn. Und er selbst saß auf einem herrlichen Trakehner, den Zügel lässig in der Hand, gab hier ein paar Erntearbeitern einen Befehl, legte dort selbst mit Hand an, und die Leute zogen vor ihm den Hut, denn er war der Gutsherr, stolz, reich, streng – und gerecht.

Grau lehnte an seinem Baum und wartete. Die Kälte ließ ihn erschauern. Je mehr ihn fror, desto heißer brannten in ihm die Worte Pachmanns und das Verlangen nach Rache.

39

Vorsichtig spähten Ylmaz und Bruno den Flur entlang. Aus den anderen Zimmern drang mehr oder weniger unterdrückter Lärm, aber von den Lehrern war weit und breit nichts zu sehen.

Auf Zehenspitzen überquerten sie den Gang und öffneten leise die schwere Tür, die ins Treppenhaus führte. Hinter ihnen schnappte ein Schloß. Bruno zuckte zusammen. Olaf, in blauweißem Schlafanzug, kam gerade vom Klo und schaute die beiden verständnislos an.

„Halt bloß die Schnauze!“ raunte der Italiener dem Schalke-Fan zu.

„Wollt ihr zu euren Nutten?“

Bruno spürte, daß Ylmaz tief Luft holte. Beruhigend hielt er ihn am Arm fest: „Lohnt nicht. Der hat sowieso einen Schuß!“

Nebeneinander schlichen sie ins Erdgeschoß hinunter. Bevor sie an der Spülküche vorbei zum Mädchentrakt hinüberliefen, peilte Bruno vorsichtig um die Ecke.

„Komm!“ wisperte er.

Fast hatten sie das Mädchentreppenhaus erreicht, da öffnete sich vor ihnen die Küchentür. Platt an die Wand gedrückt hielten sie den Atem an und hofften, im Halbdunkel des Flurs nicht gesehen zu werden.

Im hellerleuchteten Durchgang zur Küche tauchte nun die unverkennbare Silhouette der Herbergsmutter auf: Deutlich hoben sich ihre stramme Figur und der Haarknoten im Gegenlicht ab. Auf dem Unterarm balancierte sie ein Tablett, mit der anderen Hand zog sie die Tür ins Schloß.

Jetzt sind wir dran, dachte Ylmaz.

Doch die Frau wandte sich nicht dem Durchgang zum Jungentrakt zu, sondern klapperte mit ihren Holzpantinen die Treppe hinunter. Als sie in den Lehrerkeller trat, scholl für einen Moment das Stimmengewirr der über Schule, Schüler und Bausparprämien debattierenden Pauker herauf. Dann schluckte die zufallende Tür wieder jedes Geräusch.

„Mann, war das knapp!“ seufzte Bruno erleichtert und flitzte die Treppe hoch. Ylmaz folgte ihm.

Im ersten Stock blieben sie stehen.

„Ich muß hier rein“, flüsterte Bruno und lächelte.

„Ich nach oben!“ antwortete Ylmaz.

Der Italiener winkte noch einmal und verschwand zu seiner Manuela. Auch Ylmaz setzte sich leise wieder in Bewegung.

Da quietschte die Küchentür unten ein zweites Mal.

Beunruhigt blieb Ylmaz stehen und spähte zwischen den Treppenstufen hinunter. Die Herbergsmutter konnte es nicht sein – die hätte er gehört, wenn sie aus dem Kellerraum gekommen wäre.

Leise Schritte tappten über die steinigen Stufen. Hinunter oder herauf? Dann tauchte die lange, hagere Gestalt des Herbergsvaters auf. Er stand vor dem sonst fest verschlossenen Ausgang des Mädchenflügels und klirrte mit seinem Schlüsselbund. In der anderen Hand hielt er einen Weidenkorb, der zum Teil mit einem Trockentuch abgedeckt war. Daneben glänzte etwas Silbriges.

Eine Thermoskanne!

Verwundert preßte Ylmaz seine Schläfen fester an die Gitter des Geländers. Wieso schleppte Holz sein Abendbrot quer über den Hof durch die Kälte? Das konnte er doch bequemer haben! Und überhaupt: Abendbrot! Um diese Zeit? Eingemummelt wie zu einer Nordpolexpedition?

Mensch, Ylmaz, der will nicht nach Hause! Der hat ein anderes Ziel! Aber welches?

Da fiel es ihm wie ein Schleier von den Augen.

Das Blockhaus!

Der Arzt!

Der Riegel, der hinter dem Doktor in die Halterung geratscht war!

Der rote Transit!

Hatten sie nicht eben in den Nachrichten etwas von einem roten Ford gelabert?

Der Hagere verschwand aus seinem Blickfeld. Die Tür wurde ins Schloß gedrückt. Jetzt würde Holz den Schlüssel in den schmalen Schlitz fummeln und umdrehen.

Doch nichts geschah. Holz hatte nicht abgesperrt.

Absicht? Versehen? Wie von alleine tasteten sich die Füße des Jungen die Treppe hinunter.

Als Ylmaz die Klinke schon in der Hand hielt, zögerte er ein letztes Mal. Steffie würde ganz schön fluchen. Aber er würde ihr beweisen, daß er sich nichts zusammengesponnen hatte.

Sein Jagdfieber siegte.

Endlich rührte sich wieder etwas auf der Uferstraße!

Grau ließ die Zigarette fallen und trat sie sorgfältig aus. Angestrengt starrte er zwischen den Bäumen hindurch. Die lange, dünne Gestalt, die sich dort näherte – das mußte Otto sein. Scheinbar gemächlich schritt er den Fußweg entlang, blickte aber immer wieder verstohlen zu den wenigen Häusern auf der anderen Straßenseite hinüber, aus deren Fenstern man den Uferbereich beobachten konnte.

Dann knarrte das Tor. Der Lange blieb noch einmal stehen und schaute sich um, schließlich stapfte er auf die Blockhäuser zu.

„Endlich!“ flüsterte der Blonde.

Holz zuckte zusammen, dann erkannte er die Stimme des Wartenden.

„Volker? Mann, was macht ihr für einen Scheiß!“

„Hör auf, ließ sich nicht vermeiden. Mensch, ich verschmachte fast!“

„Du, es ging wirklich nicht eher. Hier unten darf mich niemand ..."

Grau hielt ihm plötzlich den Mund zu: „Scht!"

Er deutete auf die Straße zurück. Aus dem Schatten neben dem „Südufer" löste sich ein Mensch, lief geduckt über die Straße und bewegte sich auf das Seegrundstück zu.

„Schnell!" raunte Grau. „Geh weiter! Mach die Tür ruhig weit auf, damit man Licht sieht. Und warte drinnen, bis ich komme!"

Das Blut pochte Grau in den Schläfen. Er zog seine Pistole, lud durch und tastete mit dem Daumen nach dem Sicherungshebel.

Dann wartete er, reglos an den Baumstamm gepreßt, auf den Verfolger.

Eine Minute verging, eine weitere. Irgendwo knackte ein trokkener Zweig. Grau blickte zur Straße hinüber, die von den wenigen Laternen fahl beleuchtete wurde, und wartete auf den Schatten, der sich zwischen ihm und der Straße bewegen würde. Seine Position war gut gewählt – hier müßte dieser Neugierige vorbeikommen.

Da!

Der andere war noch drei, vier Schritte entfernt. Nur langsam kam er näher. Vorsichtig drehte Grau die Pistole um, umklammerte den Lauf und hielt den Atem an.

Zwei Schritte ...

Einer ...

Grau holte aus. Alle Wut, die sich in ihm aufgestaut hatte, legte er in diesen einen Schlag. Alle Wut, allen Haß.

Es gab ein dumpfes, schmatzendes Geräusch, als das Griffstück der Pistole den Hinterkopf des Unbekannten traf.

40

Eine schmale Straße führt am Nordufer der Ruhr entlang in eine der bevorzugtesten Wohngegenden Hattingens.

Anfangs verläuft sie, nur eine Bordsteinkante über Hochwasserniveau liegend, flach zwischen einer langgestreckten Fabrikhalle und den Flußauen hindurch. Dann steigt sie zuerst langsam, dann aber immer steiler an. Bald nach den letzten Wohnhäusern stoßen rechts schroffe, splitternde Schieferfelsen bis hart an den Fahrbahnrand, während es auf der Südseite dicht hinter den weißgestrichenen Begrenzungssteinen steil und tief zur Ruhr hinuntergeht. Die wenigen Bäume, die beiderseits der Straße im felsigen Untergrund Wurzeln schlagen konnten, stoßen an manchen Stellen mit ihren Kronen zusammen und bilden ein natürliches Dach.

Erst am höchsten Punkt der Steigung wird das Blickfeld langsam wieder breiter. Die Flußbiegung führt das Steilufer von der Straße weg, auf der anderen Seite tauchen schmucke Reihenhäuser, eine Querstraße und weite Gärten auf.

Schräg gegenüber der Einmündung der Querstraße kauerte, noch hart ans Steilufer gesetzt, ein Gebäude, das kaum zu den schicken, oft protzigen Neubauten dieser Gegend paßte. Anderthalbstöckig duckte es sich unter ein lange nicht mehr erneuertes Schindeldach, die großen, nur grob behauenen Bruchsteine verwitterten, von den außen vernachlässigten Fensterrahmen blätterte die Farbe ab.

Ein altersschwacher, buntbemalter VW-Käfer mit einer weißen Friedenstaube im Heckfenster parkte oft unmittelbar vor der Haustür. Den Insassen der ansonsten hier vorbeirauschenden Alphas, Porsches und Mercedes-Luxusausführungen lieferte der Käfer einen weiteren Anlaß, abschätzig die Nase zu rümpfen.

In diesem Haus wohnten fünf Menschen, die gut miteinander befreundet waren und sich die Benutzung der Küche und des gemütlichen Wohnraums in der linken Hälfte des Erdgeschosses teilten. Die beiden gegenüberliegenden Zimmer gehörten einer dreißigjährigen geschiedenen Sozialarbeiterin der Hattinger Stadtverwaltung und ihrem fünfjährigen Sohn Lars. Ein neunundzwanzigjähriger, stellungsloser Lehrer und seine Frau, die in einer Bochumer Kindertagesstätte arbeitete, hatten sich das Dachgeschoß eingerichtet. Ihre erst zehn Wochen alte Tochter war am letzten Sonntag auf den Namen Jessica getauft worden.

Es war Dienstag morgen, vier Uhr Sommerzeit.

Unten, an den Fabrikhallen, bogen vier Fahrzeuge in die Straße am Ruhrufer ein. Das erste war ein unauffälliger grauer VW-Passat, der mit drei Männern besetzt war und auf dessen Dach eine nicht übermäßig lange Antenne im Fahrtwind schaukelte.

Die drei folgenden Autos waren von einem in Stuttgart ansässigen Unternehmen gebaut worden. Es handelte sich um dunkelgrün lackierte Kleinbusse in Sonderausführung: die Sitzbänke hatte man an die langen Seitenwände geschraubt, die Fenster waren bis auf die Frontscheibe mit dichtem, festem Eisen vergittert, und auf den Dächern schimmerten im Licht der Straßenlaternen blaue Glaskuppeln. Diese Fahrzeuge waren mit Fahrer, Beifahrer sowie je vierzehn weiteren Männern besetzt.

In rascher Fahrt steuerten die drei Kraftfahrzeuge das aus Bruchsteinen gefügte Haus an.

Dort hielten sie.

Die Hecktüren öffneten sich, weiche Stiefelleder federten auf dem Asphalt, gedämpfte Stimmen erteilten knapp gehaltene Anweisungen.

Sechs Männer stiegen auf Anweisung eines siebten über den niedrigen Jägerzaun und postierten sich hinter dem Gebäude vor den Fenstern. Sieben weitere folgten ihnen und nahmen vor dem Gartenausgang Aufstellung, während sich vierzehn andere vor den Vorderfenstern und der Haustür postierten.

Nun öffneten sich auch die Türen des Passat. Zwei der drei Insassen stiegen aus und begaben sich zu den anderen Männern an der Straßenfront des Hauses. Einer von ihnen blickte auf seine Uhr und hob langsam den rechten Arm.

Bis auf die dem PKW entstiegenen Personen waren alle einheitlich gekleidet. Auf den Köpfen trugen sie weiße Helme mit einer Plexiglasscheibe vor dem Gesicht. Sie steckten in dunkelgrünen Latexkombinationen und schwarzen, hochgeschnürten Stiefeln. In den Händen hielten sie längliche, metallen blitzende Gegenstände, aus deren Unterseite in der Mitte kastenförmige Behälter herausragten.

Sie alle waren Polizisten.

Sie alle hatten geschworen, die freiheitlich-demokratische Grundordnung im Sinne des Grundgesetzes der Bundesrepublik Deutschland zu verteidigen. Sie alle waren darüber belehrt worden, daß vor allem die Grundrechte unantastbar seien: die menschliche Würde, die körperliche Unversehrtheit, die Unverletzlichkeit der Wohnung.

Als der eine Mann seinen Arm nach unten stieß, traten sie die Türen ein.

Drei Minuten später sah das Innere des Hauses wie nach einem Bombenangriff aus. Regale waren umgestürzt worden, Betten auseinandergerissen, Türen zersplittert. Die erwachsenen Hausbewohner standen an den Wänden, die Hände gegen den Stein gestützt, die Gesichter in dieselbe Richtung gekehrt.

Als der fünfjährige Lars aus seinem Bett gerissen wurde, versuchte seine Mutter, zu ihm zu eilen.

Ein Stiefeltritt traf ihre rechte Kniescheibe. Aufschreiend stürzte sie zu Boden, wo sie einige Augenblicke benommen liegenblieb. Als sie sich auf den Rücken wälzte, um das schmerzende Knie zu entlasten, rutschte ihr langes Baumwollnachthemd ein Stück höher und gab den Blick auf ihre leicht gespreizten Oberschenkel frei.

Eine noch recht jugendlich klingende Stimme höhnte: „Guck mal, die Alte macht dir ein Friedensangebot!“

„Ach“, meinte der, der offenbar zugetreten hatte, „die soll sich erst einmal waschen.“

Die Hausdurchsuchung dauerte eine Stunde. Während der gesamten Zeit durften sich die Erwachsenen nicht von der Stelle rühren. Als der Lehrer verlangte, Zeugen hinzuzuziehen, erwiderte einer der Polizeioffiziere: „Gut, gucken Sie mal aus dem Fenster. Wenn Sie einen sehen, können Sie ihn reinrufen.“

Das Fenster dieses Zimmers ging zum Ruhrufer hinaus.

Die Polizisten verschwanden um zehn nach fünf. Weder hatten sie, wie vorgeschrieben, den Grund der Hausdurchsuchung genannt, noch die entsprechende richterliche Anordnung vorgezeigt.

Als der letzte Wagen vor dem Haus startete, stürzte der arbeitslose Lehrer zum Telefon, um einen Rechtsanwalt und einen Arzt zu rufen. Die Schnur war aus der Steckdose herausgerissen. Eilig warf er sich einen Mantel über und lief mit nackten Füßen zu der rund achtzig Meter entfernten Telefonzelle.

Der kleine Lars schrie noch immer.

Zur selben Stunde wurden in ganz Nordrhein-Westfalen auch 148 andere Wohnungen, Anwaltsbüros und Versammlungsräume durchsucht. 2195 Angehörige von Sondereinsatzkommandos, Polizeischüler und ihre Offiziere sowie drei Hundertschaften des Bundesgrenzschutzes waren an der Aktion beteiligt.

Die Erfolge waren geradezu gigantisch: Insgesamt wurden zwölf Gramm Haschisch, eine Gaspistole mit durchbohrtem Lauf, eine polnische Armeepistole der Marke VIS aus dem Jahre 1938 sowie eine scharfe 7,62-mm-Gewehrpatrone gefunden.

Das Haschisch entdeckten die Fahnder in den Räumen einer Essener Wohngemeinschaft; dort hatten am Vorabend fünfzig Jugendliche eine Fete gefeiert.

Die Gaspistole lag in einem Wasserkasten auf der Herrentoilette einer Bochumer Szenen-Kneipe. Die Rostspuren an der

Waffe und auf dem Plastikboden des Behälters ließen darauf schließen, daß sie dort schon Monate, wenn nicht Jahre ruhte.

Die polnische Armeepistole war wegen des abgebrochenen Schlagbolzens funktionsuntüchtig; ein Kripo-Beamter hatte sie im Hühnerstall eines alten Bergmannshauses in Bottrop entdeckt, wo sie nach Aussagen ihres Besitzers seit seinem ersten Fronturlaub im Winter 1939/40 gelegen haben mußte.

Die Gewehrpatrone hatte ein ehemaliger Wehrpflichtiger der Bundeswehr aus Köln-Kalk als eine Art Andenken offen in seinem Bücherschrank stehen. Eine Waffe, schon gar eine dazu passende, konnte auch nach fünfstündiger Durchsuchung des Hauses nicht gefunden werden.

Noch aufsehenerregender waren die Festnahmen: In Düsseldorf war ein türkischer Kurde entdeckt worden, dessen Aufenthaltsgenehmigung seit 72 Stunden abgelaufen war. In Bielefeld hatte man zwei Studenten ohne Ausweispapiere mit zur Wache geschleppt. In einer Siegener Wohngemeinschaft wurde ein fünfzehnjähriges Mädchen entdeckt, das zehn Tage zuvor in Lüdenscheid von zu Hause ausgerissen war. Nicht gefunden wurden irgendwelche Maschinenpistolen, dazugehörige Munition oder Menschen mit Schußverletzungen.

Im Gegenteil: Vor der Aktion erfreuten sich alle Verdächtigen bester Gesundheit. Anschließend jedoch mußten 21 Zivilisten und ein Polizist ärztlich behandelt werden. Der Polizist hatte ein nur mit einem Nachthemd bekleidetes vierzehnjähriges Mädchen zwischen den Beinen nach Waffen abgetastet. Der Vater der Schülerin hatte daraufhin einen Stuhl gegriffen und dem Beamten zwei Schneidezähne ausgeschlagen. Wegen Widerstandes gegen die Staatsgewalt wurde er vorläufig festgenommen und sofort einem Haftrichter vorgeführt. Es waren drei Beamte nötig, um den Mann zu tragen: Trotz seiner erst 38 Jahre war er nicht mehr in der Lage, auf eigenen Füßen zu gehen. Beine, Arme, Gesicht und Unterleib waren mit blauroten Flecken übersät.

41

Steffie erwachte davon, daß jemand mit bloßen Füßen über den Boden stapfte und das Deckenlicht einschaltete. Sie schlug die Augen auf. Iris hatte ausgeschlafen und wollte lesen.

Eine Sekunde später kehrte die Erinnerung an die soeben

vergangene Nacht zurück – und mit ihr Steffies Wut und Enttäuschung.

Fast zwei Stunden lang hatte sie auf Ylmaz gewartet. Schließlich war sie durch das Haus geschlichen und hatte auf der Stube nachgesehen, die sich Ylmaz mit Bruno teilte. Die Betten waren leer gewesen. Bruno hatte Manuela besucht, so viel war klar – aber wohin war Ylmaz gegangen? Zu Martina?

Genau das konnte Steffie sich eigentlich nicht vorstellen. Aber nachdem sie das Zimmer der anderen Hattinger Jungen kontrolliert und sogar auf dem Klo nachgesehen hatte, gab es keine andere Erklärung mehr. Zornig und voller Scham hatte sie den Rückweg angetreten. Dabei wäre sie beinahe noch dem Herbergsvater in die Arme gelaufen, der den Haupteingang aufschloß, als sie sich noch auf den letzten Stufen der Jungentreppe befand. Schnell schlüpfte sie durch den Verbindungsgang in den Mädchentrakt.

Im ersten Stock überlegte sie einen Pulsschlag lang, ob sie das Zimmer der Mädchen aus Bergkamen stürmen und die beiden auf frischer Tat ertappen sollte. Doch sie entschied sich schnell, auf diese Niederlage zu verzichten.

Sechs Uhr und ein paar Minuten.

„Was ist?“ fragte Iris, die ihren Jörg um halb zwölf hinausgeworfen und dann wie ein Murmeltier geschlafen hatte. „Ist er nicht mehr gekommen?“

Steffie schüttelte stumm den Kopf und rannte zu den Jungen hinüber. Bruno lag unter seiner Decke und grunzte leise vor sich hin, doch Ylmaz’ Bett war leer.

Steffie schüttelte den Italiener wach.

„Wo ist Ylmaz?“

Der Junge begriff zunächst überhaupt nichts. Mühsam setzte er sich auf und rieb seine Augen, bis er Stephanie endlich erkannte.

„Ylmaz?“ wiederholte er erstaunt. „Aber der war doch bei dir!“

„Nein. Komm, gib’s schon zu: Ihr beide habt zusammen diese Tussies aus Bergkamen angegraben!“

„Ich schwör’s dir: Ich bin allein in den ersten Stock gegangen, und Ylmaz ist zu dir hoch!“

„Komm, hilf mir suchen!“ forderte Steffie und zog Bruno die Bettdecke weg.

Zwanzig Minuten später hatten sie alles durchsucht: die Jungenzimmer, den Tagesraum, die Spülküche, Toiletten und

Duschen, den Tischtennissaal und die Stuben in beiden Mädchenetagen. Als sie zurückgingen, hofften sie noch, Ylmaz wäre ihnen während der Suchaktion durch die Lappen gegangen und läge endlich im Bett. Doch seine Koje war nach wie vor verwaist.

„Ich geh' zur Krause!" erklärte das Mädchen.

Die Referendarin schlief noch.

Bis nach Mitternacht hatte sie mit der Lehrerin aus Bergkamen und einigen der netteren Kollegen beim Bier zusammengesessen. Ab und zu war jemand nach oben gegangen, um nach dem Rechten zu sehen, aber die Kontrollen waren im Laufe der Zeit gewiß flüchtiger und unvollständiger geworden.

„Was soll denn da passieren?" hatte einer gesagt. „Die schmusen ein bißchen herum – und ansonsten läuft da nichts, wenn die anderen dabei sind."

Veyen hatte zu jenem Zeitpunkt bereits die Runde der Niveaulosen verlassen. Er saß beleidigt in einem gemütlichen Clubraum im Erdgeschoß. Ein Bändchen Gottfried Benn-Gedichte und eine Flasche halbwegs trockenen Weißweins versöhnten ihn mit seinem Geschick, stets unverstanden zu sein . . .

Erst nach dem vierten oder fünften Klopfen hörten Steffie und Bruno im Zimmer der Krause Geräusche, die darauf hindeuteten, daß sich jemand mühselig aus dem Bett wälzte. Schließlich stand die Referendarin vor ihnen; ungekämmt, mit halb geschlossenen Augen, in einem dunkelbraunen Schlafanzug aus dickem Frottee.

„Was wollt ihr denn? Kommt rein!"

Sie kroch wieder unter die Bettdecke und griff zu ihrem Tabakpäckchen.

„Schießt los!"

„Ylmaz ist weg!"

Drei Minuten später begannen sie zu dritt mit einer neuen Suchaktion. Die Krause hatte sich in aller Eile ihre Jeans und einen Pullover übergezogen und lief nun mit den beiden Jugendlichen durch alle nicht verschlossenen Räume. Um kurz vor sieben hatten sie die Gewißheit: In dem ihnen zugänglichen Teil des Hauses konnte Ylmaz nicht sein.

„Was jetzt?" wollte Steffie wissen. Ihre Wut war verschwunden. Irgend etwas mußte Ylmaz zugestoßen sein. Aber was? Niemandem fiel eine sinnvolle Erklärung ein.

„Ja, dann los!" meinte die Referendarin schließlich.

„Wohin denn?"

„Wir müssen Traugott wecken!"

Traugott Amadeus Veyen brauchte an diesem Morgen erheblich weniger Zeit zum Aufstehen als am Tag zuvor.

„Was? Verschwunden?“

Sofort stand er senkrecht neben seinem Bett. Dann blickte er zuerst auf die Referendarin und die Schüler, anschließend auf seinen eigenen Aufzug und ersuchte dringend um die Möglichkeit, sich ohne Zeugen ankleiden zu dürfen. Als er nach zehn oder fünfzehn endlosen Minuten im Tagesraum der Hattinger auftauchte, sah er geschniegelt und gestriegelt aus wie immer.

„Aber ich habe doch alle Räume kontrolliert!“ behauptete Veyen, nachdem man ihm Bericht erstattet hatte.

„Dann müssen Sie aber blind gewesen sein!“ entfuhr es Bruno. „Wir hatten ja nicht mal unsere Decken zusammengerollt und ausgestopft!“

Veyen wurde blaß: An das Zweierzimmer hatte er tatsächlich nicht gedacht.

Er trat ans Fenster und schaute hinaus, die Hände auf dem oberen Ansatz seiner Sitzfläche verschränkt und leicht auf den Zehenspitzen wippend. Instinktiv fühlte er den nahenden Skandal, doch noch sträubte sich seine gequälte Beamtenseele gegen die Vorstellung, ausgerechnet ihm könne eine Verletzung der Dienstvorschriften unterlaufen sein. Und, wie zum Hohn, tasteten sich gerade die ersten Sonnenstrahlen über die Berge hinweg – der Tag schien hell und warm zu werden.

Plötzlich fiel Veyen ein, daß außer ihm ja noch andere gefehlt hatten. Er drehte sich um und musterte das Mädchen.

„Wieso hast ausgerechnet du gemerkt, daß Ylmaz fehlt? Ihr schlaft doch nicht im selben Zimmer!“

„Meine Güte!“ Steffie brauste auf. „Wir hatten gestern abend noch eine kleine Fete machen wollen. Und heute morgen bin ich rübergegangen und habe nachgesehen . . .“

Leise, aber um so vorwurfsvoller stellte Veyen fest: „Du weißt, daß du damit gegen die Anweisungen deiner Lehrer verstoßen hast . . .“

„Können wir das nicht klären, wenn Ylmaz gefunden ist?“ schlug Renate vor. „Wir sollten doch mit dem Wichtigsten beginnen!“

„Was heißt das überhaupt: gefunden?“ widersprach „Figaro“. „Das hört sich an, als wäre ihm etwas zugestoßen.“

„Ja, was denn sonst?“ Steffie blickte Veyen verständnislos an. „Meinen Sie, der wäre nach Hause gelaufen?“

Sofort hakte Traugott ein – Steffies rhetorisch gemeinte Frage bot unverhofft einen Rettungsanker: „Wieso eigentlich nicht? Kennen wir uns in der Psyche der Moslems aus?“

Alle starrten Veyen sprachlos an. Doch der hielt bereits die Türklinke in der Hand.

„Selbstverständlich werde ich nachher den Herbergsvater befragen. Ansonsten werden wir abwarten, was uns dieser Vormittag bringt. Keine Panik, wenn ich bitten darf!“

Schon in der Tür drehte er sich noch einmal zu Stephanie um.

„Und über diesen unverzeihlichen Vertrauensbruch werden wir selbstverständlich auch noch einmal sprechen!“

42

Lohkamp ist wirklich ein As, dachte Pusch.

Nach ausgiebigem Frühstück im Hotel „Zum König von Preußen“ saß er nun auf der Rückbank eines Streifenwagens, der ihn von Kamen nach Dortmund brachte, und sichtete ein halbes Dutzend Zeitungen. Einige Blätter hatten es tatsächlich geschafft, die Sondernummer auszudrucken, unter der die Soko ab acht Uhr morgens zu erreichen war. Lohkamp hatte ganze und vor allem schnelle Arbeit geleistet.

Der 82. Anruf ging genau um 10.49 Uhr ein.

Frau: „Spreche ich mit der Sonderkommission Lichtenbusch?“

Soko: „Ja. Ihren Namen, bitte?“

Frau: „Muß das sein?“

Soko: „Es wäre schon besser. Vielleicht tauchen bei uns später noch Zusatzfragen auf.“

Frau: „Ich heiße . . ., aber das behandeln Sie doch wirklich vertraulich?“

Soko: „Selbstverständlich.“

Frau: „Also, nun Roswitha Rost, Bochum, Hustadtring 141a. Das gehört zum Uni-Center.“

Soko: „Was haben Sie beobachtet, Frau Rost?“

Frau: „Also, hier nebenan, im zehnten Stock auch, die Wohnung, die dauernd leerstand. Genauer gesagt: Leer war sie eigentlich nicht, aber die Leute waren nie da. Aber seit gestern vormittag ist das anders.“

Soko: „Was ist geschehen?“

Frau: „Gestern morgen gegen halb elf stand in der Tiefgarage solch ein Lieferwagen, wie er in der Zeitung abgebildet ist, rot. Mehrere Jugendliche luden Koffer und solche, so grüne Rucksäcke, also nicht Rucksäcke, sondern größer . . ."

Soko: „Seesäcke vielleicht? Über einen Meter lang und ziemlich dick? Meinen Sie die?"

Frau: „Genau. So etwas. Also, das alles luden sie aus und schleppten es zu unserem Aufzug. Und am Abend war dann zum erstenmal seit Wochen wieder Licht nebenan."

Soko: „Ist Ihnen sonst noch etwas aufgefallen?"

Frau: „Naja, abends gab es bei denen offenbar einen Streit. Durch die Musik hindurch hörte man Diskussionen, ganz schön laut war das, und später, als es ruhiger wurde, hörte man jemanden stöhnen."

Soko: „Könnten die nicht auch, sagen wir, eine Fete gefeiert haben? Es gibt, entschuldigen Sie, doch auch ganz natürliche Erklärungen dafür, daß jemand stöhnt?"

Frau: „Nein, also hinterher, das war bestimmt nicht das, was Sie meinen. Einer der jungen Männer war doch krank oder verletzt. Er konnte kaum alleine gehen, die anderen mußten ihn richtig stützen . . ."

Das Uni-Center Bochum ragt bis zu zwanzig Stockwerke hoch in den Ruhrgebietshimmel und besteht vor allem aus Beton. Im Sockel befindet sich eine doppelstöckige Tiefgarage, die man nur über tunnelartige Zufahrten erreichen und verlassen kann. Darüber breitet sich eine Fußgängerzone mit etlichen Geschäften, Kneipen und Haufen aus Hundekot, und über ihnen türmen sich zahlreiche Wohnhäuser und Studentenheime.

Die meisten Gebäude gehören postalisch zum Hustadtring, das Haus 141 a steht genau an der Nordostecke. Seine beiden Flügel stoßen im rechten Winkel zusammen, so daß man tatsächlich von der Wohnung der Roswitha Rost aus alles mitbekommen konnte, was sich nebenan abspielte. Man brauchte nur lange und still genug hinter der Gardine zu stehen.

Während zwei Kriminalbeamte, mit einem Blumenstrauß getarnt, der Rost einen Besuch abstatteten, saßen einen Betonklotz weiter und zehn Stockwerke tiefer zwei andere Polizisten dem Verwalter für die Häuser 137–151 gegenüber.

„Ausgeschlossen!" widersprach dieser gerade. „Ich kann Ihnen doch nicht die Zweitschlüssel geben. Was meinen Sie, was mir der Professor erzählt, wenn er aus den USA zurückkommt?"

„Hören Sie, Mann!“ Einer der Beamten beugte sich mit aufgestützten Fäusten über den Schreibtisch. „Wir suchen ein paar Mörder!“

Der Alte schluckte. Dann lächelte er gequält, zuckte die Achseln und zog sich einen abgewetzten Kittel über. „Kommen Sie . . .“

Quer durch den Fußgängerbereich eilten sie, an einem Blumenkiosk vorbei, auf einen anderen Betonklotz zu und verschwanden hinter den schweren Metalltüren eines schwach beleuchteten Treppenhauses. An nackten, verschmierten Betonwänden ging es vier Treppen tiefer. Zwei weitere Türen, und man stand auf der untersten Ebene einer zweigeschossigen Tiefgarage.

„Hier lang!“

Sie gelangten auf jene tunnelartige Straße, die durch den Bauch des Uni-Centers zunächst zu den Bushaltestellen auf der Südseite und von dort aus, im Gegenkurs, zurück zum Hustadtring führt.

„Dort!“

Über eine breite, leicht ansteigende Auffahrt ging es zu der den Bewohnern des Uni-Centers vorbehaltenen Tiefgarage. Eine graue, eiserne Rolltür versperrte den Weg.

„Schlüssel Nummer eins“, erklärte der Verwalter.

An abgestellten Autos aller Fabrikate und mächtigen Betonpfeilern vorbei liefen sie auf eine schmale Eisentür mit der Aufschrift „141 a“ zu.

„Schlüssel Nummer zwei . . . Der Keller liegt aber noch eine Treppe tiefer.“

Ein enger Gang keilte sich durch das Betonfundament des Hochhauses. Die Luft war trocken und abgestanden, in einer Ecke roch es nach Urin. Vor einer grünen Metalltür hielten die Männer an.

„Schließen Sie auf!“

„Nee!“ Der Verwalter streckte den Kripo-Leuten den Schlüssel entgegen. „Das machen Sie man selbst . . .“

Das Schloß schien gut geölt. Ein schmaler, vollgestellter Raum lag vor ihnen, an beiden Seiten waren bis zur Decke reichende Regale zu erkennen. Türseitig kamen zuerst Marmeladen- und Einmachgläser, die meisten leer, viele verstaubt. Dann eine Batterie von Umzugskartons mit wechselnden Aufschriften: Atomphysik, Christbaumschmuck, Elektrokocher, Der Spiegel, Jahrgang 61, Jahrgang 62, Jahrgang 63 . . . Offenbar hatte der Mann seit 23 Jahren jede Ausgabe des Hamburger Nachrichtenmagazins gesammelt. Zwei, drei Kisten wurden herausgezogen und geöffnet: Die Aufschriften schienen zu stimmen.

„Hier!"

Der andere Kripobeamte hatte die Tür ins Schloß gedrückt. Auf den Regalen, die dahinter lagen, erblickten sie mehrere Seesäcke und Holzkisten. Diese waren so schwer, daß man sie zu zweit herunterwuchten mußte. Sie entfernten die darüberliegende Plastikhaut und erstarrten: Nach friedlichem Hobby sah das nicht aus.

In dem Durcheinander aus Metall- und Plastikteilen erkannte man zuerst zwei Noris Twi-Nine Signalpistolen mit übereinanderliegendem Doppellauf – eine Nachbildung des aus tausend Western berühmten Derringers. Darunter lagen in einer Pappschachtel Zusatzläufe und Adapter, mit deren Hilfe man aus der 9 mm Gas- und Schreckschußpistole 15 mm-Signalmunition verschießen konnte.

„Guck mal, hier!"

Einer der Beamten zerrte mehrere olivgestrichene Sprechfunkgeräte heraus.

„Sieht nach Bundeswehr aus."

„Kann man aber auch in jedem Laden kaufen."

Zwei Drahtscheren, Klappspaten und eine lange Taschenlampe komplettierten den Inhalt der Kiste.

„Mach mal einen Seesack auf . . ."

Nacheinander flogen Springerstiefel, schwarze Trainingsanzüge, zwei Bundeswehr-Kampfjacken, Wollsocken, schwarze Pudelmützen und olivgrüne, lange Unterhosen heraus.

„Die nächste . . ."

Der Inhalt war schwer, kantig, metallen. Sie öffneten den Verschluß des Seesacks und spähten hinein: Konserven, Esbitkocher, Nylonschnüre . . .

„Reicht's?"

Der andere nickte.

Als sie alles wieder eingeräumt und die Tür verschlossen hatten, wandte sich der forschere der beiden Beamten an den Verwalter, der auf dem Kellergang gewartet hatte: „Sie kommen bitte erst einmal mit uns. Zur Sicherheit . . ."

„Ich habe zu tun!" protestierte der Alte. „Ich kann doch nicht während der Sprechstunde abhauen."

„Sie können!"

Resignierend folgte er den beiden auf demselben Weg zurück bis in den Fußgängerbereich. Dann kletterten sie über eine defekte Rolltreppe eine Ebene höher und durcheilten eine in den Leib des Betonungetüms geschnittene Ladenstraße.

In der kleinen, nur tagsüber besetzten Polizeiwache des Uni-Centers füllte ein einsamer Beamter gerade seinen Tippzettel für das Mittwochslotto aus. Erstaunt blickte er auf die beiden Zivilisten, die ohne zu fragen hinter den grüngestrichenen Tresen auf seine Seite marschierten.

„Vierzehntes K“, meinte der Ältere und hielt dem uniformierten Schutzpolizisten flüchtig den Dienstausweis hin. „Wir müssen telefonieren!“

„Bitte!“

Ohne Begeisterung deutete der Grüne auf den Apparat. Wie viele seiner Kollegen sah er die Bullen vom politischen Kommissariat am liebsten von hinten. Ihre Hochnäsigkeit war berüchtigt, und man hatte in stillen Stunden seine Zweifel, ob sie nicht auch die Pausengespräche in der Polizeikantine protokollierten.

Der Zivile wählte mehrere Nummern und lauschte.

„Den Chef!“ verlangte er dann.

„Bärwald. Die Sache ist klar. Wir haben den Keller gesehen: Tarnkleidung, Vorräte, Signalmunition, Nachrichtenmittel. Sieht ganz so aus, als wollten da welche auf Tauchstation gehen . . .“

Er horchte einen Augenblick in die Leitung, dann schüttelte er den Kopf: „Zehnter Stock, da haut keiner über den Balkon ab. Außerdem haben wir einen Wohnungsschlüssel. Vielleicht kommt das MEK mit kleiner Besetzung aus . . .“

Die vier schnellen Fahrzeuge des Mobilen Einsatzkommandos Dortmund rauschten nach genau 23 Minuten heran.

Das sorgfältig abgeschirmte und getarnte Domizil des MEK lag einen Steinwurf weit vom Polizeipräsidium entfernt an der alten B 1. Von hier aus konnten die Beamten in Minutenfrist die wichtigsten Ziele ihres Einsatzgebietes über Autobahnen ansteuern.

Bärwald erwartete die Spezialtruppe in einer zur Zeit stillgelegten und leergeräumten Autowerkstatt, die sich schräg gegenüber der Zufahrt zur Besucher-Garage des Uni-Centers befand. Zwei Audi 100 und ein weißer Mercedes schoben sich über die Schwelle, ein weiterer BMW mußte jedoch hinter der nächsten Ecke parken. Jedem der Fahrzeuge entstiegen vier Männer, von denen höchstens einer die 35 überschritten hatte.

„Hauptkommissar Wolf“, stellte sich der Ältere vor und

drückte Bärwald die Hand. „Haben Sie einen Grundriß der Wohnung?“

Bärwald hatte.

Während Wolf die Kopie auf dem Kühler des Mercedes ausbreitete, tänzelten einige seiner Leute auf der Stelle herum, ließen die Arme kreisen oder lockerten einfach ihre Finger, wie es Klavierspieler vor dem Auftritt tun.

„Alles klar. Herhören . . .“

Wolf teilte die Leute ein und erklärte ihnen die Aufgaben. Das alles ging schnell und knapp vor sich, die Truppe schien gut trainiert und aufeinander eingespielt.

„Funktionskontrolle!“

In Sekundenbruchteilen hatten die Männer ihre Waffen gezogen. Die meisten trugen Schnellzieh-Holster am Gürtel, alle benutzten großkalibrige Revolver von neun oder noch mehr Millimetern.

Einem von ihnen rutschte eine Patrone aus der Kammer. Klickend fiel sie zu Boden.

Bärwald war schneller und hob sie auf. Die Spitze des Projektils war derart abgestumpft, daß es tellergroße Wunden reißen mußte. Der Mantel des Geschosses war so präpariert, daß er sich im Körper des Getroffenen zerlegen und daumendicke Schußkanäle ins Fleisch fräsen würde. Selbst ein Oberschenkeltreffer führte mit dieser Munition durch Schockwirkung zum sofortigen Exitus.

„Ganz schöne Hämmer!“ meinte Bärwald und reichte dem Kollegen die Patrone zurück.

Gleichgültig zuckte der MEK-Mann mit den Schultern.

„Wenn schon einer dran glauben muß, dann keiner von uns!“

43

Das Mittagessen in Tagesraum 3 verlief in ungewohnter Stille. Selbst Karsten Kaiser und Jörg Fetscher, deren Sprechwerkzeuge sonst nur selten in Ruhestellung verharrten, löffelten den Eintopf schweigend in sich hinein. Renate, eigentlich ein Fan von Erbsensuppen, mußte sich Löffel für Löffel geradezu herunterwürgen, und Steffie saß mit geröteten Augen vor noch sauberem Teller.

Nach dem Frühstück war es erneut zu einer Extra-Vorstellung des schönen Traugott gekommen. Veyen hatte darauf bestanden, wie geplant einen Waldspaziergang zu absolvieren. Steffie, Oliver, Jörg und drei, vier andere protestierten offen dagegen und forderten eine gemeinsame Suchaktion.

Eine Zeitlang hörte Veyen sich die Argumente der Schüler mit scheinbar verständnisvoll geneigtem Haupte an. Am Ende nickte er noch einmal und erklärte: „Wem es hier nicht gefällt, der kann sich ja abholen lassen. Darf ich euch an die Erklärung erinnern, die eure Eltern vor Fahrtantritt unterschrieben haben? Bei groben Disziplinverstößen und Alkoholmißbrauch sind die Schüler auf Verlangen der Begleitpersonen unverzüglich auf eigene Kosten zurückzuholen. Das gilt selbstverständlich auch für Freiwillige . . ."

Mit gesenkten Köpfen waren Steffies Anhänger hinter der Klasse hergetrottet. Renate Krause hatte sich seit dem Beginn ihrer Dienstzeit noch nie so elend gefühlt wie an diesem Morgen.

Während der Tischdienst unter Olivers Leitung abräumte, winkte Traugott die Referendarin in das Büro des Herbergsvaters. Sorgfältig schloß er die Tür.

„Wie ist Ihre Meinung, Frau Kollegin?"

Renate war überrascht. Zum erstenmal wurde sie nach ihren Ansichten und Vorschlägen gefragt.

„Sie sollten die Schule anrufen!" empfahl sie schließlich.

Veyen blickte ausdruckslos zum Fenster hinaus. Einen Anruf beim Chef – das käme einer Kapitulationserklärung gleich: Klein-Traugott weiß nicht weiter . . .

„Könnte es nicht sein, daß Ylmaz sich aus irgendeinem uns unbekannten Grunde von der Klasse entfernt hat?" begehrte Veyen auf. „Man weiß doch nie genau, was in den Köpfen der Orientalen vor sich geht."

Idiot, dachte Renate.

Laut sagte sie: „Ylmaz ist einer unserer Schüler. Wir haben die Aufsichtspflicht für die gesamte Klasse. Wenn einer verschwunden ist, ist es völlig egal, um wen es sich handelt. Oder?"

Es dauerte noch gute drei Minuten, bis der schöne Traugott endlich das Unvermeidliche tat. Er griff zum Telefon und wählte die Nummer der Schule.

„Neuner . . ."

„Veyen."

„Ach, die Urlauber!" Neuners Stimme klang nach guter Laune. In Hattingen war jetzt Schulschluß, und offenbar freute sich der Chef bereits auf ein erholsames Mittagsschläfchen. „Sie haben

Glück, daß Sie mich noch erwischen. Fünf Minuten später wäre ich weg gewesen. Wo brennt's denn, Herr Veyen?"

Traugott holte tief Luft und schloß die Augen, während er zur Beichte ansetzte: „Wir . . . wir vermissen einen Schüler!"

„Waas?!?"

Renate hätte nie gedacht, daß ein Telefonhörer solch eine Lautstärke unbeschadet übertragen könnte. Veyen jedenfalls zog unwillkürlich die Hörmuschel ein ganzes Stück vom Ohr weg.

„Seit wann?"

Neuners Frage kam scharf und schneidend, stach tief in Traugotts ohnehin bereits angeknackstes Selbstbewußtsein.

„Seit . . . seit dem Frühstück . . ."

„Und da rufen Sie erst jetzt an?"

Es war deutlich zu sehen: Veyen erbleichte bis zum Haaransatz. Die Urlaubsbräune, in den Osterferien auf Kreta erworben und seitdem sorgsam gehütet, war verschwunden.

„Berichten Sie, der Reihe nach!"

In kurzen, abgerissenen Sätzen und immer wieder stockend gab Traugott die dürftigen Informationen durch. Er brauchte dazu kaum mehr als eine Minute.

„Menschenskind!" stöhnte Neuner zum Schluß. „Wie kann man nur so blöd sein . . ."

Unwillkürlich richteten sich Veyens Augen auf Renate. Es schien ihm sehr peinlich zu sein, daß sie Zeugin dieser schwarzen Viertelstunde wurde. Doch er konnte auf ihrem Gesicht keine Schadenfreude entdecken – es ging immerhin um einen Schüler.

„Passen Sie auf, Veyen. Ich fahre jetzt auf alle Fälle bei Ömürs vorbei. Wenn wir Glück haben, ist Ylmaz aus irgendeinem Grund nach Hause getrampt. Sie marschieren sofort zur nächsten Polizeiwache und erstatten Vermißtenanzeige. Und die Kollegin Krause sucht inzwischen mit den Schülern die Umgebung der Jugendherberge ab. In zwei Stunden rufe ich Sie wieder an. Und beten Sie zu Gott oder Allah, daß der Junge zu Hause ist und nur Heimweh hatte!"

44

Millimeter für Millimeter schob Hauptkommissar Wolf den schmalen Schlüssel tiefer in die vorgesehene Öffnung. Dann packte er den Knauf, zog ihn fest zu sich heran und drehte das

Schloß behutsam herum. Ein Spalt öffnete sich. Langsam, jedes laute Schnappen der Feder vermeidend, ließ der Mann die Zunge des Schlosses nach vorn gleiten.

Dann erst stampften seine Leute an ihm vorbei.

Das erste Paar würde den weitesten Weg nehmen und die Küche stürmen. Die nächsten beiden Männer benötigten zwei Schritte weniger bis zum Kinderzimmer. Bad und Wohnzimmer lagen noch näher. Und der letzte Zweimanntrupp steuerte auf das Schlafzimmer zu, das nur drei Schritte hinter der Wohnungstür lag.

Fast auf den Bruchteil einer Sekunde genau drückten, preßten, stießen und traten die zehn Männer gegen die ihnen zugeteilten Türen.

Küche, Bad und Kinderzimmer erwiesen sich als leer. Im Schlafzimmer hingegen wurden zwei, im Wohnzimmer eine Person angetroffen.

Bei den im Schlafraum Überraschten handelte es sich um den dreiundzwanzigjährigen Biologiestudenten Roland Schneider, den Sohn des Wohnungsinhabers, und seine neunzehnjährige Freundin Katharina Wiemann, die im zweiten Semester Rechtswissenschaften studierte.

Beide lagen, als die MEK-Leute hereinstürmten, im Ehebett des Professors. Auf einem Nachttisch stand ein Tablett mit Frühstücksresten, und zwischen den beiden lag ein „Barricade“ oder auch „Malefiz“ genanntes Brett- und Würfelspiel. Zum Zeitpunkt des Überfalls brauchte das Mädchen nur noch einen einzigen ihrer fünf Spielsteine ins Ziel zu retten. Der Sieg hätte ihr den Vorteil verschafft, noch ein Stündchen lesen oder schlafen zu können, während ihr Freund verabredungsgemäß hätte einkaufen und das Mittagessen kochen müssen.

Vor Überraschung waren die beiden Studenten zu keiner Gegenwehr fähig. Es dauerte keine zwanzig Sekunden, da lagen sie mit auf den Rücken gefesselten Armen schreiend nebeneinander. Sie waren nackt und unbewaffnet gewesen. Aber mehr noch als die fremden Hände, die an ihnen zerrten, hatte sie etwas anderes entsetzt: das Krachen zweier Schüsse.

Die dritte in der Wohnung angetroffene Person hielt sich im Wohnzimmer auf. Es handelte sich dabei um den zweiundzwanzigjährigen, arbeitslosen Chemielaboranten Christian Schneider, einen Neffen des Professors und Cousin des Biologiestudenten.

Als die Tür aufgestoßen wurde und die Klinke gegen die Wand

krachte, lag Christian Schneider auf der Couch und blätterte in der Maiausgabe der Zeitschrift „konkret“. Vor Schreck entglitt das Heft seinen Händen. In einer Art Reflexbewegung versuchte er, seine Lektüre wieder vom Boden aufzuheben. Seine Hand zuckte, ohne daß er sie bewußt gesteuert hätte, in Richtung Boden.

Da krümmte der Beamte, der als erster im Wohnzimmer erschienen war, den Zeigefinger seiner rechten Faust, die einen Revolver vom Kaliber .45 umklammerte.

Aus der Waffe lösten sich zwei Schüsse. Das erste Projektil bohrte sich in die Polsterfüllung des Ledersofas und blieb, quer durch das Geflecht aus Füllstoff, Stahlspiralen und Holzlatten jagend, in der Wand stecken. Das zweite Geschoß jedoch drang in den Hals des jungen Mannes ein und zerschmetterte zwei Halswirbel samt den durch das Rückgrat verlaufenden Nervenbahnen.

Er war tot, noch ehe sich sein Mund zu einem Schrei öffnen konnte.

Weder neben der Couch, wohin die Hand des Jungen gezuckt war, noch irgendwo sonst in der Wohnung wurde etwas gefunden, das entfernt einer Waffe ähnelte. Selbst das Brotmesser in der Küche hatte eine abgebrochene Spitze und eine reichlich stumpf gewordene Schneide.

45

Steffie lag auf Renate Krauses Bett und schlief.

Gleich nach dem Mittagessen war sie mit Iris, Andrea, Bruno und der Krause zum See hinuntergelaufen. Ihr war eingefallen, daß Ylmaz am Montag solch ein merkwürdiges Interesse für das umzäunte Grundstück mit den beiden Blockhäusern gezeigt hatte. Irgendwie mußte sein Verschwinden mit diesem Gelände zu tun haben – eine andere Erklärung war nicht denkbar.

Die Suche hatte mit einer Enttäuschung geendet.

Sicher – Fahrzeugspuren gab es dort. Sogar mehrere. Und recht frisch sahen sie auch noch aus. Aber was bedeutete das schon?

Mehrfach hatten sie die beiden Bootshäuser umkreist. Sie hatten an allen Türen und Schlössern gerüttelt – vergebens.

Zum Schluß hatte die Krause vorgeschlagen, eine Kette zu

bilden. Im Abstand von einem bis zwei Metern waren sie mehrmals vom See zur Straße und zurück gegangen, die Blicke vor sich auf den Boden gerichtet. Außer ein paar zertretenen Kippen, die von Filterzigaretten stammen mußten, einer verrosteten Cola-Dose und den von Staub und Schlamm verschmutzten Resten eines Präservativs hatten sie nichts entdecken können, das nicht zu einem normalen Seegrundstück mit Büschen und Bäumen gehören mochte.

Schließlich hatte sich Steffie vor eines der Bootshäuser ans Wasser gesetzt und losgeheult, die Arme um die Knie geschlungen und den Kopf in den Armen verborgen.

Die Referendarin hatte die anderen weggeschickt und sich neben das Mädchen gesetzt. Ein Augenblick des Zögerns, dann nahm sie Steffie in den Arm und streichelte schweigend ihr Haar.

Als sie in die Jugendherberge zurückkehrten, lief ihnen der gelockte Zivildienstleistende über den Weg.

„Hör mal“, sagte Renate und hielt ihn am Arm fest. „Hast du auf deiner Bude nicht irgendeinen guten Schluck in Reserve?“

Der Bursche musterte die Referendarin überrascht. Sonst hielten die Pauker auf Distanz, und es kam nur selten vor, daß ihn jemand duzte.

„Nichts Besonderes“, antwortete er schließlich, „'ne halbe Flasche Maria.“

Die Referendarin nickte: „Genau das Richtige. Bringst du sie mir auf mein Zimmer?“

Als der Lockige mit dem Weinbrand erschien, hatte Renate das Mädchen bereits in ihr Bett gepackt. Sie füllte ein Zahnputzglas mit der braunen Flüssigkeit und stellte es Steffie hin.

„Komm, trink das und schlaf erst einmal eine Runde.“

Sie wartete, bis das Mädchen das Glas geleert hatte. Dann setzte sie sich zu ihr, streichelte ihren Arm.

„Komm, schlaf. Vielleicht sind wir anschließend klüger.“

Schweigend saß der Zivildienstleistende auf einem freien Bett und wartete mit Renate ab, bis Steffie eingeschlafen war. Dann drehte er zwei Zigaretten und hielt der Referendarin eine hin.

„Rauchst du?“

Die Krause nickte, erhob sich aber.

„Laß uns nach unten gehen.“

Sie setzten sich auf das Mäuerchen gegenüber der Herberge, rauchten, schwiegen.

„Was ist los mit ihr?“ fragte der Gelockte schließlich.

„Kummer. Ihr Freund ist weg.“

„Verstehe ich nicht. Ich habe um zehn alle Türen zugeschlossen. Halb elf geht der Boß noch einmal durch und kontrolliert. Die Erdgeschoßfenster am Parkplatz kann man nur kippen – da kommt gerade eine Maus durch. Und die Räume auf der Vorderseite sind abends alle verschlossen – da kommt auch keiner raus. Das ist wirklich ein Rätsel, wie nach zehn jemand aus dem Haus kommt, ohne ein Fenster oder eine Tür aufzubrechen . . .“

„Wie heißt du eigentlich?“

„Harald. Und du?“

„Renate.“

Sie schwiegen wieder eine Weile. Renate gingen Haralds Worte durch den Kopf. Wenn Ylmaz nicht hinauskonnte – dann mußte er noch irgendwo im Haus sein.

Der Zivi schüttelte den Kopf.

„Unmöglich. Der Boß und ich machen jeden Morgen Durchgang, während die Gäste frühstücken. Alle Türen haben Sicherheitsschlösser – Küche, Büro, Anbau. Da ist er nicht.“

„Und wer hat einen Schlüssel für die Eingänge?“

„Nur drei Leute. Holz Mann und Frau – und ich. Und ich habe alles abgeschlossen . . .“

Während sie noch grübelte, tauchte Veyen auf der Bildfläche auf.

„Frau Krause?!“

Renate erhob sich und ging auf den schönen Traugott zu.

„Wir sollten jetzt telefonieren . . .“

Meine Güte, dachte Renate, was muß der die Hosen voll haben. Soll ich ihm etwa Händchen dabei halten?

46

„Also nochmal von vorn. Zu welchem Zweck haben Sie die Waffen und die Vorräte angeschafft?“

„Wir haben keine Waffen. Was wir besitzen, sind Signalpistolen und Signalmunition. Wir haben sie in einem normalen Laden gekauft. Die Quittungen liegen noch irgendwo in meinem Schreibtisch . . .“

„Was hatten Sie vor? Wohin wollten Sie untertauchen? Los, reden Sie!“

Das Verhör drehte sich im Kreis. Seit fast zwei Stunden wurde Roland Schneider mit immer denselben Fragen beharkt. Drei Beamte wechselten sich dabei ab, ohne jedoch einen Durchbruch zu erzielen. Fragen zur Person beantwortete der Student geradezu bereitwillig. Doch sobald es um den Verwendungszweck der im Keller gefundenen Ausrüstung ging, wurde er stumm wie ein Fisch.

„Was ist mit dem Verletzten geschehen? Wohin haben Sie ihn geschafft?"

Der junge Mann schwieg, leckte sich die trockenen Lippen. Er streckte die Hand zum Schreibtisch aus, auf dem man eine Batterie Mineralwasserflaschen und Gläser aufgebaut hatte. Doch der Soko-Mann zog ihm das Glas weg, goß sich selbst ein und trank schlürfend, genußvoll.

„Wir sind hier nicht in der Mensa", erklärte er anschließend. „Wer uns nicht hilft, bekommt auch nichts. Also – wo ist der Verletzte?"

„Es gibt keinen Verletzten", erklärte Schneider zum zehnten oder zwölften Male. „Sie meinen wahrscheinlich einen Freund von uns. Der leidet unter den Folgen einer Kinderlähmung."

„Sie können uns hier viel erzählen. Wo ist er?"

„Wissen Sie doch. Im Zug nach München . . ."

Leise betrat Kriminalrat Pusch den Raum. Zum dritten oder vierten Male lehnte er sich im Hintergrund gegen einen Aktenschrank, um für einige Minuten stumm zuzuhören. Mit verschränkten Armen starrte er bald in die verbissenen Gesichter seiner Mitarbeiter, bald auf die langen, strähnigen Haare, die dem Studenten bis auf den Rücken hingen. Bockig war dieser Kerl! Dabei fühlte ein Blinder mit dem Krückstock, daß er etwas verbarg.

Gereizt blickte der Kriminalrat auf seine Armbanduhr. Er wartete nicht nur auf handfeste Ergebnisse der Vernehmungen, sondern war gespannt, ob Scheubner in Kamen einen der im Uni-Center Angetroffenen wiedererkennen würde. Man hatte Polaroid-Fotos vom Gesicht des Toten und von den beiden Studenten angefertigt und sie per Kurier ins Krankenhaus geschickt. Er hoffte inständig, daß dieser Maler endlich etwas Brauchbares von sich gab.

Pusch gähnte still vor sich hin und schloß für einige Sekunden die Augen. Ob man den beiden sagte, daß ihr Genosse tot war? Ob der Schock sie zum Sprechen brachte?

Er verwarf den Gedanken – für diesen Effekt war es noch zu früh. Vermutlich mußte man die beiden erst noch eine Weile zermürben.

Das Mädchen stellte sich sogar noch schlimmer an als dieser Bursche. Zierlich, ja zerbrechlich hockte sie nebenan auf der Stuhlkante – und war doch zäh und stur. Inzwischen sagte dieses Biest nämlich überhaupt nichts mehr. Hartnäckig schwieg sie, während aus drei Richtungen Fragen, Schmeicheleien und Drohungen auf sie niederprasselten.

Gleich zu Beginn der Vernehmung hatte die Kleine gegen die Festnahme protestiert und einen Anwalt verlangt.

„Wo waren Sie gestern morgen um 6.45 Uhr?“ lautete die Gegenfrage.

„Einen Anwalt!“ wiederholte die Wiemann.

„Mädchen, verbau dir doch nicht die Zukunft! Wenn du unschuldig bist oder nur Mitwisserin, dann kannst du doch aussagen. Wir machen dich zur Kronzeugin, und dann bist du aus dem Schneider. Nach dem Staatsexamen redet keiner mehr von der Sache!“

„Ich will einen Anwalt!“

„Hör mal, du Nutte, morgen lesen deine Studienkollegen in der Zeitung, daß wir dich am hellen Tag nackt im Ehebett eines dreiundfünfzigjährigen Professors gefunden haben. Dann kannst du einpacken!“

„Ohne Anwalt sage ich kein Wort!“

Nach einer Stunde boten sie dem Mädchen an, einen Dortmunder Rechtsanwalt hinzuzuziehen. Doch Katharina Wiemann blitzte die beiden Soko-Leute und die Bochumer Kommissarin nur spöttisch an: „Ich lasse mir doch nicht irgendeinen Winkeladvokaten andrehen, der mit Ihnen unter einer Decke steckt!“

„Wen willst du denn?“

„Maurer & Co!“

Die Kommissarin zuckte zusammen. Die Anwaltsgemeinschaft Maurer hatte mehr als einen Bochumer Richter, Staatsanwalt oder Polizisten dazu veranlaßt, sich mit Magengeschwüren ins Krankenhaus zu legen. Wie alle anderen Rechtsanwälte lebte auch das Büro Maurer von Scheidungen, Nachbarschaftsstreit und Mietsachen. Aber spezialisiert waren die Compagnons auf Berufsverbote, Demonstrationsstrafsachen und Staatsschutzdelikte. Wenn man die anrief, wäre der peinliche Vorfall aus dem Uni-Center eine Stunde später bei Presse und Rundfunk.

Nach einer kurzen Beratung erklärte man dem Mädchen, das Büro Maurer & Co. könne für Dortmund gar nicht zuständig sein.

Doch die Kleine grinste: „Schwindel. Nach der Stafprozeßordnung kann ich mir gegenüber der Polizei jeden Anwalt nehmen. Hören Sie doch auf, mich zu verarschen!"

Die Beamten sahen sich an – und machten weiter. Mit dem einzigen Erfolg, daß das Mädchen den Satz „Ohne Anwalt sage ich kein Wort" nur noch in Gedanken wiederholte, unablässig, nach jeder Frage.

Lohkamp kam herein und zog Pusch auf den Flur: „Kamen hat angerufen . . ."

„Und?"

Lohkamp schüttelte den Kopf: „Nichts. Nie gesehen."

„Scheiße!"

Der Kriminalrat marschierte ins Vernehmungszimmer und drehte den Biologiestudenten samt seinem Stuhl so weit herum, daß er ihm von oben aus kürzester Entfernung genau in die Augen sehen konnte.

„Hör mal zu, mein Junge! Damit das klar ist: Wir suchen ein paar Mörder, die gestern morgen in Lichtenbusch zwei Polizisten erschossen haben. Ihr steht unter Verdacht! Wenn du mir nicht bald erzählst, wozu ihr den ganzen Scheiß in eurem Keller gesammelt habt, dann prügel' ich notfalls die Antwort aus dir heraus!"

Einige Sekunden lang starrte der Student dem Kriminalrat entsetzt in die eisgrauen Augen. Dann öffnete er den Mund – und begann zu lachen.

„Ihr tickt ja nicht mehr richtig! Ich leg' doch keine Leute um . . ."

„Wozu?"

„Also. Wir planen 'ne Aktion. Heute nacht soll's losgehen. Die Tarnkleidung ist dazu da, daß wir ungesehen an den Kontrollen vorbeikommen. Die Walkie-Talkies brauchen wir, um uns mit der Bodenmannschaft zu verständigen . . ."

„Was für eine Aktion? Und wer ist ‚wir'?"

„Ach so. Wir klettern auf den Schornstein eines Kohlekraftwerks, das keine Filter benutzt. Und ‚wir' – das ist Greenpeace. Umweltschützer. Schon mal gehört?"

47

Kriminalrat Pusch hatte bis zu diesem Dienstag nur wenige Situationen erlebt, in denen er sich nicht nur sprachlos, sondern auch wehr- und hilflos fühlte. Eine schnelle Auffassungsgabe, Zielstrebigkeit, Umsicht und Durchsetzungskraft hatten seine Karriere ermöglicht. Und je höher er im Polizeidienst aufgestiegen war, desto selbstsicherer und forscher war er geworden. Abteilungsleiter im BKA zu werden – das war das mindeste, was er noch von sich erwartete.

Der letzte Satz des Biologiestudenten hatte ihn jedoch wie ein Doppelschlag gegen Kinnspitze und Solar plexus getroffen. Er fühlte sich, als habe man ihm die Luftzufuhr abgeschnitten und zugleich den Teppich unter den Füßen fortgezogen. Frei schwebend und atemlos.

Gut eine Viertelminute lang hätte man im Vernehmungszimmer eine Stecknadel fallen hören können. Dann schüttelte Pusch den Kopf, als wolle er einen bösen Traum verscheuchen.

„Können Sie das noch mal wiederholen?“

„Greenpeace. Umweltschützer. Stimmt was nicht?“

Pusch starrte den Studenten noch einige Herzschläge lang an, bevor er ins Nebenzimmer stürmte und die Tür krachend hinter sich ins Schloß warf. Er griff zum Telefon und wählte die Nummer der Wohnung, in der man die beiden jungen Leute festgenommen hatte.

Der Hörer wurde abgenommen, ein undeutliches „Ja“ ertönte.

„Laß den Scheiß, Pusch hier. Wer ist da?“

„Herzog. Ich dachte schon . . .“

„Quatsch. Sag mal, was für Bücher habt ihr im Kinderzimmer gefunden?“

„Kinderzimmer ist gut . . .“

„Erzähl’ schon, du Affe!“

Pusch hörte, wie Herzog am anderen Ende tief durchatmete. Dann räusperte sich der Mann: „Also, enttäuschend.“

„Wieso?“

„Der ist voll auf dem Öko-Trip.“

„Genauer!“

„Serienweise Umweltschutzbücher und -zeitschriften. Dann ein Ordner mit Zeitungsmeldungen über Greenpeace-Aktionen. Auf einigen Fotos scheint die Kleine abgebildet zu sein, die wir ihm aus dem Bett gezogen haben.“

„Waffen, Munition, irgend etwas, das auf Gewalttätigkeit hindeutet?“

„Ehrlich gesagt – nichts.“

„Bleib mal dran . . .“

Pusch riß die Tür zum Nebenzimmer auf: „Schneider, Sie haben gestern einen roten Ford-Transit benutzt. Kennzeichen und jetziger Standort – aber dalli!“

„Der Bus?“

„Wieso Bus? So‘n Ding mit Fenstern auf allen Seiten?“

„Genau! Gibt‘s in drei Varianten. Unserer hat hinten sechs Sitze und noch ein bißchen Ladefläche . . .“

„Kennzeichen?“

Der Student nannte eine Bochumer Buchstaben- und Zahlenkombination.

„Wo?“

„Inspektion. Bei Ford. Bochum, Ecke Harpener und Castroper Straße . . .“

Erneut wechselte Pusch den Standort und gab Herzog die Daten durch.

„Laß die Bochumer Bullen überprüfen, ob das stimmt. Der nächste Streifenwagen soll da vorbeifahren. Ruf sofort zurück.“

Neun Minuten und achtunddreißig Sekunden lang hetzte Pusch wie ein Wolf im Käfig zwischen Fenster und Tür hin und her. Ab und zu schaute er einige Augenblicke lang nach draußen: Auf dem Ruhrschnellweg wälzten sich zwei Blechlawinen am Polizeipräsidium vorbei, ein Stück weiter schimmerte das schwarz-gelbe “U“ einer bekannten Dortmunder Brauerei auf dem Dach der Westfalenhalle, und in der Ferne leuchtete das Grün der Wälder des Ardeygebirges. Pusch sah alles und nahm doch nichts davon wahr.

Als das Telefon klingelte, war er mit einem Satz am Schreibtisch: „Ja?“

„Es stimmt!“ meldete Herzog.

Der Hörer krachte auf die Gabel.

Pusch öffnete die Tür und brüllte auf den Flur hinaus: „Lohkamp!“

Lohkamp kam und schaute seinen Chef perplex an.

„Drehst du durch?“

In drei Sätzen erklärte der Kriminalrat, welche Ergebnisse die letzte Viertelstunde gebracht hatte.

„Was?“ Nun wurde auch Lohkamp bleich. „Grüne? Prost

Mahlzeit! Volltrefer ins falsche Ziel. Wir werden morgen eine tolle Presse haben . . ."

Sie schwiegen.

Dann fragte Pusch: „Und der Maler – nichts Neues?"

Lohkamp schüttelte den Kopf.

„Verhör abgebrochen. Er hat alle Bilderbücher durch. Als unsere Leute dann mit dem Zeichner kamen, der ein Phantombild basteln sollte, hat der Arzt sie 'rausgeworfen. Vier Stunden Ruhe – mindestens."

Ratlos kratzte sich der Kriminalrat am Hinterkopf.

„Hast du 'ne Idee?"

Lohkamp starrte ihn einen Augenblick an.

Er nickte.

„Komm mal mit . . ."

Sie fuhren in die Kantine, füllten sich zwei Kännchen Kaffee ab und nahmen in der hintersten Ecke des Raumes Platz.

„Was für Bilder haben wir dem Maler eigentlich gezeigt?"

Pusch blickte überrascht auf.

„Terroristen, Sympathisanten, autonome Gruppen, militante Umweltschützer, Fotos von Grohnde, Brockdorf, Startbahn West. Ein paar hundert oder tausend – ich weiß nicht. Warum fragst du?"

Lohkamp beugte sich vor.

„Ich glaube, daß wir auf dem Holzweg sind. Überleg doch: Die Großfahndung heute morgen – ein Schlag ins Leere. Dann die Sache mit den Grünen. Zwei solche Pleiten nacheinander – das kann kein Zufall sein."

„Und was glaubst du?"

„Denk an die Klamotten, die der tote Knabe in dem BMW anhatte. Wir sollten endlich zweigleisig ermitteln . . ."

Nachdenklich starrte Pusch aus dem Fenster. Alles sträubte sich in ihm, Lohkamps Gedanken zu folgen.

„Wo willst du denn suchen? Bei den Neonazis?"

Lohkamp nickte.

„Meine Güte", widersprach Pusch, „die haben wir doch voll im Griff. Ein paar Wehrsportnarren – ja. Aber solch eine Schießerei? Die Entführung?"

„Ja. Denk doch an München, Oktoberfest. Zwölf Tote. Wenn es den Bombenleger nicht selbst erwischt hätte, glaubten wir heute immer noch, das wäre die RAF gewesen . . ."

Der Kriminalrat schwieg.

„Und dann die Anschläge in Frankfurt, gegen die US-Kasernen", setzte Lohkamp nach. „Da haben wir auch zuerst an die RAF gedacht. Und wer war's . . .?"

Pusch brauchte noch gut fünf Minuten, bis er endlich nickte.

„Also gut. Das wird unsere Häuptlinge aber nicht erfreuen. Denk mal an das Interview, das der Minister gestern gegeben hat."

„Seine Sache", sagte Lohkamp. „Ich bin kein Politiker, ich bin Polizist."

48

Die Uhr ging auf die Fünf zu, als die „Schwalbe" auf das Südufer zuhielt. Zwanzig oder dreißig Meter vom Steg entfernt wurde der bollernde Dieselmotor gedrosselt. Die Geschwindigkeit des Schiffes verringerte sich, während der Sohn des Eigners mit einem Tau in der Hand am Bug Aufstellung nahm. Unmittelbar vor dem schwimmenden Landesteg dröhnte der Motor erneut auf, diesmal im Rückwärtsgang. Der Junge sprang auf die Planken, schlang das Metall um einen auf dem Ponton befestigten Poller, das Heck des Schiffes drehte in die Gegenrichtung weiter, trieb auf die Fußgängerbrücke zu, schlammigen, lehmigen Grund aufwirbelnd.

Polternd legte das Schiff mit der Backbordseite an. Kreischend und schnatternd trampelten 40 Mädchen und Jungen auf das nahe Ufer zu. Jedes Schwanken der Bretter unter ihren Füßen wurde, teils ängstlich, teils begeistert, von Quietschen und Schreien begleitet.

Die Lehrer gingen als letzte von Bord – niemand gerät gerne unter die Hufe einer Büffelherde. Sie winkten noch einmal zu dem Bootseigentümer hinüber, der zugleich Kapitän, Steuermann und Fremdenführer war. Ein Saisongeschäft wie dieses ernährt nicht viele Menschen.

Ohne besonderes Kommando blieben fast alle am Ufer stehen und beobachteten, wie die „Schwalbe" wieder ablegte. Zuerst schwenkte das Heck auf den See hinaus, dann wurde die Bugvertäuung gelöst. Der Diesel tuckerte mit voller Kraft los, eine Drehung des Ruders trieb das Heck für einige Augenblicke wieder etwas näher an das Ufer heran, löste aber den Bug des Schiffes von der Anlegestelle. Mit voller Kraft voraus zog die

„Schwalbe“ davon, eine sprudelnde Kielwasserspur hinter sich herziehend. Wehmütig sahen die Kinder dem Schiff hinterher.

Einige der Jungen begannen, am Ufer flache Steine aufzulesen. Mehr oder weniger geschickt schleuderten sie die Geschosse über die Wasseroberfläche auf den See hinaus, die kurzen Aufsetzer begeistert mitzählend. Als einer der Steine erst nach dem neunten Hopser versank, wurde der Rekord mit Beifall gefeiert.

„Kommt jetzt!“ rief einer der Lehrer und wandte sich dem Uferweg zu. „Wir verpassen sonst das Abend . . .“

Ob es sich um das Gebet oder die Schmalzstullen handelte, konnte man nicht mehr hören. Mit offenem Mund blieb der Mann stehen und blickte verstört auf das Wasser hinaus. Zehn Meter vom Ufer entfernt, wo die Bootsschraube Schlamm und Lehm aufgewirbelt hatte, trieb etwas im Wasser. Als er zum zweitenmal hinsah, erkannte er, was es war.

Der Körper eines Menschen.

“Platz da, Leute, laßt mich durch! Zurücktreten!“

Ein breitschultriger, hochgewachsener Mann drängte sich durch die Menge der Schaulustigen, die sich innerhalb der letzten Stunde am Seeufer eingefunden hatten.

Der schwarzhaarige Kleiderschrank, der sich zum Ufer durchkämpfte, war Oberkommissar Adler von der Soester Kripo. In seinem Kielwasser bewegte sich sein Chef, um einen Kopf kleiner und fast zwanzig Jahre älter. Dem Hauptkommissar auf den Füßen folgte die Jüngste des Teams, die neunundzwanzigjährige Kriminalkommissarin Helga Schunder.

Einer der Lehrer war bis fast zum Bauch ins Wasser gewatet und hatte den treibenden Körper vorsichtig an Land gezogen. Es handelte sich um einen Jugendlichen von etwa 16 Jahren, männlich, schwarzhaarig, offensichtlich Ausländer, vermutlich Türke. Bekleidet war die Leiche mit einem roten Wollpullover, abgewetzten Jeans und weißen Adidas-Turnschuhen. Unter dem runden Kragen des Pullovers ragte der Zipfel eines gestreiften Schlafanzugkragens hervor.

Neben dem Leichnam stand ein an die sechzig Jahre alter Mann mit Goldrandbrille und blickte den Polizisten entgegen. In den Händen hielt er eine erkaltete Tabakspfeife, neben sich, auf ein paar trockenen Steinen, stand ein braunes Arztköfferchen.

„’N Abend, Doktor. Schnell wie die Feuerwehr . . .“

Der Arzt machte eine unbestimmte Handbewegung: „Ich

wohne ja in Delecke. Wenn hier was anliegt, habe ich immer Pech. Naja, was soll's . . ."

Alle sahen auf den Leichnam hinab. Körper und Kleidung waren naß und mit Schlammresten bedeckt. Die schwarzen Haare klebten am Schädel, zwischen ihnen waren Spuren im See verrotteter Pflanzen zu erkennen.

„Und?"

„Sieht noch gut aus", meinte der Arzt. „Ein, zwei Tage vielleicht, wenn's hochkommt, dann drei. Glaube ich aber nicht."

„Todesursache?"

„Kann ich nicht sagen. Ich muß erst die Lunge untersuchen, ob er Wasser eingeatmet hat. Sieht aber nach Ertrinken aus. Sonstige Verletzungen nur eine: Schädelprellung hinten links, direkt unter dem Haaransatz."

„Schlag?"

Der Arzt hob einen Unterarm und drehte, Zweifel anmeldend, die geöffnete Handfläche mehrfach hin und her.

„Ungewiß. Vielleicht ist er auch nur über das Brückengeländer da drüben balanciert und dabei abgestürzt. Kopf gegen das Eisen oder die Betonkante, bewußtlos, Sense. Aber das herauszufinden, ist wohl Ihr Job."

„Moment mal, Leute!"

Die Kriminalkommissarin deutete plötzlich aufgeregt auf den Toten. Dann ließ sie ihre Umhängetasche fallen, lief zum See und schöpfte mit beiden Händen Wasser. Sie kehrte zurück und ließ es über ein Handgelenk des Toten laufen.

„Spinnst du?" Ostholt versuchte, die Frau zurückzuhalten. Den Zustand einer Leiche verändern – wo gab's denn so etwas?

Doch sie war schon fort, holte zum zweitenmal Wasser und ließ es unbeirrt auf die Hand des Türken rinnen, um den Schlamm, mit dem sie bedeckt war, abzuspülen.

„Mensch, Mädchen . . ."

Als auch die zweite Hand des Toten halbwegs gesäubert war, sahen es alle: blutige Schrammen, zerkratzte Fingerkuppen, zwei abgebrochene Nägel, tiefe Schmutzränder unter den übrigen.

Als erster brach der Arzt das Schweigen. Mit der Fußspitze auf die verletzte Hand weisend, meinte er nüchtern: „Damit können wir meine Theorie von der Zirkusvorstellung begraben. Wenn das ein Unfall oder Selbstmord war, grille ich mir zum Abendbrot mein Skalpell . . ."

Ratlos starrte wieder alles auf die Leiche.

„Chef!"

Adler sprang aus dem beigefarbenen Passat, in dem sie gekommen waren.

„Ich glaube, wir haben ihn. Der Polizeiposten Körbecke hat soeben eine Vermißtenmeldung eingereicht. Türke, sechzehn Jahre, Jeans, roter Pullover. Das müßte er sein . . ."

Wie sie die fünf-, sechshundert Meter zur Anlegestelle geschafft hatte, hätte Stephanie später niemandem erzählen können. Sie rannte die Straße entlang, die ihr endlos erschien, den Blick nach vorn gerichtet, ohne etwas zu sehen. Der Rhythmus ihrer Schritte dröhnte in ihrem Kopf. Es darf nicht wahr sein, dachte sie, es darf nicht wahr sein.

Doch dann erkannte sie die Schaulustigen am Straßenrand, sah die grün-weißen und graugestrichenen Fahrzeuge, die Kette von Polizisten auf dem Uferweg und die kleine Gruppe Menschen unterhalb der Straße auf dem schmalen Streifen Land zwischen der befestigten Böschung und dem Rand des Sees. Im Halbkreis standen sie um etwas herum, das man von oben nicht erkennen konnte.

„Halt, Mädchen, hiergeblieben!"

Ein Polizist griff nach ihrem Arm, ließ aber mit einem Aufschrei sofort wieder los: Auf seiner Wange rötete sich eine scharfe Kratzspur, die Stephanies Fingernägel dort hinterlassen hatten.

Ehe jemand sie aufhalten konnte, war sie die steinernen Stufen hinuntergeflogen und drängte sich durch die dort stehenden Menschen hindurch.

„Stephanie, nicht!"

Auch Veyen versuchte noch einmal, nach ihrem Arm zu greifen. Doch es war gar nicht sicher, ob Steffie das überhaupt bemerkte. Außer Atem, naßgeschwitzt und fassungslos stand sie vor dem Körper, der auf dem Boden lag.

Es stimmte.

49

Gegen Abend fühlte sich Gustav Scheubner wieder etwas frischer. Er lag noch immer im evangelischen Krankenhaus von Kamen, und noch immer saßen auf dem Flur vor seinem Einzelzimmer zwei Kriminalbeamte, die auf eine Fortsetzung der Vernehmung warteten.

Scheubner drückte auf den Klingelknopf, der sich unmittelbar neben seinem Kopfende befand.

Ein paar Minuten vergingen, dann wurde die Tür geöffnet. Eine ältere Krankenschwester kam herein.

„Na, wie geht's uns denn?“ fragte sie.

Der Maler richtete sich ein wenig auf, so daß die Schwester ihm ein dickes Kopfkissen unter den Rücken schieben konnte.

„Gut“, meinte Scheubner, „aber ich habe einen Bärenhunger!“

Sie nickte: „Eine Viertelstunde.“

Als sie das Zimmer verließ, standen die beiden Kripo-Männer genau vor der Tür. Sie hatten ihr Schachspiel mitten im Finish stehen lassen.

„Wie ist das, Schwester? Können wir?“

Sie wehrte ab: „Kommt nicht in Frage. Erst bekommt er Abendbrot, dann hole ich den Doktor. Und unterstehen Sie sich, ohne Erlaubnis reinzugehen!“

Fast eine Stunde mußten die Beamten warten, ehe der Maler gespeist, gewaschen und noch einmal untersucht worden war. Endlich betrat der Arzt wieder den Flur und schaute zu den beiden hinüber.

„Eine Stunde!“ sagte er. „Aber keine Minute länger!“

Augenblicklich ergriffen die Kriminalpolizisten die mitgebrachten „Bilderbücher“ und verschwanden im Krankenzimmer.

Die „Bilderbücher“ bestanden aus dicken Leitz-Ordnern. Wenn man sie aufschlug, erblickte man einen Stapel gelochten Kartonpapiers. Auf jedem Bogen hatte man ein oder mehrere Fotos unterschiedlicher Qualität befestigt.

Die Namen der Abgelichteten konnte Scheubner nicht erkennen. Unter den Bildern stand lediglich ein Code, der aus mehreren Buchstaben und Ziffern bestand. Die dazugehörigen Klartextangaben hatte man auf die Rückseiten der Kartonbögen geschrieben.

Der Maler gewann den Eindruck, daß er nun einen ganz anderen Personenkreis als am Vormittag zu Gesicht bekam. Am Morgen hatte er viele Langhaarige auf den Fotos gesehen, häufig auch bärtige Gestalten und auffallend viele Frauen und Mädchen. Jetzt aber blickte er fast ausschließlich in Männergesichter. Die meisten von ihnen waren bartlos, die Frisuren deutlich kürzer gehalten. Die Blicke, die Gesichtsausdrücke ließen häufig eine entfernte Ähnlichkeit mit den beiden Männern erkennen, die Scheubner am Montag gesehen hatte. Seine Aufgabe wurde dadurch nicht leichter.

Wieder einmal hielt Scheubner die Hand des Beamten fest, der die Karteikarten umblätterte. Aufmerksam musterte er die Fotos auf dem Bogen. Die Kripo-Männer hielten den Atem an.

Doch dann schüttelte Scheubner entschieden den Kopf.

„Der nicht. Er sieht dem Typen ähnlich, der den Transit gefahren hat. Nee, das ist er nicht. Meiner hatte eine kleine Narbe unter dem Auge . . ."

Die beiden Polizisten atmeten wieder aus, die nächsten Fotos wurden umgeblättert.

Fünf Minuten später jedoch hätte Scheubner beinahe aufgeschrien: Vor sich sah er ein breites, fast kantiges Gesicht mit einer kurzen, aber kräftigen Nase. Die Kinnpartie wirkte auffällig hoch, der Unterkiefer war trotzig nach vorn geschoben. Der Mann hatte tiefliegende, überraschend kleine Augen, die kalt und herrisch an der Kamera vorbeiblickten. Die fast schwarzen, zurückgekämmten Haare ließen die Stirn höher erscheinen.

„Der da!" sagte Scheubner.

„Was ist mit dem?" fragte einer der Beamten.

„Das war der Mann, der mit mir im Laderaum lag . . ."

„Aber da war es dunkel!" wandte ein Kripo-Mann ein.

„Trotzdem!" Scheubner ließ sich nicht beirren. „Ich habe Zeit genug gehabt, mir den Burschen genau anzusehen. Hier, links, das sieht fast wie eine Geheimratsecke aus. Und diese schmalen, hellen Augenbrauen – der war's, das könnte ich beschwören!"

„Meine Fresse!" bemerkte nur einer der Beamten, „sämtliche Spontis, Anarchos und Marxis werden Sie abknutschen!"

Verständnislos irrlichterte Scheubners Blick zwischen den beiden hin und her. „Ist was?"

„Und ob!"

Langsam drehten Daumen und Zeigefinger die Karteikarte um, so daß die auf der Rückseite eingetragenen Angaben sichtbar wurden:

Name: Kern
Vorname: Manfred
geb.: 1. 10. 1955, Hamburg
letzt. Wohnort: Ernst-Merck-Str. 21 b
2000 Hamburg

Funktionen:	Kampffront deutscher Sozialisten (Fhr.)
	Nationale Arbeiterpartei (Vors.)
	Jugend für Deutschland e.V. (Präs.)
	Sportbund Germania e.V. (Vors.)
	Deutscher Patriotischer Rat (Mitgl. d. Präs.)
Fahndung:	Haftbefehl GenBundAnw. 30. 8. 83
	wg. Verst. gg. §§ 86, 86 a, 131 StGB,
	Haftbefehl StAnw Frankf./M 12. 01. 83
	wg. Verst. gg. §§ 125, 129 a, 130, 244 u. a.

„Und was heißt das alles?" fragte Scheubner.

Die Beamten überlegten.

„Die ersten Paragraphen betreffen verfassungsfeindliche Propaganda und so was", meinte einer schließlich. „Und der Rest? Das müßte Landfriedensbruch, Raub, Bandenbildung sein."

„Aber genau wißt ihr das auch nicht?"

Die beiden schwiegen betreten.

„Ich weiß nicht", schüttelte Scheubner den Kopf, „wenn mein Lehrling in unserem Beruf nicht mehr lernt als ihr in eurem – dann fallen uns die Tapeten von den Wänden."

50

„Ihren Namen, bitte!"

„Krause, Renate. Geboren am 10. Juni 1959 in Herne . . ."

„Nicht nötig. Die genauen Daten tragen Sie bitte anschließend draußen in die Liste ein. – Sie sind Referendarin?"

„Ja."

„Dann kennen Sie die Klasse vermutlich nicht so gut wie der Herr Veyen?"

Der kennt die Schüler doch auch nicht, dachte Renate. Doch sie nickte: „Ja. Ich habe insgesamt nur neun oder zehn Wochen in der 10 b unterrichtet."

„Erzählen Sie mal!"

„Was soll ich Ihnen erzählen?"

„Alles, was mit dieser Fahrt zusammenhängt. Vor allem interessiert mich natürlich der gestrige Abend . . ."

Er hörte zu, ohne Renate zu unterbrechen.

„Ein reges Nachtleben haben Sie hier", meinte er schließlich.

„Wieso?"

„Naja – Bruno bei dieser Manuela, Ylmaz bei Stephanie."

Renate winkte ab: „Harmlos. Die wollen ein bißchen zusammensitzen, Musik hören, Händchen halten. Mehr läuft da sowieso nicht."

„Wie oft haben Sie denn kontrolliert?"

„Nach zehn? Alle zehn Minuten. Eine Kollegin aus Bergkamen und ich haben uns abgewechselt."

„Und Ihr Kollege?"

„Der hat auf den Jungenzimmern nachgesehen."

„Hat er das wirklich?"

Renate zögerte.

„Hören Sie", brauste der Dicke auf. „Es geht hier um Mord, soviel ich weiß. Und Sie und Ihr werter Herr Kollege stecken dick mit drin. Verletzung der Aufsichtspflicht und so etwas. Für falsche Rücksichten gibt es keinen Platz mehr!"

Meine Güte – ja. Es würde einen riesigen Wirbel geben. An der Schule, im Ausbildungsseminar, in der Stadt.

„Ich weiß es wirklich nicht", antwortete sie. „Er hat sich kurz nach zehn mit einer Flasche Wein in den Tagesraum 8 verzogen und vermutlich Talsperre gespielt. Langsam vollaufen lassen."

"Gab's dafür einen Grund?"

Renate seufzte. Dieser Mensch stellte Fragen!

„Weiß ich nicht. Ihm ist das ganze Haus wohl ein paar Stufen zu primitiv. Und ich hatte den Eindruck, daß er sich den Abend anders vorgestellt hatte: große Sause mit schönen Frauen. Er ist einer von diesen Ehepapis, die jahrelang darauf warten, endlich von der Leine gelassen zu werden. Und in der Hinsicht muß diese Fahrt für ihn von Anfang an enttäuschend gewesen sein."

Der Dicke lehnte sich mit beiden Unterarmen auf die Tischplatte und musterte die junge Frau.

„Sie mögen Herrn Veyen nicht?"

„Nein", antwortete Renate, „aber was hat das mit Ylmaz zu tun?"

„Nichts. Aber ich weiß immer gerne, wie die einzelnen Zeugen zueinander stehen."

„Kann ich gehen?"

„Ja. Und bitten Sie doch Herrn Holz zu mir."

51

Holz brütete vor einem aufgeschlagenen Aktenordner gedankenverloren vor sich hin. Die Finger seiner rechten Hand umspannten ein Wasserglas, das zu einem Drittel mit einer braunen Flüssigkeit gefüllt war, und drehte es nervös hin und her. Als er die junge Frau bemerkte, zuckte er zusammen und versuchte, den Cognac hinter den Aktendeckel zu schieben. Doch an ihrem flüchtigen Grinsen konnte man erkennen, daß es für diese Tarnmaßnahme schon zu spät war.

„Sie sollen in Tagesraum 3 kommen!" informierte ihn die Referendarin.

Holz nickte. Er schielte noch einmal auf das Cognacglas, setzte es aber hart auf die Schreibtischplatte, ohne noch einmal zu trinken. Als er sein Büro verließ, drehte er den Sicherheitsschlüssel zweimal herum und rüttelte anschließend prüfend am Türknauf.

„Setzen Sie sich!"

Ostholt deutete auf einen Stuhl vor dem breiten Eßtisch, hinter dem er sich verschanzt hatte.

Holz nahm Platz.

Seinem Gesicht war anzumerken, daß er es als höchst unpassend fand, in dem von ihm verwalteten Hause den Anordnungen Fremder folgen zu müssen.

Der Hauptkommissar musterte ihn einige Augenblicke, als versuche er, an der Stirn des Herbergsvaters abzulesen, an welcher Stelle er verwundbar war.

„Welche Tür war gestern abend nicht abgeschlossen?" fragte er ohne weitere Einleitung.

Betroffen blickte der Hagere auf. Seine Brillengläser funkelten.

„Ich . . . Äh . . . Die Türen sind immer abgeschlossen. Alle!"

„Gestern abend gegen elf nicht, Herr Holz. Schlösser, Türen und Fenster waren unbeschädigt, aber der Junge war weg. Also muß eine Tür unverschlossen gewesen sein!"

„Vielleicht ist dieser Türke schon vorher weggegangen."

„Es gibt Zeugen, daß er nach zehn noch im Hause gewesen ist."

„Wen?" fragte der Herbergsvater zurück. Und fügte, merklich sicherer geworden, hinzu: „Doch nur diesen Italiener, soweit ich das mitbekommen habe . . ."

„Zwei Aussagen, die sich widersprechen. Eine muß falsch sein."

Jetzt zeichnete sich auf dem Gesicht des Hageren deutlich Empörung ab.

„Und das soll meine sein? Hören Sie, ich bin seit über 25 Jahren in diesem Geschäft. Und es hat in keinem der Häuser, die ich geleitet habe, jemals so etwas gegeben. Aber dann kommt solch ein Schnösel – und schon muß ich mich plötzlich verteidigen?"

„Aber wieso denn?" Ostholt hob beschwichtigend beide Hände. „Niemand klagt Sie an . . ."

Sichtlich erleichtert erhob sich der Herbergsvater und schob den Stuhl wieder ordentlich bis an die Tischkante. Dann drehte er sich herum und steuerte die Tür an. Als seine Hand schon auf der Klinke ruhte, hörte er erneut die Stimme des Kriminalbeamten.

„Ach, Herr Holz. Beinahe hätte ich etwas vergessen. Wie lange sind Sie eigentlich schon hier?"

„Ich? Warten Sie, sechs, sieben Jahre. Ja, seit siebenundsiebzig."

„Dann kennen Sie sich doch gut in der Gegend aus", schlußfolgerte der Dicke. „Wem gehört eigentlich die Landzunge mit den beiden Bootshäusern? Die gegenüber dem Südufer?"

„Am Südufer?"

Wieder flackerte etwas einen Moment lang in Holz' Augen auf.

„Ein Soester Gymnasium hat das Grundstück gemietet. Zumindest halten sich da im Sommer oft viele Jugendliche auf."

„Und um diese Jahreszeit?"

Der Herbergsvater hob die Schultern:

„Soweit ich weiß, ist da seit Monaten niemand gewesen. Das Wetter ist zum Rudern einfach zu kalt . . ."

„Danke . . ."

Kaum hatte Holz die Tür hinter sich ins Schloß gezogen, wurde sie wieder aufgerissen. Adler platze herein, einen Zettel in der Hand. Seine Stirn war leicht gerötet.

„Wo brennt's denn?"

„Ich habe da eben solch einen Vogel in Schalke-Uniform sitzen. Der behauptete, gestern habe es zwischen Bruno und Ylmaz ein kleines Eifersuchtsdrama gegeben . . ."

„Stephanie?"

„Genau. Der Itaka muß spitz wie Nachbars Lumpi gewesen sein, konnte aber nicht landen, weil der Türke schneller war . . ."

Der Dicke lehnte sich zurück und dachte nach, während er eine Blechschachtel öffnete und einen langen, hellen Zigarillo herausnahm. Er zündete den Lungentorpedo an, paffte ein paarmal vor sich hin und schüttelte schließlich den Kopf.

„Wieso war Bruno dann abends wieder auf Freiersfüßen?"

„Was weiß ich! Trotzreaktion vielleicht. Um die Angebetete eifersüchtig zu machen . . ."

Der Hauptkommissar verzog unzufrieden das Gesicht.

„Psychologie für Hilfsschüler. Außerdem: Um zehn Uhr wurde das Haus doch abgeschlossen. Zwanzig Minuten eher hat die Krause den Ylmaz noch bei den Mädchen gesehen. Und in dieser kurzen Zeit soll Bruno den Ylmaz zum See gelockt, ihn dort ersäuft haben und zurückgekommen sein? Glaube ich nicht."

„Aber Bruno ist der einzige Zeuge dafür, daß Ylmaz um elf noch hier gewesen sein soll . . ."

„Verrenn' dich nicht!" widersprach der Dicke. „Die Zeiten stimmen nicht. Es sei denn, Bruno und dieser Holz schwindeln. Aber gleich zwei auf einmal?"

Noch immer war der Breitschultrige nicht überzeugt: „Willi! Überleg dir das doch mal! Da oben sitzt eine knackige Biene, lange Haare, dunkelblond. Auf so etwas stehen diese Südländer doch. Und dieser Türke ist schon an allen Kontrollen vorbei im ersten Stock. Weshalb soll er da noch einmal umgekehrt sein? Welchen Grund gibt es dafür?"

„Einen wichtigen. Aber den müssen wir erst herausfinden . . ."

52

Müde und zerschlagen kehrte Pachmann nach Hause zurück.

Seine mit Gebrauchtmöbeln sparsam eingerichtete Zweizimmerwohnung lag im Nordwesten Dortmunds, nahe dem weitläufigen Hafengelände. Vor Jahrzehnten schien dies einmal eine begehrte Wohngegend gewesen zu sein: Viele der langen Straßen wurden von Baumreihen gesäumt oder besaßen Mittelstreifen, in den weiten Hinterhöfen konnten Kinder spielen oder Wäschestücke zum Trocknen aufgehängt werden, und an zahlreichen Stellen hatten die Stadtplaner Platz für Rasenflächen, Büsche und Bäume gelassen.

Pachmanns Wohnung lag in einer stilleren, vom Straßenverkehr weniger beeinträchtigten Nebenstraße, im ersten Stock eines fast sechzig Jahre alten Mietshauses. Ein winziger, fast quadratischer Korridor, in dem gerade Platz für einen Spiegel und drei Kleiderhaken blieb, lag zwischen dem Treppenhaus und der Wohnküche. Von hier aus ging nur noch eine einzige Tür ab: in die geräumige, zur Straße gelegene Schlafkammer.

Die Luft in dem engen Vorraum und wirkte trocken abgestanden. Seit Monaten hatte niemand mehr die Wohnung betreten.

Der Narbige hängte seine Lederjacke an den Haken neben dem Spiegel und knipste die kurze Leuchtstoffröhre an, die über dem gerahmten Glas hing. Behutsam tasteten seine Hände am oberen Rand der Küchentür entlang. An jener Seite der hölzernen Zarge, an der auch die drei klotzigen Angeln befestigt waren, hatte Pachmann vor seinem Weggang ein kleines, kaum einen Zentimeter langes Stückchen Streichholz eingeklemmt. Falls jemand die Tür geöffnet hätte, wäre das Hölzchen heruntergefallen. Und selbst dann, wenn der Betreffende das bemerkt haben sollte, wäre es ihm schwergefallen, die richtige Stelle wiederzufinden.

Seine Fingerkuppen strichen über eine trockene, stumpfe Holzspitze. Die Sicherung war noch da und befand sich am alten Platz. Offenbar hatte sich niemand für die Wohnung interessiert.

Pachmann legte seine seit zwei Tagen nicht mehr gewechselten Kleidungsstücke ab und wusch sich in der Küche sorgfältig am ganzen Körper. Dann zog er ein sauberes Hemd über und eine schwarze Cordhose. Im Coop-Laden in der Uhlandstraße kaufte er Brot, Wurst, etwas Margarine und ein paar Tüten Milch.

Nach dem Abendbrot legte sich Pachmann aufs Bett, ohne erst in der Küche aufzuräumen. Die letzten 36 Stunden hatten ihn mehr mitgenommen, als er es erwartet hatte. Fast die gesamte Zeit hatte er in irgendwelchen Autos gesessen und sie meist noch selbst gefahren. Nur auf dem Rückweg von Bayern ins Ruhrgebiet hatte er sich für drei Stunden auf die Krankentrage nach hinten gelegt und ein wenig gedöst. An Schlaf war nicht zu denken gewesen.

Jetzt hingegen fiel die Anspannung von ihm ab. Nur an Grau durfte er nicht denken – dann kam ihm wieder die Galle hoch.

Erneut sah er dessen flatternden Blick vor sich, als er gegen

Mitternacht ins Bootshaus zurückgekehrt war, um den Chef abzuholen. Der Blonde hatte den Türken in den Innenraum geschleift und dort an einen Tisch gefesselt. Nicht mal die Augen hatte er ihm verbunden.

Die Lösung war klar und einfach, jedoch eklig gewesen. Sie hatten dem Gefangenen einen Knebel in den Mund gesteckt und vor die Hütte geschleift. Bis zum Bauch hatten sie im kalten Wasser gestanden, jeder ein Bein des Türken umklammert. Es hatte lange gedauert, bis der Körper sich nicht mehr aufbäumte und keine Blasen mehr aus dem See aufstiegen. Dann hatten sie den verklebten Knebel aus dem Mund entfernt und den Leichnam in den See hinaustreiben lassen. Und Grau hatte wieder gekotzt wie ein Reiher . . .

Pachmann hatte höchstens eine halbe Stunde geschlafen, als das Telefon anschlug. Wie ein Pfeil bohrte sich das Schrillen des Apparats immer wieder in sein Gehör. Fünf–, sechs–, achtmal. Beim zehnten Klingeln nahm er den Hörer ab.

„Rudi?“

Holz! Der hatte ihm gerade noch gefehlt!

„Hör mal, hier ist die Hölle los. Sie haben ihn. Ihr müßt das Grundstück säubern. Heute nacht ist dazu vielleicht noch Zeit. Spätestens morgen früh krempeln sie da alles um . . .“

„Falsch verbunden!“ knurrte Pachmann und drückte die Gabel hinunter.

Auch das noch!

Dann wählte er eine andere Dortmunder Nummer an. Auch hier dauerte es eine Zeitlang, bis jemand sich meldete.

„Hör zu, pennen ist nicht. Besorge einen Lieferwagen, am besten einen VW-Bus, und zwei Mann. Es gibt wohl noch Arbeit.“

53

Steins Vernehmung dauerte knapp acht Minuten.

Eingangs wiederholte er dem Hauptkommissar, was er mittags bereits der Referendarin über die Türenkontrolle erzählt hatte. Seine Schlußfolgerung: Wenn nach zehn noch einmal eine Tür geöffnet worden war, dann habe das nur Holz machen können. Aber dafür gäbe es keinen vernünftigen Grund.

„Wieso nicht?“ hakte Ostholt nach.

„Er hat doch einen direkten Zugang zu seiner Dienstwohnung. Durch den Anbau. Warum sollte er noch mal nach draußen gehen?"

„Luft schnappen!" vermutete der Hauptkommissar.

Doch der lockige Zivildienstleistende widersprach: „Kaum. Der geht doch immer zwischen acht und zehn los. Zwischen Abendbrot und Nachtruhe haben wir doch wirklich nicht viel zu tun."

Nachdenklich starrte der Dicke auf seine Notizzettel.

Plötzlich hob er den Blick und fragte: „Wem gehören eigentlich die beiden Bootshäuser auf der Landzunge? Gegenüber dem Südufer?"

„Die?" Stein überlegte. „Früher soll da mal eine Schule gerudert haben. Das Schild hängt noch. Aber im letzten Herbst haben die das Gelände wohl verkauft: Finanznot."

Ostholt starrte ihn verblüfft an.

„Und jetzt?"

Der „Zivi" zuckte gleichgültig mit den Schultern.

„Keine Ahnung. Ich selbst habe da nur zwei– oder dreimal jemanden gesehen. Irgendein Jugendclub. Wundert mich, wo die das viele Geld aufgetrieben haben."

„Was sind das für Leute?"

„Wirklich, keine Ahnung. Irgendwelche Motorradtypen in schwarzer Lederkleidung. Fast nur Männer. Aber da müssen Sie Holz fragen. Der kontrolliert da unten ab und zu die Vorhängeschlösser."

Der Dicke schaute den schmalen Burschen sprachlos an. Dann notierte er sich etwas auf einem Bogen Papier und bat: „Diese Referendarin hat etwas von einem Oliver erzählt. Holen Sie mir den?"

„Darf ich ‚du' sagen?"

„Klar."

„Name?"

„Oliver Klocke."

„Wie alt?"

„Sechzehn."

„Gut. Sag mal – was hat den Ylmaz gestern morgen und gestern mittag am meisten interessiert?"

„Stephanie. Was sonst?"

„Überleg mal ein bißchen."

Der lange Oliver kratzte sich nachdenklich dort, wo ihm irgendwann einmal ein dunkler Bart sprießen sollte. Seit Jahren wartete er darauf, sich mit solch einem Prachtstück verschönern zu können. Zu seinem Leidwesen jedoch hatte es bisher nur zu ein paar Flusen gereicht, die jeder Windhauch mit sich forttragen konnte.

„Also ehrlich, nichts Besonderes!"

„Nichts?"

„Doch. Aber das ist Quatsch . . ."

„Erzähl es trotzdem!"

„Also, gestern morgen kreuzte hier ein Lieferwagen auf. Fuhr am Haupteingang vor. Ein Mann im Malerkittel und mit so'ner weißen Mütze stieg aus und verschwand in der Jugendherberge. Nach ein paar Minuten kam er wieder, und der Wagen haute ab."

„Alles?"

„Nee."

„Erzähl schon!"

Oliver feixte und tippte sich kurz an die Stirn: „Das ist wirklich Spinnerei! Wir sind anschließend auf Kneipensuche gegangen. Erfolglos. Auf dem Rückweg sind wir unten an so einem Grundstück vorbeigekommen. Am See, mit 'nem Jägerzaun drumherum. Gehört irgendeiner Penne mit einem verrückten Namen. Und Ylmaz behauptete plötzlich, der Lieferwagen wäre eben da herausgekommen. Hat sich sogar in den Dreck gekniet und die Reifenspuren untersucht. Total verrückt . . ."

„Wann war das?"

„Warten Sie. Zwischen elf und halb zwölf. Wir waren noch keine Stunde hier, als wir losgezogen sind."

„Und was war das für ein Wagen?"

„Der Wagen? Ein ganz normaler Ford Transit. Rot. Lieferwagen-Version. Ohne Seitenfenster im hinteren Teil. Stattdessen so'n dummer Reklamespruch. Sind zu grau dir Haus und Zimmer – Reußners Farbe hilft dir immer . . ."

„Scheubner."

„Genau. Woher wissen Sie das denn? Hey, was ist mit Ihnen? Brauchen Sie ein Glas Wasser?"

54

Mit geschlossenen Augen lehnte Holz in seinem Fernsehsessel und versuchte, das Unheil zu begreifen, das über ihm hereingebrochen war.

An seinen Handgelenken glänzte eine stählerne Acht, zwei Polizisten bewachten Fenster und Wohnzimmertür, drei Kriminalbeamte bauten vor ihm ein Tonbandgerät auf. Überall im Hause hörte er Türenschlagen, das Quietschen aufgerissener Schubladen, fremde Schritte auf seinen Treppen.

Jetzt mußten sie ganz oben, vor der Tür des Dachbodens sein, den er sich in monatelanger Fleißarbeit ausgebaut hatte. Es hörte sich an, als hantiere jemand am Türschloß herum, dann splitterte Holz. Überraschte Rufe wurden laut. Noch nie hatten Fremde diesen Raum betreten.

Kriminalrat Pusch betrat das weite Zimmer mit den schrägen Wänden als erster. An der Schwelle blieb er überrascht stehen: Die breiten Fenster auf der anderen Seite waren sorgfältig verhängt, damit niemand von dem hinter dem Haus ansteigenden Gelände hereinsehen konnte. Links hing eine große rote Fahne, die in der Mitte durch einen weißen Kreis und ein schwarzes Zeichen verunziert war. Ihr gegenüber war das Porträt eines Mannes befestigt, der am 29. April 1945 Selbstmord verübt hatte, um sich vor der Verantwortung zu drücken für all das Unheil, das seine Politik über die Menschen gebracht hatte. Ein häßlicher, großmäuliger Feigling.

Unter dem Hitler-Porträt lief über die gesamte Wand ein niedriges Regal mit zwei Abstellbrettern. Die untere Reihe war mit Büchern gefüllt, auf dem oberen Brett prunkten verschiedene Gegenstände: Nähertretend erkannte Pusch eine hakenkreuzverunstaltete Fahnenspitze, eine Hitler-Büste aus gegossener Bronze, eine Walther-Pistole P 38, wie sie die Wehrmacht benutzt hatte. Ferner lagerten dort ein blankgewienertes Bajonett, gläserne Schatullen, in denen auf braunem Samt befestigte Nazi-Orden schimmerten, sowie zwei gerahmte Fotos: Das eine zeigte das Gesicht des Hitler-Stellvertreters Rudolf Heß, das andere, mit einem Trauerflor versehen, das Porträt des Juden-Vernichters Eichmann.

Ganz außen waren an beiden Seiten große Lautsprecherboxen angebracht, die genau auf die Ledersessel unter der Nazi-Flagge ausgerichtet waren. Den dazugehörigen Schallplattenspieler fand

Pusch hinter der Tür. Auf dem Teller lag noch eine schwarze 30-Zentimeter-Scheibe. Auf dem Etikett stand: „Reden des Führers 1933–1938.“

„Ein Irrer“, bemerkte jemand. „Sitzt da und geilt sich mit Hitler-Reden auf. Andere nehmen dazu das Faltblatt aus dem Playboy . . .“

Die drei Vernehmungsspezialisten hatten im ganz auf altdeutsch getrimmten Wohnzimmer des Herbergsverwalters ihre Vorbereitungen beendet.

„Herr Holz“, fragte einer, „Sie gestatten, daß wir rauchen?“

Holz nickte.

„Bevor wir beginnen, möchte ich Sie darauf aufmerksam machen, daß wir im Besitz einer richterlichen Durchsuchungsgenehmigung für Ihre Wohnung und alle Ihnen überantworteten Räumlichkeiten sind. Sie haben das Recht, einen Zeugen hinzuzuziehen. Möchten Sie davon Gebrauch machen?“

Holz schüttelte den Kopf.

„Ferner liegt gegen Sie nach Paragraph 114 der Strafprozeßordnung ein richterlicher Haftbefehl vor. Sie werden dringend verdächtigt, den Tod des Schülers Ylmaz Ömür verursacht bzw. daran mitgewirkt oder zumindest davon Kenntnis erlangt zu haben, ohne die Strafverfolgungsbehörden zu informieren. Weiterhin werden Sie der Mitwisserschaft im Falle der Ermordung zweier Grenzbeamter der Bundesrepublik Deutschland beschuldigt, begangen von unbekannten Tätern am Montag, dem 7. Mai 1984. Da Sie möglicherweise die Täter warnen bzw. Beweismittel beseitigen könnten, besteht auch insofern ein Haftgrund.“

Holz schwieg.

„Herr Holz, bevor ich Ihnen nun Fragen stelle, möchte ich Sie gemäß Paragraph 136 der Strafprozeßordnung auf Ihre Rechte hinweisen. Sie haben als Beschuldigter das Zeugnisverweigerungsrecht, brauchen sich also nicht zur Sache zu äußern. Ferner brauchen Sie nicht auszusagen, wenn unsere Fragen enge Verwandte, z. B. Frau, Tochter und Schwiegersohn betreffen. Außerdem haben Sie das Recht, jederzeit einen Anwalt Ihrer Wahl hinzuzuziehen und sich nur in seiner Gegenwart zu äußern. Möchten Sie uns dazu etwas mitteilen?“

Holz nickte.

„Ich mache von meinem Zeugnisverweigerungsrecht Gebrauch. Informieren Sie bitte meinen Anwalt.“

„Und um wen handelt es sich da?“

Holz nannte den Namen einer angesehenen Soester Anwalts-Sozietät.

„Wir werden unser Bestes tun, Herr Holz. Ansonsten müssen Sie bis zum Ende der Durchsuchung noch hier bleiben. Wir werden Sie anschließend dem Haftrichter vorführen. Vielleicht bitten Sie Ihre Frau, die für den persönlichen Bedarf benötigten Gegenstände einzupacken: Wäsche, Hygieneartikel, etc. Lektüre usw. kann ich Ihnen leider nicht gestatten."

Das Tonband wurde wieder ausgeschaltet.

55

Pachmann folgte dem VW-Transporter in beträchtlichem Abstand über die Autobahn. Den eigentlich viel schnelleren Passat beschleunigte er nur so weit, daß er die Rücklichter der anderen nicht aus den Augen verlor oder mit den Heckleuchten anderer Fahrzeuge verwechseln konnte. Erst bei Delecke wollte er sich an die Spitze setzen.

Diesen kleinen Umweg hatte er mit „Tiger" verabredet, um nicht zu nachtschlafener Zeit durch Körbecke fahren zu müssen. Fremde Wagen, so fürchtete er, würden sich um diese Stunde zufälligen Beobachtern in der Dorfmitte viel eher einprägen. Auf der Uferstraße herrschte hingegen, auch lange nach Einbruch der Dunkelheit, ein – wenn auch geringer – Durchgangsverkehr. Und in dieser Nacht wollten sie kein Risiko eingehen.

Auf dem Beifahrersitz lag ein fast neues, leistungsstarkes Sprechfunkgerät. Die lange, breite Antenne hatte Pachmann mit der hochgekurbelten Scheibe des Seitenfensters so eingeklemmt, daß sie nur wenige Zentimeter herausragte. Im Dunkeln konnte sie nur jemand entdecken, der direkt neben dem Wagen stand.

Ohne Zwischenfall erreichten sie die große Kreuzung dicht an der Delecker Brücke. Für einen kurzen Augenblick kroch der Transporter am rechten Fahrbahnrand entlang, so daß Pachmann mühelos davonziehen konnte.

Kurz vor Körbecke stieg die Straße stark an und entfernte sich zugleich ein Stück vom Wasser, den Ausläufer eines Höhenzuges überquerend, der bis fast an den See hinunterreichte. Tagsüber hatte man von hier aus einen weiten Blick über den See und die an seiner Südseite gelegenen Wälder. Unübersehbar waren dann die Fußgängerbrücke und die angrenzenden Liegeplätze und

Bootshäuser – sie befanden sich dann genau in der Mitte des Sichtfeldes.

Pachmann ging die Hügelstrecke mit sechzig, siebzig Stundenkilometern an. Den Blick hielt er stur auf die nicht allzu breite Fahrbahn gerichtet. Für den Unkundigen barg die Strecke mit ihren teilweise verblaßten Markierungen und den unvermutet auftauchenden Biegungen manches Risiko. Als sich plötzlich das Walkie-Talkie meldete, zuckte er zusammen.

„Hier Eins, hier Eins, bitte kommen."

Der Genarbte nahm sofort den Fuß vom Gaspedal und drückte im Dunkeln die Sprechtaste: „Hier zwei, kommen."

„Halt mal an. Oskar hat Bauchweh . . ."

Im Rückspiegel erkannte Pachmann, daß die Scheinwerfer des Transporters erloschen waren. Er fuhr noch gut hundert Meter weiter, wendete an der Esso-Tankstelle und ließ den Passat zurückrollen.

„Was gibt's?"

Die drei anderen standen bereits neben ihrem Wagen und starrten gebannt zum jenseitigen Ufer hinüber. Tiger hielt sogar ein Nachtglas vor den Augen und drehte verbissen an der Justierung. Als er Pachmanns Schritte hörte, setzte er das Glas ab und streckte es dem Langen entgegen.

„Hier! Guck mal!"

Doch der Lange sah auch mit blankem Auge, was geschehen war. Dicht hinter der Lichterkette der Brücke war ein ganzer Abschnitt des Südufers in gleißendes Licht getaucht. Und mitten in dem Weiß der Scheinwerfer blitzte es an mehreren Stellen in regelmäßigen Abständen blau auf.

„Ist klar", krächzte Pachmann und schluckte, um den Kloß im Hals loszuwerden. „Wir haben Besuch!"

Einige Atemzüge lang schaute alles noch einmal hinüber. Aber es gab keinen Zweifel. Das Grundstück wurde mit großem Aufwand durchsucht.

Der Genarbte hatte sich wieder gefaßt. Er berührte Tiger leicht mit dem Ellenbogen und sagte: „Bring die Karre wieder weg. Ist deine Bude sauber?"

„Klar."

„Dann treffen wir uns in 90 Minuten bei dir. Meine Wohnung ist von jetzt an tabu. Otto hat meine Telefonnummer. Und wenn er die ausspuckt, haben die auch meine Adresse."

56

Trotz der späten Stunde fühlte sich Herzog wie ein Fisch im Quellwasser. Solch ein Großeinsatz mit allen technischen Finessen traf genau seinen Geschmack.

Eine ganze Hundertschaft Bereitschaftspolizei hatte er landseitig um das Grundstück mit den beiden Blockhäusern verteilt. Spezialfahrzeuge waren, so dicht es ging, an den Jägerzaun herangerückt und hatten die Lichtmasten mit den Halogen-Scheinwerfern ausgefahren. Ein schallgedämpftes Stromaggregat tuckerte, nach Benzin stinkend, leise vor sich hin.

Das Grundstück selbst sollte erst am Vormittag, bei Tageslicht genauer untersucht werden. Die beiden Blockhäuser jedoch wurden bereits bis zur vorletzten Schraube auseinandergenommen. Damit keine Spuren verwischt wurden, hatte Herzog parallel zur Zufahrt einen Behelfsweg aus flachen Leichtmetallgittern zu den Eingängen legen lassen. Zusammen mit einem Dutzend Tatortspezialisten hatte er dann die Hütten betreten.

Das erste Waffenlager fand man in weniger als zehn Minuten. In einem Nebenraum stieß man auf eine geschlossene hölzerne Liege. Jemand stieß mit dem Fuß dagegen: Es klang hohl. Als man die Schaumstoffmatratze entfernte, entdeckte man das Schloß. Eine Minute später war es geknackt. Der Deckel ging hoch – und vier Maschinenpistolen MPi 2 und zwei nagelneue Heckler & Koch-Modelle kamen zum Vorschein.

Zum Zählen der Munition brauchte man wesentlich länger: Es handelte sich um genau 1940 Schuß.

„Das soll alles sein?“ fragte Herzog.

Die Beamten suchten weiter.

Die Fingerabdruckspezialisten machten reiche Beute. Mindestens neun verschiedene Personen konnten sie nach einer Stunde nachweisen.

Irgendwann kreuzte Lohkamp auf und winkte einen der Experten heran: „Nimm dein Werkzeug und komm mit. Wir brauchen die Prints von diesem Herbergsvater. Und wenn du dieselben Abdrücke hier in der Hütte findest, darfst du mich küssen.“

„Wenn ich ehrlich sein soll“, winkte der Kollege ab, „ich lecke lieber den Auspuff meiner Honda aus . . .“

Auf die Idee, die Hütte zu vermessen, kamen sie erst um drei Uhr morgens. Eine halbe Stunde später öffnete sich die doppelte Wand. Als Herzog die Waffen erblickte, pfiff er erstaunt durch die Zähne: „Meine Fresse, das reicht für einen halben Bürgerkrieg . . ."

Es handelte sich um insgesamt vierzehn Pistolen vom Typ Walther P 39, drei nagelneue Pistolen vom Typ SIG P 210 mit zusammen 244 Schuß Munition sowie einen Smith & Wesson-Revolver 357 Magnum „Higway Patrolman" mit 10 cm langem Lauf.

„Woher haben die nur die Revolver? Einer hier, ein anderer im Transit? Verstehe ich nicht!" meinte einer.

Herzog grinste.

„Frag mal bei unseren amerikanischen Freunden nach. Manche von ihnen verscheuern alles, was sie haben, wenn sie nur genügend Heroin dafür bekommen . . ."

Als Pusch am frühen Morgen wieder in das Wohnzimmer des Herbergsvaters trat, lehnte der noch immer in seinem Lieblingssessel.

„Herr Holz", begann Pusch, „ich darf Ihnen mitteilen, daß wir Ihre Fingerabdrücke an mehreren Stellen der Blockhütte gefunden haben. Wenn Sie es genau wissen wollen: Nicht nur außen an den Schlössern und Riegeln, sondern auch innen am Tisch und an verschiedenen Geräten. Wollen Sie nicht ein Geständnis ablegen?"

Der Hagere starrte den Kriminalrat an. Dann schlug er die gefesselten Hände vor das Gesicht und begann zu heulen.

57

Langsam schaukelte der Bus durch die engen Gassen Blankensteins. Zum Greifen nahe schwebten die Mauern der alten Fachwerk- und Bruchsteinhäuser vor den Fenstern vorüber. Noch eine Minute, dann hatte man die Schule erreicht.

Renate Krause hätte sich am liebsten zwischen den Sitzen verkrochen. Sie fürchtete sich davor, in wenigen Augenblicken Ylmaz' Eltern begegnen und ihnen in die Augen sehen zu müssen. Ohne sagen zu können, wann sie sich in den vergangenen zwei Tagen hätte anders entscheiden oder verhalten müssen, fühlte sie sich schuldig.

Auch Veyen wirkte außerordentlich blaß. Die arrogante Selbstsicherheit, die sonst von jeder seiner Bemerkungen und Bewegungen ausging, war verschwunden. Die bevorstehende Begegnung mit dem Chef würde nicht gerade angenehm verlaufen. Doch schlimmer noch erschien ihm die Vorstellung, in den nächsten Tagen auf dem Markt und in den Treppenfluren Tratsch- und Klatschthema Nummer Eins zu sein. Die Schande, daß ausgerechnet ihm so etwas widerfahren war, saß tief und würde noch lange brennen.

Steffie saß neben Renate und starrte ohne ein Wort aus dem Fenster. Erst vor zwei Tagen waren sie, in umgekehrter Richtung, dieselbe Strecke gefahren. Da hatte Ylmaz noch neben ihr gesessen, ihre Hand gehalten, sich streicheln lassen. Nur zweiundfünfzig Stunden waren seitdem vergangen. Und doch schien es dem Mädchen, als hätte es das alles nie gegeben.

Der Bus bremste ab und bog nach rechts in die Marxstraße ein. Hundert Meter weiter – der Parkplatz neben der Schule. Als der schwere Wagen endlich stand, schaute sich alles erst unsicher an. Kein Gedränge, kein Getobe wie noch zwei Tage zuvor bei der Ankunft am Möhnesee.

Schließlich erhob sich Veyen und zog das Mikrofon aus der Halterung. Zwei-, dreimal tupfte er mit dem Zeigefinger dagegen und räusperte sich: „Unsere Klassenfahrt ist damit zu Ende. Ihr dürft jetzt nach Hause gehen. Morgen findet wieder normaler Unterricht statt."

Es knackte laut, als er das Gerät wieder ausschaltete, dann klappte er seinen Sitz nach vorn, um den Durchgang freizugeben.

Vom Schulgebäude her kam der Chef auf sie zu. Er drückte den beiden Lehrern flüchtig die Hand und wandte sich den Schülern zu, die einer nach dem anderen gerade den Wagen verließen.

„Hört mir bitte mal einen Augenblick zu . . ."

Er wartete, bis Ruhe eingetreten war, ehe er fortfuhr.

„Es tut mir sehr leid, daß eure letzte Fahrt an dieser Schule so enden mußte. Ich hätte euch eine fröhliche Rückkehr gewünscht. Und vor allem hätte ich euch gerne vollständig begrüßt."

Steffie, die drei Schritte hinter ihm stand, schluchzte auf. Neuner drehte sich herum, legte ihr einen Arm um die Schulter und drückte sie an sich: „Es tut mir leid, Mädchen, es tut mir leid . . ."

So etwas hätte Veyen sagen müssen, dachte Renate, doch dem tut nur sein eigener Ruf leid.

„Soll dich jemand nach Hause fahren?" fragte Neuner.

„Ich mach das schon!" antwortete Renate.

„Gut. Aber Sie kommen anschließend sofort zu mir!"

Zwanzig Minuten später klopfte die Referendarin an Neuners Tür.

„Herein!"

Als Renate öffnete, zuckte sie im ersten Moment zusammen. Im Chefzimmer hatte sich ein großes Aufgebot versammelt. Neben Neuner, der sich hinter dem Schreibtisch verschanzt hatte, erblickte sie zwei beinahe Sechzigjährige, die auf der roten Couch des Direktors Platz genommen hatten.

Der erste von ihnen war der hagere, grauhaarige Dr. Kindermann, Leiter des Ausbildungsseminars und damit Renates eigentlicher Dienstvorgesetzter. Der zweite war der für die Anne Frank-Schule zuständige Schulrat aus Schwelm, Dr. Ramm, ein kleines, bebrilltes Männlein, dem man den Beamtenstand schon auf hundert Meter Entfernung ansah.

Schräg neben ihnen, an einer der Stirnseiten des vor der Couch plazierten Tisches, saß eine nicht mehr junge Frau in einem strengen grauen Kostüm. Sie hielt ihr Kreuz so betont durchgedrückt, daß man den Eindruck gewinnen mußte, die Rückenlehne ihres Sessels wäre mit Dornen oder Nähnadeln gespickt. Ihr gegenüber hatte sich Veyen niedergelassen, aschfahl im Gesicht. Sein Blick ging leer über die Dame in Grau hinweg.

Kindermann bedeutete der Referendarin mit einer flüchtigen Geste, sich einen der beiden freien Sessel auszusuchen. Sein Gesicht, das sonst im Schweinchen-Rosa des heimlichen Trinkers glänzte, war nun mit dunkelroten Zornesflecken übersät, so daß es einer noch nicht völlig gereiften, in der Form mißratenen Erdbeere glich.

„Frau Krause, wir möchten gerne von Ihnen noch einmal die wichtigsten Erlebnisse der letzten Tage geschildert bekommen", begann der Schulrat, betont an der Referendarin vorbeisehend.

„Das habe ich doch schon gegenüber der Kriminalpolizei getan", erwiderte Renate.

„Unerheblich", dozierte Kindermann, „was die Polizei macht, berührt die strafrechtliche Seite des Falles. Wir haben hier zu klären, wie es um die dienstrechtliche Seite steht."

Renate zündete sich, ohne zu fragen, eine Zigarette an, was ihr einen mißbilligenden Blick des Schulrates und der Jungfer in Grau eintrug.

„Gehe ich recht in der Annahme", fragte Renate, „daß Sie die Einleitung eines Disziplinarverfahrens erwägen?"

„So könnte man es vielleicht bezeichnen", wich Kindermann aus.

„Aber das müßten Sie mir bei Gesprächsbeginn unaufgefordert mitteilen! Außerdem habe ich das Recht zu erfahren, was Sie mir konkret vorwerfen!"

Der Schulrat warf einen kurzen Blick auf das schweinchenfarbene Gesicht neben sich.

Dann meinte er: „Das wird das Gespräch ergeben!"

Sieh mal an, dachte Renate, ich soll mich hier selbst ans Messer liefern, und die suchen sich dann das geeignete Dienstvergehen aus!

„Wenn das so ist", meinte die Referendarin, „dann bitte ich um die Hinzuziehung eines Mitglieds des Lehrerrates meiner Wahl . . ."

„Frau Krause!" Kindermanns faltigen Wangen waren nun in tiefstes Purpur getaucht. „Lassen Sie doch diese Gewerkschaftsmätzchen!"

Renate drückte die Zigarette aus und erhob sich.

„Sie haben das Gespräch mit einer Mißachtung der Dienstvorschriften begonnen! Bestimmungen des Personalvertretungsrechts nennen Sie Mätzchen! Da muten Sie mir zu, ohne Zeugen ein Dienstgespräch zu führen?"

„Notieren Sie", wandte sich der Schulrat an seine Sekretärin, „die Beamtin auf Widerruf Krause, Renate, lehnt jede Aussage ab . . ."

Renate schüttelte den Kopf.

„Falsch. Ich bestehe lediglich auf Hinzuziehung eines Mitglieds des Lehrerrats."

„Frau Krause!"

Der Schulrat stand nun ebenfalls auf.

„Wir wollen Ihnen doch nichts Böses!"

„Habe ich das behauptet?" fragte Renate zurück. „Aber ohne Zeugen kein Dienstgespräch!"

„Frau Krause!" Kindermann versuchte mühsam, seine Wut zu unterdrücken. „Es ist doch niemand sonst da!"

„Dann setzen Sie einen neuen Termin an!"

Die Referendarin wandte sich um und ging zur Tür.

Kindermann sprang jedoch auf und rannte hinterher, blokkierte die Klinke.

„Frau Krause, ich muß Sie noch darauf aufmerksam machen, daß Sie bis zum Abschluß der Untersuchung vom Dienst beurlaubt sind!"

58

Nachmittags um drei fand in der Gaststätte gegenüber dem Seegrundstück eine improvisierte Pressekonferenz statt. Den ganzen Vormittag über hatten Polizeiketten die angereisten Reporter auf Abstand gehalten. Jetzt war es an der Zeit, den murrenden Journalisten einen versöhnlichen Abschluß zu bieten.

Die Pressestunde begann mit einem Knüller. Auf dem Parkplatz vor dem „Südufer" fuhren fünf grüne VW-Transporter vor. Als sich die Schiebetüren öffneten, bot sich den Journalisten das größte Waffenarsenal dar, das in den letzten Jahren im gesamten ostwestfälischen Raum sichergestellt worden war.

Allein auf dem Seegrundstück hatte man zusätzlich zu den nachts entdeckten Waffen noch je zehn Maschinenpistolen MPi 2 UZI und Heckler & Koch-MPi 5 aufgespürt – mit insgesamt fast 2000 Schuß scharfer Munition. Die Waffen hatten nahe des Zaunes an der höchsten und trockensten Stelle des Geländes in ausbetonierten und sorgsam abgedeckten Gruben gelegen.

Doch das war nicht alles.

Am Morgen hatte der Zivildienstleistende in einer weiteren Vernehmung beiläufig darauf hingewiesen, daß Holz sich vor einiger Zeit ein Baugrundstück am Waldrand oberhalb der Herberge gekauft hatte. Mit Metallsonden entdeckten Experten dort weitere acht Verstecke. Zum Vorschein kamen: 25 NATO-Sturmgewehre G 3 mit insgesamt 5000 Schuß 7,62 mm Munition, 3 kg Sprengstoff mit Zündschnüren und Zeitzündern, 12 Handgranaten und Handflammpatronen, Signalpistolen und Leuchtmunition . . .

Kriminalrat Pusch ließ den Reportern zehn Minuten Zeit, die Waffensammlung in allen Einzelheiten zu fotografieren. Dann wurden die Schiebetüren wieder verschlossen, und die Wagenkolonne rückte ab.

„Wenn Sie mitkommen wollen, meine Herren . . ."

Rund zwanzig Journalisten nahmen in der Gaststätte Platz. Die meisten arbeiteten für lokale oder regionale Blätter. Von den überregionalen Medien waren lediglich die ARD mit einem Fernsehteam, eine Nachrichtenagentur sowie Mitteleuropas größtes Revolverblatt vertreten.

„Hat Holz gestanden?" lautete die erste Frage, als alles im Halbkreis um die beiden Soko-Chefs Platz gefunden hatte.

„Nein."

„Aber er muß doch irgend etwas zu den Waffenfunden gesagt haben.“

Pusch schüttelte den Kopf.

„Wir haben lediglich eine kurze schriftliche Erklärung seiner Anwälte. Darin heißt es, Herr Holz habe auf dem Grundstück mit den Boothäusern hin und wieder nach dem Rechten gesehen und sein eigenes Bauland seit Monaten nicht mehr betreten. Die Waffenfunde könne er sich nicht erklären.“

„Halten Sie das für glaubhaft?“

„Kein Kommentar.“

„Stimmt es, daß sein Schwiegersohn Eigentümer des Seegrundstücks ist?“

„Kein Kommentar.“

„Haben Sie mit dem Eigentümer gesprochen?“

„Ja. Er zeigte uns einen Mietvertrag, aus dem hervorgeht, daß ein Dortmunder Ruderclub namens ‚Wiking‘ das Gelände für fünf Jahre angemietet hat.“

„Was für ein Ruderclub ist das?“

„Das wird überprüft.“

„Was für Personen haben das Grundstück gemietet?“

„Auch hier läuft die Überprüfung. Allerdings können wir sagen, daß die unterzeichnenden Personen zum Zeitpunkt des Vertragsabschlusses polizeilich nicht gemeldet waren.“

„Und wie hat der Besitzer dann die Miete bekommen?“

„Über Postscheck. Das Geld wurde an wechselnden Postämtern bar eingezahlt.“

„Deutet nicht alles darauf hin, daß es sich hier um eine gut organisierte Bande von Neonazis handelt?“

„Kein Kommentar.“

„Aber es stimmt doch, daß Manfred Kern in dem entführten Transit gelegen hat?“

„Es scheint so. Aber es gibt keinen wirklichen Nachweis für eine Verbindung Kern–Holz.“

„Glauben Sie das wirklich?“

Eine peinliche Pause entstand.

Pusch schaute den Fragenden durchdringend an, Lohkamp starrte mit einem Pokergesicht an die Decke.

Schließlich wurden sie von dem Vertreter einer Boulevardzeitung erlöst.

„Was ist mit den beiden anderen Entführern?“

„Identität auch unbekannt.“

„Und der Tote?"

„Ebenfalls. Allerdings muß er sich mindestens einmal im Bootshaus aufgehalten haben."

„Sind die anderen Fingerabdrücke identifiziert?"

„Kein Kommentar."

„Hören Sie mal, Sie können uns hier doch nicht mit Halbheiten abspeisen?"

Pusch richtete sich steil auf und sah den Fragenden an. Dann verkündete er: „Ich bin nicht befugt, irgendwelche voreiligen Schlüsse oder Theorien zu verbreiten. Ich halte mich an die Fakten."

„Der Innenminister war aber vorgestern sehr schnell mit Theorien in der Öffentlichkeit."

„Ich kann Ihnen dazu keine Erklärung abgeben."

„Aber es handelt sich doch nicht um Linke, sondern um Nazis?"

Pusch zuckte die Achseln.

„Herr Holz verfügte über Nazi-Andenken und Schallplatten mit Hitler-Reden. Ziehen Sie Ihre Schlüsse, ich ziehe meine . . ."

Herzog betrat den Raum und drängte sich durch die Tische und Stühle hindurch nach vorn. Er hielt einen Zettel in der Hand, den er Pusch zuschob. Der las ihn zweimal durch, dann nickte er zufrieden.

„Meine Herren", erklärte er, „Herr Holz hat uns mitteilen lassen, daß er vor Vertretern der Bundesanwaltschaft aussagen werde. Das Verhör wird morgen stattfinden können. Ich nehme an, daß die Generalbundesanwaltschaft sofort einige Beamte losschicken wird."

„Bringen Sie Holz nicht nach Karlsruhe?"

Erstaunt blickte Pusch auf.

„Ist er in Soest nicht sicher aufgehoben?"

59

Elfriede Schuh kam, wie jeden Tag, ein paar Minuten nach fünf nach Hause. Sie öffnete die Wohnungstür und schleppte, ohne erst im Korridor nach dem Lichtschalter zu suchen, vier schwere Einkaufstüten herein. Mit dem Absatz stieß sie die Tür zu und lief in Richtung Küche. Da stieß ihr Fuß gegen einen größeren, weichen Gegenstand, der mitten im Weg stand. Sie stolperte, eine Tüte entglitt ihren Händen, Glas klirrte.

„Linda!"

Es dauerte etliche Sekunden, bis Linda die Tür ihres Zimmers öffnete: „Hallo, Mamie . . ."

„Wie oft habe ich dir schon gesagt, daß du deine Klamotten nicht im Flur herumstehen lassen sollst? Los, nimm deine Tasche weg und pack sie aus!"

Lustlos faßte Linda die Bügel und trug ihr Gepäck ins Zimmer. Nach einigem Nachdenken entschloß sie sich, die Tasche sofort auszuräumen.

Die Schmutzwäsche flog sofort in Richtung Tür. Ein paar Pullover und die zweite Jeans segelten aufs Bett, zwei Paar Schuhe polterten gegen den Kleiderschrank.

Dann entdeckte Linda ihren Fotoapparat.

Sie öffnete die Hülle und überprüfte auf dem kleinen Sichtfenster die Zahl der verknipsten Aufnahmen. Ganze drei waren noch übrig. Sie spulte den Film zurück und öffnete den Apparat. Die kleine, schwarze Patrone steckte sie in ihre Schultertasche, lief hinaus in den Korridor und griff zu ihrer Jacke.

„Wo willst du denn jetzt schon wieder hin?"

„Nur den Film wegbringen. Da müßte der Ylmaz noch drauf sein. Ich glaube, Steffie will die Aufnahmen haben."

60

Hauptwachtmeister Kottkämper betrat zusammen mit den beiden anderen Kollegen der Donnerstag-Frühschicht die Wachstube des Polizeigewahrsams Soest.

„Mojn. Was Besonderes?"

Verschlafen schüttelte der Beamte der Nachtschicht den Kopf: „Zwei Besoffene und ein Penner. Liegen auf eins bis drei."

„Und der Nazi?"

„Ganz hinten. Wird heute nach Hamm überstellt."

Kottkämper quittierte durch seine Unterschrift die Übernahme des Dienstes und der Kunden. Dann drückte er auf den Hauptschalter, der in allen Zellen gleichzeitig das Licht aufleuchten ließ: „Dann wollen wir mal . . ."

Er trat in den kurzen Zellengang und donnerte mit der Faust gegen die erste Tür: „Los, aufstehen!"

Krachend fuhr der Schlüssel ins Schloß, genauso krachend wurde der Zusatzriegel weggerissen: „Los, raus, hol dir vorne deine Klamotten ab und bezahl die Übernachtung. Dalli!“

Derselbe Vorgang wiederholte sich noch zweimal. Müde und benommen traten die halbwegs ausgenüchterten Gestalten in den Gang und trollten sich in Richtung Wachstube. Dort würden sie ihre Schnürsenkel, Leibriemen und Papiere zurückerhalten.

Nun war Kottkämper vor der Zelle des zur Zeit berühmtesten Kunden angelangt: Die Bildzeitung hatte ein Foto und einen Kurzbericht auf Seite 3 gebracht. Der Hauptwachtmeister war neugierig, wie dieser Typ wohl in natura aussah.

„Los, aufstehen, Herr . . .“

Das Wort blieb ihm im Halse stecken. Neben dem leicht nach innen geklappten Fenster hing ein Strick, der offenbar an einem Stab des äußeren Gitters verknotet worden war. Am anderen Ende besaß der Strick eine Schlinge. Und in der Schlinge hing der Hals eines Mannes.

61

„So, Frau, dann will ich mal . . .“

„Was, schon sieben?“

„Jau. Zeit für die Morgenrunde . . .“

Fritz Klose stand auf und griff nach seiner braunen Lederjacke. Er zog sie derart schwungvoll über, daß die rechte Seitentasche mit dem schweren Schlüsselbund klirrend gegen die Stuhllehne schlug. Mit unterdrücktem Jaulen kratzte der Schäferhund an der Küchentür.

„Ruhe, Harras!“

Im Stehen trank Klose den letzten Schluck Kaffee aus und wischte sich mit dem Handrücken ein paar verirrte Tropfen von der Oberlippe ab, ehe er sein Geschirr auf die Spülmaschine stellte.

„Hast du das gelesen, Fritz? Irgendwie fies, wie die Zeitung jetzt über Herrn Veyen herfällt. Was kann er dafür, wenn dieser Türkenjunge nachts noch einmal abhaut . . .“

„Nee, nee, Liese“, widersprach Klose und schüttelte den Kopf. „Die haben schon recht. Wenn der zu faul ist, die Zimmer richtig zu kontrollieren? Dem habe ich sowieso schon lange eine Blamage gegönnt. Grüßt doch kaum, dieser Pinkel. Schade nur um den Jungen. Das war wirklich ein feiner Kerl . . ."

Er drückte seiner Frau noch einen Kuß auf die Stirn und öffnete die Küchentür.

„Komm, Harras!"

Während der Hund in den nächsten Büschen verschwand, blieb Klose noch einen Augenblick auf der Treppe des Anbaus stehen, in dem sich seine Dienstwohnung befand. Die frische Luft hier am Stadtrand tat gut. Man spürte schon den nahen Wald, wenn nicht gerade die Hütte ihren Dreck über Welper ausschüttete.

Klose pfiff nach dem Hund und setzte sich in Bewegung. Zu seinen Pflichten als Hausmeister der Anne Frank-Realschule gehörte es, regelmäßig zu überprüfen, ob alle Fenster ordnungsgemäß verschlossen waren. Viele Klassenräume lagen ebenerdig und zogen ungebetene Besucher geradezu magisch an.

Klose wandte sich zuerst nach links und schritt die Ostseite des Gebäudes ab. Weite Strecken seines Weges hatte er mit Steinplatten ausgelegt, denn im Herbst und Winter ertrank die Wiese häufig im Dauerregen. Mehr als ein Paar Schuhe hatte er sich hier schon gründlich verdorben.

Prüfend ließ Klose seinen Blick über die langen Fensterfronten des Innenhofes schweifen. Dann umkurvte er die Turnhalle, die das Nordende des langgestreckten und verwinkelten Komplexes bildete. Auch hier war alles in Butter.

Zufrieden marschierte der Mann nun die Westseite der Schule ab und näherte sich der Aula, die dicht an der Marxstraße in einer Linie mit dem Verwaltungstrakt und dem Haupteingang lag.

Der Hund schien als erster zu spüren, daß etwas nicht stimmte. Er blieb stehen, einen Vorderlauf wartend erhoben.

Vom Hund zur Hauswand blickend, stand nun auch Klose erschrocken still. Dort stand, mit roter Farbe hastig, ungelenk und falsch aufgesprüht: „Wider eine Türkensau weniger!" Daneben grinsten zwei Hakenkreuze.

Diese Parole war nicht die einzige. Als Klose um die Ecke lief, mußte er feststellen, daß auch die Straßenfront der Schule verschandelt worden war.

„Juden und Türken ins KZ!" – „Deutschland erwache!"

Und quer über den Haupteingang hatte jemand drei Namen geschrieben: Anne Frank, Ylmaz Ömür, Steffie Gärtner. Hinter den beiden ersten befand sich ein Haken, der dritte war rot unterstrichen und mit einem Ausrufezeichen versehen.

Es dauerte eine Weile, bis Fritz Klose seine Fassung wiedergefunden hatte. Dann stupste er den Hund an: „Such, Harras, such!“

Um zehn nach acht waren auch die letzten Nachzügler eingetroffen und hatten sich zu ihren Klassenräumen begeben. Die Pausenhalle war jetzt wieder leer und still.

Da tauchte Klose auf und ließ Harras von der Leine: „Such, such!“

Die Nase am Boden lief das Tier durch die riesige Halle, zog mal weitere, mal engere Kreise, schien aber stets nach wenigen Minuten völlig verwirrt. Immerhin waren rund 400 Menschen hier durchgelaufen, ein schier aussichtsloses Unterfangen.

Irritiert blieb der Hund stehen und blickte seinen Herrn vorwurfsvoll, wie es dem schien, an.

Da hatte Klose eine Idee.

Er faßte das Halsband und zog das Tier zurück in seine Hausmeisterloge. Hier lag das blau-weiße Taschentuch, das Harras eine Stunde zuvor vor dem Souterrain-Eingang aufgespürt hatte.

Erneut nahm der Hund die Witterung auf. Klose führte ihn nun in die einzelnen Treppenhäuser und Flure. Hier mußte die Zahl der Spuren viel geringer sein.

Dieser Vorgang wiederholte sich dreimal, viermal. Klose glaubte schon nicht mehr an den Erfolg seines Plans.

Doch im letzten Durchgang sträubten sich plötzlich die Nakkenhaare des Tieres, ein verhaltenes, aber gereiztes Knurren ertönte. Mit der Nase fast am Boden klebend, schoß der Hund davon, machte einige Male kehrt, setzte seinen Weg dann aber wieder fort. Vor der Tür zum Physikraum blieb er stehen und schaute Klose fragend an.

Der Hausmeister öffnete die Tür.

Harras streckte seinen Kopf hindurch, knurrte und lief auf den Schüler zu, der allein in der letzten Bank saß.

Erschrocken fuhr er zurück, als der Hund ihn ansprang und die Zähne fletschte.

„Nicht bewegen!“ schrie Klose. „Sonst beißt er!“

Totenstarr lag der Junge auf dem Boden, das Tier über sich.

„Aber Herr Klose!“

Der Physiklehrer, ein älterer, gutmütiger Mann, der keiner Fliege etwas zuleide tun konnte, stand empört auf.

„So etwas!“

Da hielt Klose das Taschentuch hoch, das er mitgenommen hatte. Alle kannten es: blau-weiße Taschentücher hatte nur einer.

Und der lag kreideweiß auf dem Boden und spürte den Atem des Schäferhundes in seinem Gesicht.

Olaf.

62

WDR II. Es ist 15.00 Uhr. Wir senden Nachrichten.
Immer noch ungeklärt sind die Umstände, unter denen der 56jährige Otto Holz aus der Gemeinde Möhnesee in einer Zelle des Soester Polizeigewahrsams Selbstmord verüben konnte. Wie gemeldet, war Holz am Mittwoch unter dem Verdacht der Unterstützung einer kriminellen Vereinigung und des unerlaubten Waffenbesitzes festgenommen worden.
Wie der nordrhein-westfälische Justizminister erklärte, treffe die mit Holz befaßten Beamten keine erkennbare Schuld. Ordnungsgemäß seien vor Einschluß in die Zelle alle Gegenstände in Verwahrung genommen worden, mit denen der Festgenommene sich einen Schaden hätte zufügen können. Wie das Seil, an dem Holz sich erhängt hat, in die Zelle gelangt sei, sei dem Minister „unerklärlich".
Die Redaktion der Hamburger Zeitschrift „Korrekt" will erfahren haben, Holz hätte noch am späten Mittwochabend – also nach seiner Ankündigung, er werde am nächsten Tage aussagen – Besuch von seinen Anwälten empfangen. Die Redaktion verweist in diesem Zusammenhang darauf, daß zumindest einer der Anwälte bereits mehrfach rechtsextremistische Gewalttäter vertreten habe. Hier müßten, so das Blatt, Zusammenhänge gesucht werden.
Ein Vertreter der betroffenen Anwaltskanzlei wies diese Äußerungen als „ungeheuerliche und verantwortungslose Unterstellungen" zurück. Er kündigte strafrechtliche Schritte gegen die Zeitschrift an.

„Unglaublich!"

Renate knallte die Kaffeekanne auf den Tisch, daß es schepperte.

„Da liefern die dem Holz noch in den Knast einen Strick,

damit er sich in aller Seelenruhe aufhängen kann. Wenn er's überhaupt selbst getan hat . . ."

„Wie meinst du das?" fragte Stephanie.

„Naja, wenn ich so an Stammheim denke . . . Andreas Baader und Ulrike Meinhof haben angeblich eine Pistole in die Zelle schmuggeln lassen und sich nur umgebracht, um die Justiz in Schwierigkeiten zu bringen. Wer's glaubt, wird selig . . ."

Renate stellte zwei große, blaue Kaffeetassen mit aufgemalten weißen Wölkchen auf den Tisch. Sie goß beide randvoll und schob dem Mädchen eine hinüber. Dann hockte sie sich in ein abgewetztes Lederungetüm von Sessel und zündete eine Zigarette an.

„Aber erzähl' du doch mal!"

„Was gibt's da zu erzählen?"

Stephanie saß auf der Bettkante und rührte lange in der Tasse, ehe sie weitersprach.

„Es ist einfach schlimm. Ich könnte den ganzen Tag heulen . . ."

„Was ist mit Ylmaz' Eltern?"

„Reden nicht mit uns. Der Vater hat schon Umzugskisten bestellt. Sie gehen zurück."

Endlich legte sie den Löffel beiseite und trank schlürfend ein paar Schlucke ab.

„Heute morgen habe ich einfach blaugemacht. Hab' mich an die Ruhr gesetzt und aufs Wasser geguckt. Ich möchte jetzt Ferien haben, wegfahren, an nichts mehr denken."

„Du kannst jederzeit zu mir kommen", sagte Renate. „Ich habe im Moment ja viel Zeit."

Sie rutschte von ihrem Sessel, kauerte sich vor ein Regal mit Schallplatten und fuhr suchend mit dem Finger über die Rücken der Plattenhüllen. Schließlich zog sie einen Umschlag heraus.

„Kennst du die? Zupfgeigenhansel – jüdische Lieder. Hast du Lust?"

Ohne eine Antwort abzuwarten, legte sie die Platte auf.

Eine gute Stunde später schellte es Sturm.

Renate öffnete.

Wie eine Bisonherde stampften Oliver und Iris, Sabine und Jörg, Andrea und Bruno herein und setzten ein gewaltiges Tablett mit Kuchen auf dem Tisch ab. Während Renate und Steffie in der Küche verschwanden, um Tee zu kochen und neuen Kaffee aufzubrühen, schleppten Bruno und Jörg zusätzliche Stühle heran. Iris und Sabine machten es sich auf dem breiten Bett bequem, Andrea pflanzte sich in Renates Lieblingssessel, Bruno und Jörg nahmen mit den harten Untersätzen vorlieb. Nur Oliver schnüffelte ungeniert in den vier prallgefüllten Bücherregalen herum.

„Los, Leute, bedient euch . . .“

Tee und Kaffee wurden eingegossen, Löffel klirrten und klapperten in Gläsern und Tassen, Andrea leckte sich schmatzend die Finger ab, ehe sie bereits zum zweiten Stück Kuchen griff.

„Das hätten Sie erleben sollen!“ erzählte Sabine, beide Backen voll. „Die Tür geht auf, Kloses Hund fetzt herein, schnurstracks auf den dummen Olaf zu. Vor Angst hätte der sich beinahe in die Hosen gemacht.“

„Ich frage mich nur, ob Olaf das alleine gemacht hat“, meinte Renate.

„Heute nacht – vielleicht“, vermutete Steffie. „Aber sonst? Hier in der Stadt hängen doch immer die Aufkleber der ‚Kampffront‘. Auf dem Rosenberg stecken die Nazis SPD- und DKP-Leuten Drohbriefe in die Briefkästen. Und im ‚Burgeck‘, dem Ausländertreff, fliegen ab und zu ein paar Steine oder Tränengaspatronen durchs Fenster. Das muß eine ganze Bande sein.“

„Macht die Stadt nichts dagegen?“

„Die Stadt?“ Iris winkte ab. „Die wissen doch angeblich von nichts. Als Steffies Vater im Stadtrat davon angefangen hat, hat selbst der Neuner Theater gemacht und behauptet, die Kommunisten spielten ein paar Dumme-Jungen-Streiche hoch. Die stellen sich doch blind und taub!“

„Habt ihr von Holz gehört?“ fragte Oliver.

Alle nickten.

„Ist doch komisch“, dachte Jörg laut nach. „Wir waren nur fünfzehn Meter von der Lösung des Falles entfernt. Ich sehe den Lieferwagen noch genau vor mir. Wenn man bedenkt, daß der entführte Malermeister und der angeschossene Obernazi da drin lagen . . .“

Steffie nickte: „Ich denke auch schon die ganze Zeit darüber nach. Aber ich kann mich einfach nicht an die Gesichter der beiden Typen erinnern, die in dem Ford saßen. Wir haben doch alle nur auf den dummen Olaf geachtet, der wie ein Ölgötze auf den Wagen starrte.“

Alle schwiegen.

Da schellte es erneut.

Renate wollte sich schon aus einem niedrigen Korbsessel hochrappeln, doch Oliver wehrte ab.

„Lassen Sie, ich geh' schon!" erklärte er, den Kavalier alter Schule spielend.

Eilige Schritte hetzten die Holztreppe hoch, dann polterten Lindas Korkabsätze durch den Korridor heran.

„Hallo, Leute!" rief sie und fiel erst Steffie, dann Renate um den Hals. „Ich habe die Fotos!"

„Welche Fotos?"

„Die von Montag. Möhnesee . . ."

Peinliches Schweigen breitete sich aus. Stephanie drehte ihr Gesicht weg, Oliver zeigte Linda einen Vogel. Das Mädchen wurde blaß.

„Ich bin ja auch blöd", meinte sie schließlich.

Doch dann sagte Stephanie erstaunlich fest: „Pack aus! Ich will sie sehen."

Die Fotos gingen im Kreis herum, aber keiner sagte etwas. Als Stephanie sich selbst sah, wie sie von Ylmaz herumgeschwenkt wurde, konnte sie sich doch nicht beherrschen. Sabine nahm sie tröstend in den Arm.

Plötzlich schrie Oliver auf: „Ich werd' verrückt. Frau Krause, eine Lupe!"

„Was?"

„Ein Vergrößerungsglas!"

Renate überlegte, schließlich lief sie in Inas Zimmer, wühlte lange in deren Schreibtisch herum, ehe sie mit einer uralten und leicht zerkratzten Handlupe zurückkehrte.

Oliver riß ihr das Instrument fast aus den Händen. Eine ganze Zeit lang starrte er damit auf ein bestimmtes Bild. Dann sagte er: „Linda, du kriegst 50 000 Mark!"

„Wie bitte?"

„Guckt mal hier! Dummer Olaf steht vor dem roten Transit. Montag haben wir noch gelacht, weil er dabei so bescheuert aus der Wäsche guckte. Aber wißt ihr, wer das hier in der Karre ist?"

Acht Köpfe beugten sich über ein einziges Bild.

Dann schrie auch Steffie auf: „Das ist Volker Grau! Olafs Bruder!"

„Gibt's doch nicht!" Jörg schüttelte den Kopf. „Solch einen Zufall gibt's doch nicht . . ."

„Wieso nicht? Und wieso Zufall?" fragte Oliver. „Olaf hängt bei den Nazis herum, Volker ist schon lange dabei, Holz war

Nazi. Und Olaf hat uns schließlich die Jugendherberge empfohlen. So groß ist der Zufall nun auch wieder nicht."

Alle brauchten eine Zeitlang, um diese Erklärung zu verdauen.

„Dieses Schwein!" sagte Steffie plötzlich. „Volker Grau hat Ylmaz umgebracht!"

„Kommt", sagte Renate plötzlich und stand auf. „Wir müssen zur Polizei."

63

Die Straße sah aus wie immer um diese Zeit. Längst hatten die Bewohner der paarweise aneinandergebauten Vierfamilienhäuser die Lichter gelöscht. Nur die Straßenlaternen funzelten noch vor sich hin und warfen einen matten Schimmer auf die Dächer der am Straßenrand abgestellten Fahrzeuge. Ab und zu wehte der leichte Wind entferntes Poltern von der Henrichshütte herüber. Dann war es wieder still. Alles war wie immer.

Fast alles.

Im Schatten der Verladerampe eines Supermarktes am Anfang der Straße stand ein orangefarbener VW-Transporter, die Heckscheiben den beiden gegenüberliegenden Wohnhäusern zugekehrt.

Im Laderaum saßen drei Männer.

Einer von ihnen hockte stets auf einem erhöhten, bequemen Stuhl, um durch das Heckfenster die Straße beobachten zu können. Ein zweiter saß mit aufgesetzten Kopfhörern vor einem Funkempfänger, den man an der Trennwand zur Fahrerkabine installiert hatte. Und ein Dritter lag einfach da und ruhte sich aus, darauf gefaßt, im Notfall sofort den Wagen zu verlassen und eine bestimmte Person zu verfolgen.

Zwei ähnlich besetzte und ausgerüstete Fahrzeuge riegelten die Zugänge zu diesem Teilstück der Straße ab. Ein Mercedes-Transporter stand in der Thingstraße, ein Fiat-Lieferwagen in der Marxstraße. Keinem dieser Autos sah man von außen an, daß sie Polizeifahrzeuge waren.

Der Beobachter in dem orangefarbenen Volkswagen rieb sich die Augen und rutschte von seinem Sessel, den Ersatzmann antippend: „Übernimm mal, ich will eine rauchen . . ."

Der Mann tauchte tief ins Wageninnere hinab und zündete sich, den Widerschein des Feuerzeugs mit dem Schoß seiner Jacke abschirmend, eine Zigarette an, deren Glut er zwischen den Händen verbarg. Dann versuchte er, es sich auf der schmalen Seitenbank bequem zu machen.

„Schsch!"

Das Warnsignal des Funkpostens bremste jede Bewegung. Er schien geradezu in die Kopfhörer hineinzukriechen. Dann nickte er und raunte dann den anderen zu: „Er kommt!"

Nun spähten sie zu zweit durch das Heckfenster, ihre Köpfe vorsichtig im Finstern des Wageninneren haltend.

Eine ganze Weile bemerkten sie noch gar nichts. Die beiden gegenüberliegenden Häuser lagen still wie in den Stunden zuvor. Nichts rührte sich.

„Da!"

Ein Mann kam die Straße entlang, nicht sehr groß, nicht sehr breit, auf den ersten Blick völlig unauffällig. Doch mehr als einmal blickte er sich um, zu allen Seiten sichernd. Unwillkürlich hielten die Männer in dem Transporter den Atem an.

Genau zwischen den beiden Häusern gegenüber dem Supermarkt verharrte die Gestalt. Ein letzter Blick die Straße hinauf und hinab – und schon war sie im Schatten zwischen den Giebelwänden verschwunden. Sekunden später leuchtete ein schwacher Lichtschein auf: Offenbar fand der Gejagte das Schlüsselloch nicht.

Dann war wieder alles dunkel.

„Alpha 1, Alpha 1, hier Alpha 4, kommen . . ."

Es dauerte einen Augenblick, bis die Einsatzzentrale sich empfangsbereit meldete.

„Hier Alpha 4. Der Vogel ist im Nest. Ich wiederhole: Der Vogel ist im Nest . . ."

Minuten später belebte sich die Szene. Ein gutes Dutzend dunkel gekleideter Männer schlich, eng an die Hauswände gedrückt, näher. Die Hälfte von ihnen verschwand in den Gärten, um die Rückfront des observierten Gebäudes abzuschirmen. Der Rest nahm an der Hausecke Aufstellung, von wo aus man sowohl die Tür als auch die Straßenfenster beobachten konnte. Einer von ihnen löste sich einen Augenblick aus dem Schatten und hob den Arm.

„Das Zeichen. Los, gib durch!"

„Hier Alpha 4, Alpha 1 kommen. – Die Falle ist gespannt. Die Falle ist gespannt."

„Okay, sie sollen losschlagen!"

Einer der Männer im Ausguck hob eine Taschenlampe. Für eine Sekunde leuchtete grünes Licht auf.

Das Splittern der Eingangstür hörte man quer über die Straße bis in den VW-Bus. Ein zweites, schwächeres Krachen und Splittern folgte: die Glasverkleidung der Wohnungstür wurde zerfetzt.

Jetzt rollten mehrere Fahrzeuge in die Straße hinein und hielten schräg gegenüber dem Supermarkt. Ein Dutzend weitere Männer sprang auf die Straße. Doch noch ehe sie Aufstellung genommen hatten, wurde ein blonder junger Mann in Handschellen aus dem Haus geführt.

Zwei Beamte beförderten Grau auf den Rücksitz eines dunkelblauen Mercedes, schoben ihn bis zur Mitte und ließen sich selbst neben ihm in die Polster fallen. Die Türen waren noch nicht ganz geschlossen, da schoß der Wagen schon davon.

64

Zufrieden nickend legte Kriminalrat Pusch den Hörer wieder auf die Gabel.

„Sie haben ihn!" sagte er und drehte sich zu Lohkamp um, der am Fenster stand und das nächtliche Dortmund betrachtete. „Schon unterwegs!"

Er schob einen dicken Aktenordner beiseite, legte Notizblock und Schreibzeug zurecht und breitete eine Serie großformatiger Fotos aus. Auf dem ersten Bild war Grau im roten Ford zu sehen – eine Vergrößerung von Lindas berühmtestem Schnappschuß. Aber dann: Grau mit Kern auf einer Versammlung in Hattingen, Grau mit Pachmann an einem Informationsstand in Bochum, Grau mit Tiger auf der Südtribüne des Dortmunder Westfalenstadions. Geradezu erstaunlich, welch schöne Sachen bis vor wenigen Stunden in den Aktenschränken der politischen Kriminalpolizei geschlummert hatten . . .

Die Tür wurde aufgestoßen. Die beiden Greiftrupp-Leute führten Grau herein und drückten ihn auf einen harten, unbequemen Stuhl, den Pusch in die Zimmermitte gepflanzt hatte.

Der Blonde schien noch immer völlig fassungslos. Mit hängenden Schultern kauerte er auf der Stuhlkante, seine gefesselten Hände zitterten, die flackernden Augen verrieten Furcht. Als er in Lohkamps Hand eine qualmende Zigarette entdeckte, starrte er gierig hinüber.

Der ist jetzt schon fertig, dachte Pusch. Er erhob sich, pflückte das von Linda geschossene Foto vom Schreibtisch und trat an Grau heran.

„Wer war der Fahrer?“ fragte er leise und hielt dem Blonden das Bild vor die Nase.

Grau zuckte zusammen.

Ungläubig starrte er auf das Foto.

„Komm, sag‘s schon!“ flüsterte Pusch.

Grau sagte es.

65

Eine Stunde später hielten mehrere Mannschaftswagen der Polizei vor dem Hause Lange Straße 81 b in Dortmund. Zwanzig Beamte schlichen durch die Toreinfahrt, überquerten lautlos den Hof und öffneten die Tür des Hinterhauses. Geräuschlos stieg man die Treppe zum ersten Stock hinauf und formierte sich vor einer Wohnungstür, die seit Jahren nicht mehr gestrichen war.

Ein breitschultriger, fast zwei Meter großer Beamter trat vor und hob seinen Fuß, um das Schloß zu zertreten. Doch das erwartete Splittern blieb aus. Die Tür war stabiler, als sie aussah.

Pachmann erwachte von einer Kette dumpfer Geräusche. Er brauchte nur Sekundenbruchteile, um zu begreifen, daß man die Wohnungstür knacken wollte. Nur gut, daß Katze sie mit einer Zusatzplatte und mehreren Riegeln verstärkt hatte. Wenn man sie nicht sprengte, hielt sie mehrere Minuten.

Sechzig Sekunden später war der Genarbte fertig angekleidet. Er lud seine Walther P1 durch und öffnete das Fenster. Es führte auf ein breites Holzdach hinaus, von dem aus man drei Meter tief auf einen Schulhof hinabspringen konnte. Durchtrainiert, wie er war, würde das gelingen.

Prüfend rüttelte er an der Dachrinne und nickte zufrieden. Dann steckte er die Pistole ein, legte sich auf den Bauch, so daß die Beine über den Rand des Anbaus ragten. Langsam ließ er sich herab, bis er an beiden Armen hing. In diesem Augenblick leuchtete ein Feuerwerk von Scheinwerfern auf.

„Kommen Sie herunter! Heben Sie sofort die Hände und werfen Sie die Waffe weg!“ krächzte eine blecherne Stimme durch das Megaphon.

Pachmann hing wie erstarrt. Die Finger begannen zu schmerzen. Dann ließ er los.

Der Sprung war gut berechnet. Tief in die Knie sinkend, fing Pachmann den Schwung ab. Sein scharfer Schatten an der Hauswand wiederholte jede Bewegung.

„Halt! Hände hoch! Keine Bewegung!"

Er versuchte es trotzdem.

Während er sich wieder aufrichtete, vollzog er eine halbe Drehung und riß gleichzeitig die Pistole aus dem Hosenbund. Die Augen zu einem millimeterbreiten Schlitz verengt, schoß er in die gleißende Helligkeit. Vielleicht hatte er Glück und erwischte auf Anhieb den Scheinwerfer.

Doch so viel Glück gibt es nicht.

66

WDR II. Es ist 9.00 Uhr. Sie hören Nachrichten.
Die Bundesanwaltschaft teilte am gestrigen Samstag auf Anfrage mit, für sie sei der sogenannte Fall Holz abgeschlossen. Feste Verbindungen des Mannes zu irgendwelchen Organisationen seien nicht nachweisbar. Auch der einzig verbürgte Kontakt zwischen Holz und dem gestern morgen bei einem Feuergefecht getöteten mutmaßlichen Terroristen Pachmann sei nach dem Eindruck der Bundesanwaltschaft eher zufälliger Natur gewesen.
Das werde auch durch die Aussage eines zweiundzwanzigjährigen Hattingers, der durch widrige Umstände gegen seinen Willen in den Fall verstrickt worden sei, bestätigt. Der junge Mann habe erklärt, man habe sich auf der Flucht vor der Polizei verirrt und sich bei Holz lediglich nach dem Weg erkundigen wollen. Erst danach habe man in der Nähe zufällig das von Holz verwaltete Bootshaus entdeckt und sei, da es verlassen und unbeaufsichtigt gewirkt habe, auf gut Glück dort eingedrungen.
Holz selbst, so die Bundesanwaltschaft, sei offensichtlich ein – so wörtlich – „verirrter und verwirrter Waffennarr" gewesen und müsse, soweit eine Schuld im strafrechtlichen Sinne vorgelegen habe, als Einzeltäter gelten . . .

DER REGIERUNGSPRÄSIDENT

A., den 11. 06. 1984

Betr.: Disziplinarmaßnahme

Hiermit verfüge ich gegen den Realschullehrer
Traugott Amadeus Veyen
wegen Verletzung seiner Aufsichtspflicht
während einer Klassenfahrt am 7. Mai 1984
eine Beförderungssperre von zwei Jahren.

Dienstsiegel Für die Richtigkeit

Deutsche Weihnacht unter fremden Sternen

„Ein feste Burg ist unser Gott" – feierlich, schlicht und zutiefst bewegend hallte der alte deutsche Choral durch den vom Kerzenglanz verzauberten Säulensaal des ehrwürdigen Hotels Viktoria in Asuncion. Die deutsche Gemeinde Paraguays hatte sich zum traditionellen Weihnachtsabend versammelt. Schirmherr der Zusammenkunft war – auch das ist eine liebe und verpflichtende Gewohnheit geworden – unser väterlicher Freund, Staatspräsident Alfredo Stroessner, der persönlich unter den 600 Anwesenden weilte.
Einen Ehrenplatz erhielt unser Kamerad Manfred Kern, Führer der „Kampffront nationaler Sozialisten". Bekanntlich mußte er vor einigen Monaten unsere Heimat verlassen, da er einer gehässigen Pressekampagne zum Opfer gefallen war: Ihn, der für die Wiedergeburt Deutschlands kämpft, rückten gewissenlose Schreiberlinge in die Nähe von Terroristen. Kamerad Kern erklärte uns: „Der Tag ist nicht fern, da ich wieder deutschen Boden betreten und den Kampf fortsetzen werde."

LA PLATA ECHO. Deutsche Zeitung für Südamerika. 31. 12. 1984

Verstärkung für Hattinger Polizei

Zum Jahresanfang traten zwei bewährte Polizeibeamte ihren Dienst in Hattingen an: Polizeimeister Gustav Lusebrink (39) und Polizeihauptwachtmeister Karl-Heinz Haggeney (27). Als eingespieltes Streifenwagenteam zogen sie bisher in Kamen ihre Runden und haben viel dazu beigetragen, Ruhe und Ordnung aufrechtzuerhalten. Bürgermeister Paul Lamm ließ es sich nicht nehmen, die neuen Hattinger Polizisten bei ihrem Dienstantritt mit Handschlag zu begrüßen und ihnen ein herzliches „Glückauf" entgegenzurufen.

Ruhr-Bote, Zeitung für Hattingen, 3. 1. 1985

Krimis von Werner Schmitz

Auf Teufel komm raus
ISBN 3-89425-421-1 DM 14,80
Schwarze Messen an der Ruhr. Ein Satanist kommt in den Himmel. Reporter Hannes Schreiber wittert den Braten und kommt in Teufels Küche.
»Das Ruhrgebiet ist omnipräsent in Werner Schmitzens Krimi, und hemmungslos huldigt er dem Lokalpatriotismus.« (Corinna Kawaters/taz)
»... einer der besten Krimis, die in den letzten Jahren in deutscher Sprache geschrieben wurden.« (FAZ-Magazin)

Dienst nach Vorschuß
ISBN 3-89425-353-3 DM 12,80
Die Leiche im Rathaus-Paternoster sorgt für Schlagzeilen. Die ZEITUNG bläst zur Jagd auf die »Bestie von Bochum«. Wer hat den mausgrauen Amtmann in die ewigen Jagdgründe geschickt?
»Das Ganze ist ungewöhnlich gut geschrieben, flott und ohne stilistische Prätentionen, mit sicherem Sinn für Alltags-Ruhrdeutsch, für Kalauer und knappe Pointen.« (Erhard Schütz, Jochen Voigt/WDR)

Nahtlos braun
ISBN 3-89425-323-1 DM 12,80
Ein Unfall ohne Zeugen, ein Mord, den keiner merkt. Ein Opfer mit Geschichte. Ein Täter, der sich totärgert.
»An diesem Buch stimmt alles, Milieu und Handlung.« (Südschwäbische Nachrichten)
»Wie aufregend kann doch Wirklichkeit sein.« (ekz-Informationsdienst)

Mord in Echt
True-Crime-Stories
ISBN 3-89425-049-6 DM 12,80
Den Leser erwarten keine Whodunit-Mysterien, oberschlauen Kommissare oder hartgesottenen Detektive, sondern nichts als die Wirklichkeit. Doch die ist spannend genug.

Reinhard Junge

Totes Kreuz

312 Seiten, DM 16,80
ISBN 3-89425-070-4

Panik in Datteln: Zwei Altenpflegerinnen werden ermordet. Das GUTE DEUTSCHE KREUZ sucht schnell Ersatz, um keine Patienten an die Konkurrenz zu verlieren. Zugleich steht die Eröffnung eines Seniorenheims bevor. Nichts klappt wie geplant, noch sind nicht alle Plätze belegt ...
In diesem Chaos beginnt Kalle Mager (20) seinen Zivildienst und hat bald die Schnauze voll. Einerseits nerven ihn Patienten wie Alt-Bürgermeister Gerd Roggenkemper (70). Andrerseits führen seine Chefin Marlene Tote und ihr Mann Fred das GDK wie eine Firma des Frühkapitalismus: Wohltätigkeit ist ein gnadenloses Geschäft.
So führt Kalles Frust zu einer neuen Recherche der PEGASUS Film & Video GmbH, wo Vater Klaus-Ulrich als Kameramann jobbt. Doch der alte Mager hat private Sorgen: Gattin Mechthild will nach zwei flotten Jahren ihre gescheiterte Ehe fortsetzen - weil die anderen Kerle noch gemeiner sind ...
Spannung, Slapstick, Sozialkritik - in diesem Dreieck agieren auch die Helden des sechsten PEGASUS-Romans. Rotzfrech geschrieben wie die bisherigen.

grafit

Mordsgeschichten zu jedem Anlaß

Der Mörder ist immer der Gärtner
Gemüse-Krimis
ISBN 3-89425-080-1 DM 15,80

Der Mörder bläst die Kerzen aus
Geburtstags-Krimis
ISBN 3-89425-081-X DM 15,80

Der Mörder zieht die Turnschuh an
Sport-Krimis
ISBN 3-89425-082-8 DM 15,80

Der Mörder schwänzt den Unterricht
Schul-Krimis
ISBN 3-89425-083-6 DM 15,80

Der Mörder packt die Rute aus
Weihnachts-Krimis
ISBN 3-89425-084-4 DM 15,80

Der Mörder bricht den Wanderstab
Urlaubs-Krimis
ISBN 3-89425-085-2 DM 14,80

Der Mörder kommt auf Krankenschein
Wartezimmer-Krimis
ISBN 3-89425-086-0 DM 15,80

Der Mörder kommt auf sanften Pfoten
Tier-Krimis
ISBN 3-89425-087-9 DM 15,80

Der Mörder bittet zum Diktat
Büro-Krimis
ISBN 3-89425-088-7 DM 15,80

Der Mörder würgt den Motor ab
Auto-Krimis
ISBN 3-89425-089-5 DM 15,80

Der Mörder kennt die Satzung nicht
Vereins-Krimis
ISBN 3-89425-090-9 DM 15,80

grafit

azanth1s0896.cdr5